巻き込まれ異世界転移者（俺）は、
村人Aなので探さないで下さい。

登場人物紹介
イアン
魔王城で仲間を失ったトラウマ持ちの先代勇者。
ユウと同じ家で暮らしている。
リド
ユウが身を寄せることになった村の村長。
ユウの生活を過保護にサポートする。
ユウ
とばっちりで異世界に転移してしまった大学生。
転移者だとバレないよう、モブの村人Aを装う。

勇者
国に選ばれた勇者。
歴代で実力は随一だとされる。
バレス
オスティア国の騎士団長。
堅物だが、ユウには優しい。
ケン
ユウと一緒に召喚された勇者（？）
セファ
路地裏で暮らす少年。

――目の前で人が大穴に吸い込まれていった。

突然のことで、俺が何を言ってるのか到底理解できないだろう。大丈夫だ、俺も自分が何を見てしまったのか分かってない。

前を歩いていた男子学生を飲み込んでしまった大穴は、何の予兆もなく、突然彼の足元に出現したんだ。彼を待っていたと言わんばかりに、足を踏み出した先のちょうど真下の位置に。

「って、暢気に眺めてる場合じゃない！」

地面にぽっかりと空いた穴なんて、テレビでしか見たことがない。もしかして、年末によく見る芸能人相手のドッキリかなんかの撮影だったのだろうか。

だが、周囲を見渡すも、テレビクルーはおろか、人っ子一人いない。

「……やっぱり、偶発的な事故ってことだよね」

通りかかっただけとはいえ、落下現場を目撃してしまったんだ。そのままサヨウナラ、と見て見ぬフリをする薄情な人間にはなりたくない。

俺はようやく回りだした脳に喝を入れて、男子学生が落ちていった穴に恐る恐る近付いた。もちろん彼の二の舞はごめんだから、大股で四歩くらいの距離を取って。

「うわぁ、穴底すらも見えない。こんな穴、バトル漫画でも開かないって」

公園の砂場ほどもある穴は、底の見えない大口を開いて、風を吸い込むような音を立てていた。

「あの、大丈夫ですかーっ！」

だが、その大穴は、地上の光もろとも俺の叫びを吸い取ってしまうほど、深く、暗かった。

「どうしてこんなことに……」

俺は途方に暮れて、誰に聞き届けられるはずもない問いを力なく呟いた。

◆
◇

「え？　バイト飛んだの？　マジねぇわお前‼」

それは都心に住まう人間なら誰しもが経験する帰宅ラッシュの電車の中。至近距離に立つ大学生と思われる男子学生三人が、耳を塞ぎたくなるほどの音量で話をしている。

目の前で交わされる会話が、自然と耳に入ってしまう。

「バイト飛んでも、なぜかキラキラしてる陽キャ、こわいな……」

十数社目にのぼる就職試験で場数は踏んでいるのに、一次面接で会社名を言い間違えるという致命的なミスを犯し、メンタルブレイクしている俺の耳には、陽気な声色が刺さるように痛かった。

陽キャトリオの視界に入らないようにミリ単位で身体の向きを調整しているうちに、最寄駅に到着した。なんだか色々な物を失ったような心情で電車を降りて改札を出ると、グループの内の一人が、俺よりも数歩先を歩いているのを発見した。

うわ、最寄一緒なのか。明日から時間変えようかな……

思わずそう思ってしまったのは許してほしい。

明るい金の髪が特徴的な学生は、降りた直後から何やら友達と電話を始めていた。

さっきから延々と喋ってるけど、喉を酷使しすぎじゃないだろうか。的外れな心配をしながら家に向かって歩き出す。

数分歩いていて気が付いたが、なんとその学生と帰り道も同じなのだ。

ここまで来たらとことん着いていってやろうと、ちょっとワクワクしながら歩く。すぐに狭い十字路に差しかかり、学生くんは右に曲がった。俺の家はこの路地を左に数分だから、ここでようやくお別れだ。

惜しむほどの別れでもないので、何の感慨もなく自宅へ向けて足早に歩き出した時だった。

「おわあぁぁ⁉」

——突如として、先ほどまで同じ道を歩いていた学生くんの悲鳴が響いた。

「えっ⁉」

思わず振り向いた結果、彼が穴に吸い込まれていくところを目撃してしまった、という経緯《いきさつ》だ。

「と、とりあえず警察に通報する？　俺が突き落としたと思われなきゃいいけど……」

俺は穴を覗くのをやめ、スマホを探し始めた。

「あれ、スマホどこのポケットに入れたっけ？」

硬くて開けにくい上に、ポケットが無数にある就活カバンを探ってみるが、中々お目当ての物が出てこない。

「あ！　あった……って、うわぁ！」

手に馴染む感触を掴んだその瞬間。

轟音と共に吹いた一陣の風によってバランスを崩した俺は、人を一人丸呑みしたあの穴に、真っ逆さまに落ちていった。

「嘘だろぉぉおおおおお!!」

◆
◇

柔らかな風が頬を撫でる。ここ最近はあまり嗅ぐこともなくなった、草木の香りが鼻を擽《くすぐ》った。

「……んん、これ土の匂い？」

パチリ、と覚醒した俺の目に飛び込んできたのは、一面の青。高層ビルにも遮られることなく、周囲を見渡せる状態だ。

「へ？　ここ、どこ？」

何かがおかしい。なにしろ、都心でこんなに広い空が見えるはずない。しかも、さっきから鋭い葉っぱのような物がチクチクと耳に当たっている。

恐る恐る上体を起こし、数メートル先までの景色を認識した俺の脳がいよいよ限界を迎えた。

「なんで草原に寝転がってるの、俺」

だだっ広い平地に、柔らかな赤土と、見たこともないくらい背丈の高い草。紛うことなき自然が、その場を支配していた。

「俺、穴に落ちてそれから……どうなったんだっけ？」

わずかに残る最後の記憶といえば、風に背中を押されたような、そんな感覚だけ。

不幸中の幸いとでも言うのだろうか、怪我はないようで、服も至って綺麗な状態だった。

「いや、怪我ないってのもおかしいよね。一体どうなってるんだろう」

俺が寝ていた周辺には、俺が持っていたカバンの中身が散乱していた。数日前のコンビニのレシート、グミの空袋、形だけのシステム手帳、就活期間だけシンプルなケースに収まっているスマホ等々。

「遅刻しかけたから、カバン整理する時間もなくて汚いままなんだよな」

慌てて落ちた物を拾い上げていく。スマホに手を触れた瞬間、見慣れない表示が目に入った。

「なんだこれ、文字化け……？」

俺のホーム画面には、いつもなら犬の写真が表示されるはずだった。それが今は、蛇が這いずり回った痕だけが残り、画面もフリーズしている。

「バグにしてもこれは変か。文字化けなら 縺薙s縺 とかが王道だし」

スマホが使えない事態は現代人としては致命的だけど、あの大穴を見た後だ。何が起きても驚かない自信がある。

荷物をまとめて身支度を整えて、次はどうするか、と思考を巡らせる。どこかも分からない大自然のど真ん中に放置されたんだ、少しでも情報を集めておきたい。

「とりあえず、民家を探してみようかな」

開けた草原の先、ずっと向こうに森が続いている。俺は、方角が分からないながらも、その木々に近付いてみる。注意深く見てみると、ほんのわずかに草が踏まれたような痕跡が残っていた。

だが、それも数か所だけ。他はどこも草木が自由に生い茂っていて、整備された道はない。

「う～ん。辿ってみるしか、ないよなぁ」

――しかし、とんだことに巻き込まれてしまった。

多分、あの学生は狙い撃ちされたんだろう。落とし穴で気絶させて、移動させられた、とか。

もしくは……考えたくないけれど、これが死後の世界とか。

「死後、かぁ。もしそうなら、やり残したことは沢山あるけど……憂鬱《ゆううつ》な就活や、人間関係から解放されるってことだけはメリットかもしれない」

トボトボと下を向いて歩きながら、つい数分前までの自分を思い出していると、足元に石の敷き詰められた石畳があるのが目に入った。

「久しぶりの人工物の感触！」

勢いよく顔を上げれば、木材と石材を組み上げたような、中世の欧風な家屋が鎮座しているのが視界に入った。

「……俺、昔のヨーロッパにタイムスリップでもしたのかな」

「おやおや、どうしたんだい？」

「ひっ」

突然後ろから声をかけられ、俺は文字通り飛び上がった。まさか、背後に人がいるとは思わなかったんだ。

「あら、びっくりさせちゃったねぇ。ごめんね」

驚いて振り向くと、人の好《よ》さそうなお婆さんがニコニコと俺に笑いかけている。生成《きなり》のシャツと茶色のスカートという質素な衣服を身に纏《まと》い、手には何かの実のような物を抱えていた。

ＲＰＧゲームでいうＮＰＣキャラの村人、と言ってもなんら遜色はないだろう。それほどまでに村人のイメージがぴったりと当てはまる風貌だった。

「あ、あの！　俺、人攫《さら》いに遭ったみたいで。気が付いたら近くの草原に放り出されてたんです。変なこと聞いちゃうんですけど、ここの地名を教えてもらえますか？」

慌てて、とんでもない出まかせを言ってしまったが、情報を得るために必要な嘘だということで許してほしい。

「それは大変！　アナタ、だから見かけない服を着ているのね。どこのお貴族様かと思ったわよ。最近はこの辺りも財政難で、盗賊団の取り締まりも減ってしまっているからね。大変だったわねぇ。お腹も空いてるでしょ、上がっていきなさい」

お婆さんは眉を顰《ひそ》めて、自分のことのように温かい言葉をかけてくれる。心に沁みるような優しさを感じながらも、聞きなれない単語に警戒心が高まる。

盗賊団？　お貴族様？　現代日本でそんな単語、聞いたこともない。全く違う国の話をしているようだ。

「あの、ありがとうございます。お言葉に甘えてお邪魔させてもらいます」

初対面の人の家に上がるだなんて、普通であれば絶対にしないのだけど……状況が状況だ。この親切な村人から得る情報は、リスクを取る価値がありそうだ。

お婆さんの後に着いて、ちょっと斜めっている気がしないでもいない、少し背の高い家屋に足を踏み入れる。俺を家へと招き入れた村人は、早速食事の用意を始めた。

「あ、俺も手伝います！」

「あら、本当？　助かるわ。じゃあこれをお皿に盛りつけてくれるかしら」

このお皿、と言って渡された器は一見普通の木製の皿だが、全体的に形の歪みがあった。きっと手造りなのだろう。素朴さや、造りのラフさは、彼女の服装や、この家の外観にも共通している。

……でも、ここまで手造りを徹底している土地なんて、今の時代にあるのだろうか。ますます、ここがどこだか分からなくなってきた。

日本語が通じているから、てっきり国内だと思っていたけど、日本じゃないのかな？

悶々と考えながら、雑穀が入ったパンと、見慣れない野菜を皿に盛りつけていく。食事もかなり慎《つつ》ましい。他にも何か判断材料がないかと話しかけようとして、彼女の名前を知らないことに気が付いた。

「あの、お名前を教えていただけますか？　ぜひ覚えておきたいんです」

「うふふ、私はアンナよ。貴方は？」

「有《ユウ》です。アンナさんはこちらで一人で暮らしているんですか？」

「そうなの。前に旦那をクエストで亡くしてねぇ。息子は……まぁ、独り立ちしていたから、それからはこの家に一人よ」

——ちょっと待って、今なんて？

「クエ、スト……ですか？」

「そうよ、十年も前になるから覚えてないかしら？　王都管轄のギルド主導で、魔王討伐の大規模クエストがあったじゃない」

「ま、魔王……？」

「そうよ！　私の旦那もすごかったんだから。勇者一行に冒険者として所属していてね、それはそれは格好良い剣捌《さば》きで！」

アンナさんは旦那さんの勇姿を思い出しているのか、身をくねらせながら惚気《のろけ》始めた。でも、ごめんアンナさん。俺は今それどころじゃないんだ。

ああ、落ちた衝撃で俺の耳がおかしくなったのかも。勇者とか、ギルドとか、魔王だなんて。だって、穴に落ちたら、剣と魔法のＲＰＧ世界でした！　なんて、使い古された展開が現実にあるはず……ない。

だが、アンナさんの様子を見るに、嘘や演技なんかじゃないってことは容易に分かる。

アンナさんは俺の魂が抜けかかっていることには気付くはずもなく、一人でどんどんと話を進めていく。

「でも、昨日だったかしら。突然お触れが出たのよ」

「お触れ、ですか?」

「そう、国王様から、異世界勇者の召喚に成功したって」

「い、いせかいゆうしゃ?」

あ、これダメなやつだ。条件が揃いすぎた。ドッキリにしては作り込まれすぎた舞台セット、あの突如現れた大穴、なぜか通じる日本語、文字化けして動かないスマホ。もう信じる他ない。

——ここ、異世界なんですね……

俺は歪んだ形の器を手に、気が遠くなるのを感じた。

アンナさんに席に着くよう促されて、異世界交流会ならぬ食事会が始まったのだが、俺はもう既に食事なんて気分ではなかった。得た情報の意味を考えれば考えるほど、俺史上で最大、天変地異レベルの大問題が起きている事実を目の当たりにしている。

底知れぬ恐ろしさを感じて、思わず食べる手が止まってしまった。

「……お口に合わなかったかしら?」

「あ、ちょっと考えごとをしてました。ごめんなさい」

いただいたものはしっかり食べなければ、と味を感じられなくなった口で頬張る。

「そうよね、色々あったんですもの。あまり無理しないのよ?」

アンナさんは心配そうにこちらを窺《うかが》っている。

「ありがとうございます。でも、もう大丈夫です。あの、国王のお触れって、どういうものなんですか？」

「あら！　興味あるかしら。ちょっと長くなるけど、魔王のことから話すわね」

アンナさんが話してくれたのは、元の世界で聞いたなら、面白そうなゲームだと思ったであろう内容だった。

大昔から、この世界には人と魔族がいた。人間の方に数的な優位性があり、生活エリアが重なることもなく、平穏に過ごしてきたらしい。だが、三十年ほど前に、魔王と目される存在が生まれたことによって、そのパワーバランスが崩れた。最近では、市街地でも魔族が目撃されるようになり、国に属する騎士団と、冒険者で構成されたギルドで討伐しているらしい。

加えて、年に一度、国の中で一番の冒険者が勇者として選抜され、魔王討伐戦を行っている。アンナさんが財政難だと言っていたのは、この討伐戦に莫大な費用をかけていて、そのために財政が圧迫されているとのことだった。

「でもね、それこそ……この国のどんなに強い勇者でも、魔王に一度も勝てたことがないのよ」

「え、魔王めちゃくちゃ強いじゃないですか！」

「国としても騎士団を派遣しているのに、よ。それで、国王様が魔術師を雇って異世界から勇者を召喚するって仰って」

「……ん？　異世界から勇者を？」

「そう。異世界の力の強い人を召喚して、魔王を倒してもらおうってことらしいの」

あの陽キャくん、何かの格闘技でもやっていたのだろうか。特別強そうには見えなかったけど。というか、どう見ても、ただの陽キャでキラキラな大学生だったけど。

赤の他人ながら、彼の境遇が不安になってしまった。いや待てよ、要するに、あの陽キャに巻き込まれて俺も穴に落ちちゃったワケか！　とばっちりもいいとこだ。

「その、異世界の人って、今はどこにいるんですか？」

「王宮に住われてるんじゃないかしら？　珍しい金の髪で黒い瞳の、素敵な人らしいわ」

アンナさんの話から察するに、彼の召喚？　は王宮で行われたらしい。

というか、あの金髪は多分ブリーチしているだけだろう。そのうち、根本から黒の髪の毛が生えてきて、王宮中がおったまげることになるんじゃないのか。

それはさておき、アンナさんとの会話で状況が整理できてきた。俺は陽キャくんをターゲットにした召喚とやらに間違って入り込んでしまって、目的地の王宮ではなく、あの草原に放り出されたってことだ。

この国の置かれた状況を考えると、巻き込まれただけの俺にとっては、むしろ幸運だったのかもしれない。もし王宮に召喚されてたら、魔王討伐に駆り出されるか、役立たずだと判明してゴミのようにポイッと捨てられる可能性もあった。最悪、国の失態を隠すために監禁とか……財政が圧迫されているなら、処刑されるなんて事態も考えられそうだ。

俺は思わずブルリ、と身を震わせた。万が一、召喚を主導する存在が、異世界から二人召喚されたと知ってしまったらどうなるだろうか。想像に容易《たやす》い。

――絶対に、王宮の人間には見つかりたくない。

そのために有効な手段、それは村人Aになりきることだ。

「アンナさん、ここでの暮らしのことを教えてくれませんか？」

「え？　ここでの暮らしって……元のお家に帰るための方法じゃなくて、かしら」

当然の疑問だろう。アンナさんは戸惑ったように俺を見つめた。

「攫《さら》われる前のことを考えると、元いた家には戻れないかもしれないんです。お願いします！」

深く頭を下げた俺を見て何かを決心したのか、アンナさんは近くにあった小物入れを探り始めた。

「ほら、これを持ってここからすぐの村に向かいなさい」

「これは……地図？　こんな近くに村があるんですか？」

「そうよ。ここじゃ時おり魔物も出るし、アナタも苦労するわ。だから、その村に行ってみなさい。それにその村の村長さんは中々いい方なのよ、きっと力になってくれるわ」

「あ、ありがとうございます！」

「いいのよ、なんだか息子が帰ってきたみたいで、私も楽しかったわ。またいらっしゃい」

食事の後片付けを済ませると、アンナさんは息子さんのお下がりだという服を譲ってくれた。

あの子が十五の時の服なのよ、と言いながら渡された布は明らかに俺よりも大きく、完全に服に着られたちんちくりんが完成してしまった。そんな俺を見て、アンナさんが似合わぬ爆笑をしていたのは、少し恨みに思ってもいいだろうか。

落ち着いたらまた顔を見せに来るという約束をして、俺はアンナさんの家を出た。また道なき道を進み始める。

もらった地図の文字はやはり蛇が這ったようで、読むことは叶わない。大ざっぱに書かれた絵から察するに、十分ほど歩いたあたりに小さな村があるらしい。

延々と続くかと思われた草木が生い茂る中を、手で掻き分けながら進む。そういえば、アンナさんの家の周辺は少し石畳が敷かれていた。あれは結構整備されている状態だったんだなと、遅ればせながら理解した。

よっこらせ、と日本人を感じさせるかけ声と共に目の前にあった大きな葉を避けると、家らしき建造物がいくつも目に飛び込んできた。

「本当に村があった！　石とか木でできているところを見ると、やっぱり異世界なんだなぁ」

見えてきた村はＲＰＧで言うところのさいしょのむらとして登場しそうな、長閑《のどか》な村だった。

子供もちらほらといて、山羊を追いかけたり、犬と遊んだりしている。

「動物はいるんだなぁ……元いた世界とそんなにかけ離れてないのかも」

しかし、なぜかみんな揃って髪の色が奇抜だ。素朴な質感の服とは打って変わって、オレンジや赤系の色が多く、黒い髪の俺はかなり浮いてしまっていた。

見慣れない顔だからか、すれ違い様に、チラリとこちらを窺《うかが》う視線を感じる。アンナさんに服を借りてもこのザマだ。スーツでここを歩いていたら、一発で不審者扱いされていただろうな。

「あ、ここか」

村の中を歩き回っているうちに、村に着いたら必ず行け、と言われていた村長さんの家らしき物件に辿り着いた。

「想像してたより小さいな……」

村長の家！　って言うんだから大層立派な家を想像していた。大きさで言うと、アンナさんの家や、ここら辺にある家と同じくらいの大きさだろう。

「あの、すみません。アンナさんの紹介で伺ったのですが……」

「アンナ？　あの婆さんまだ生きてたのか！」

「え？」

村長の家から、慌てた声が聞こえ、息つく間もなく大柄の男が出てきた。これまた予想外で、二十代半ばほどの容貌に見える。それに、日本で言う、テレビ映えしそうな精悍な顔立ちをしていた。

「ん？　お前、見ない顔だな」

「あ、すみません、アンナさんに言われてお伺いしたんです。ここの村長さんに相談したら力になってくれるかもって聞いたんです。どうにかしてここの近くで暮らしていきたくて……」

「ここで暮らす？」

村長さんは俺を値踏みするように、上から下まで視線を巡らせると首を傾げた。

「……お前みたいなやつがか？」

「へ？」

「細いし、魔力も一切感じない……何より黒髪だろう」

「え？　黒髪だと何かあるんですか？」

俺がそう聞き返すと、村長の顔色が変わった。眉にグッと皺を寄せ、剣呑な表情になっている。

もしかして、俺はなにか不味いことを聞いたのだろうか。

「お前、アンナの紹介で来たと言っていたな」

「はい、そうです」

「入れ」

村長さんは俺を招き入れ、外を見渡してからキッチリと鍵をかけた。

突然のことに俺が狼狽《うろた》えていると、村長さんに椅子に座るよう促された。そこで初めて屋内を見てみたが、意外と家具は充実しているようだ。クローゼットらしき縦長の箱のような収納スペースや、食事を食べるであろうテーブルなどは、一枚木で作られている。

村長さんは電車に詰め込んだら吊革に顔をぶつけそうなほど大柄で、衣服の下に見える腕はかなり鍛え上げられている。どことなく、勇猛な獅子のような存在感がある人だ。

そんな村長が、慣れた手つきで二人分のカップに水を入れ、俺の前に差し出した。洗練された動作で向かいの椅子に座ると、俺の顔を観察しながら話を切り出す。

「黒髪の謂《い》われについて、何も知らないと言ったな」

「は、はい」

何か不穏な空気を感じたが、一度知らない素振りをしてしまった以上、ここで嘘をついても仕方ないと思って素直に返答する。

「お前、魔族か？」

「ブッ!?」

あまりに突拍子もない問いかけに、飲みかけた水を吹き出してしまった。

「そんなワケないじゃないですか！」

俺は慌てて村長の言葉を否定する。さすがに、魔族なんて最悪の勘違いだ。笑えない。

「まあそりゃそうだろうな。魔物で会話が成立するやつなんてほぼいないし、それにしては魔力を感じない……ってことは、異世界の者か？」

「な、なんでそうなるんですか？」

続けざまに放たれた、真に迫った質問に心臓がドキリと跳ねた。村人Aになると決心したのがほんの一時間ほど前。もう看破されてしまったのだろうか。

村長さんは俺をイジって遊んでるようにも見える。今もちょっと半笑いだし。だが、カマをかけているとしても、逃避行初日にして既にバレかけている状況に、目の前が真っ白になる。

村長さんは、そんな俺の表情を見てニヤリと笑った。

「表情に出過ぎてるぞ。なんでって、俺らの中で黒髪なんて生まれないからだ。黒の色を纏《まと》って生まれるのは魔物だけって言い伝えがあるんだよ」

「それ、本当ですか」

「この国で生まれたヤツなら皆知ってる。そうだな、子供の頃から周りに教えられて育つ類《たぐ》いの伝承だ。ま、その話自体を知らないのが既におかしいんだけどな」

ガクッと肩から力が抜けた。知らぬ間に、超初歩的なところで思いっきりやらかしていたみたいだ。これはもう弁解のしようがない。

「あの、誰にも言わないでいただけますか？」

「もちろんだ、話してくれ」

村長さんは目を細めて、俺に話を促してくる。

「俺、その異世界勇者召喚に巻き込まれたみたいで……」

俺は村長さんに、大きな穴に落ちていった人を助けるために覗き込んだら誤って落ちてしまったこと、アンナさんには放浪中に偶然出会ったことを包み隠さずに打ち明けた。

「そうか。中々に大変な一日だったな。まあ、お前が異世界からの人間だってことはアンナの婆さんも気付いてたと思うぞ」

「えっ、じゃあ黒髪のこと黙ってたのも、わざとってことですか⁉」

「まあ、推測だが。これから長く住む土地だから、隠しごとはするなってことなんじゃないか？それに関しては俺も同意だ。これから村の仲間になるってのに、長《おさ》の俺が素性を知らないのはな」

「いやでもここに来るまで距離あったし教えてくれても……って、え？」

聞き間違いだろうか。

じっと顔を凝視していると、村長さんはニカッと笑って、俺に手を差し出してきた。

「歓迎するぜ？」

「い、いいんですか？　俺、異世界から理由もなく連れてこられただけで、なんの特技もないんですよ？」

「ああ。異世界が何か知ったこっちゃないけどな。うちは働ける男の数が減ってるんだ。些細なことは気にしてられないってわけだ」

些細なこと、その言葉を聞いて、俺は喜びと感動で胸が締め付けられる感覚を覚えた。

粗野な言葉だけど、聞き方を変えればものすごい励ましの言葉だ。嬉しさで目を潤ませていると、村長が「ただし」と付け加える。

「まあ……その細っこい身体はどうにかして鍛えないとな？」

繋がれた俺の腕を持ち上げられると、村長さんの腕と並べるのも恥ずかしいほどに生っ白い細い腕が露出する。

「ウッ、元の世界は肉体労働とかあんまりなかったんです」

「へぇ？　異世界とやらはどうなってんだろうな」

村長は異世界の暮らしに興味を持ったようで、目を輝かせながら聞いてくる。

「長くなるので、またの機会に……」

「あぁ、そうだったな。ちょうど村に空き家があるんだ。元々アンナの婆さんの息子が住んでた家だ」

「アンナさんの息子さん、この村で暮らしてたんですね！」

「ああ。昨年だったか、魔王の討伐クエストに参加して、まだ帰ってきていない」

「……そう、なんですね」

「いつ帰ってきてもいいよう、家は残してあったんだ。まさか、それがこんな形で役立つとは何があるか分からないな」

アンナさんの息子さんも、クエストに参加してたんだ……俺は自分のことばっかりで、まだまだアンナさんから聞けてないことがたくさんあったんだな。

「じゃあ、案内がてら村民に挨拶して回るか」

俺と村長は連れ立って住民の皆さんに挨拶に回った。皆、黒髪を見て驚いたような表情をするが、すぐにようこそ、と笑いかけてくれる。

「ここの村は、とっても温かい人が多いんですね」

「俺には贅沢なほど人が好い奴らばかりの自慢の村だ。そうだ、名前を聞いていなかったな。俺はリドだ」

「あ！　名乗るのが遅れてごめんなさい、俺はユウといいます」

「ユウか、よろしくな。今日から俺たちの仲間になるわけだ。困りごとは村長の俺に言ってくれ」

リドさんは俺を空き家に通すと、ちょっとしたドヤ顔で仁王立ちしていた。俺がやったらギャグにしかならないけど、顔がいいから何をやっても様になる。

「ありがとうございます！　これからよろしくお願いします」

急遽始まった、とばっちり異世界生活。なんとか住む場所も決まって、幸先よしです！

◆◇

案内された家は、一人暮らしには少し大きいくらいの立派な家だった。

「犬小屋でもいいので住まわせてください！　っていう意気込みで来たんだけどな……いい人ばっかりだ」

リドさんは忘れ物をしたとかなんとかで、一度家に戻っている。一人になった俺は、まず部屋の掃除を始めた。村の皆が定期的に手入れしていたらしいけど、やはり埃は溜まるもので、一通り掃除をしなければ住める状態ではない。

というか、定期的に空き家の掃除をしていたなんて、よほどアンナさんの息子さんの人望が厚かったのか……もしくは、村の皆さんが特別に優しいのだろうか。きっと、どっちもあるんだろう。いい村の近くに落とされたなと、しみじみと思う。

「でも、これからどうしようかな。何をするにもこの黒髪が邪魔しそうだし」

俺は肩を落としながら、雑巾を洗う。外で作業しようにも、この髪のせいで人の注目を集めやすい。

村民ならまだいいが、外部の人間に見つかったら、一瞬で俺の噂は広まってしまうだろう。

「珍しい黒髪がいる、なんて王宮に伝わったら、召喚されたのが二人だってすぐにバレちゃうよね」

俺がプルプルと震えながら、今後の打開策について考えていると、リドさんが戻ってきた。

「ユウ、部屋はどうだ？」

「リドさん！　見てください、結構綺麗になりましたよ！」

「あぁ、これなら夕方までには落ち着けそうだな」

「こんな素敵な家まで貸していただいて、本当にありがとうございます」

礼儀正しく一礼すると、リドさんは少し不思議そうな表情をした後にニンマリと笑った。

「ま、その分働いてもらうぞ？」

「はい、もちろんです！」

「いい返事だ……ああ、そうだ。これをユウにやろうと思ってな」

そう言って、リドさんは質のよさそうな青いスカーフを俺の手に乗せた。艶やかな生地には少しの光沢があり、シルクのような手触りだ。

「え？　こんな高価そうなもの、受け取れませんよ！」

「いや、必需品なんじゃないか？　それ、頭に巻いてみろよ」

「頭に……？」

俺は言われた通り、頭を一周するように被ってみる。

「あ！　髪の毛の色が見えなくなった！」

なるほど、帽子の代わりってことか。スカーフを巻くなんて、元いた世界ではしたことがない。

なんだか、異世界っぽくてテンションが上がる。

「それは俺からの引越し祝いだ。似合うぞ」

リドさんはウキウキし始めた俺の頭を、布の上から軽くポンポンと叩いた。

「住む場所までいただいたのに、こんな素敵なものまで……」

「お前は遠慮し過ぎなところがあるな。いいんだ、俺の好きでやってるから」

優しげな目つきで頭を撫でられてしまえば、もう反論はできなかった。ここでもらわなきゃ、逆に失礼になるかもしれないと思い、できる限りの笑顔でお礼をする。

「ありがとうございます」

「おう、いいってことよ。あと、これも。俺のお下がりだけどな」

リドさんに手渡されたのは、薄く青色に染めてあるベストと綿のような素材の服だった。運動をするのに適しているのか、軽くて動きやすそうな素材だ。

「俺にはもう小さいし、もらい手がいなかったんだ。アンナの婆さんの服だけだと、洗い替えがないだろ？」

「な、何から何まで、ありがとうございます！」

俺は思わず、神様リド様村長様と拝んでしまった。感謝の気持ちが限界突破したが故の行動だったのだが、こちらには拝むと言う習慣がないのか、リドさんに不審がられてしまった。

「お前、所々で異世界感出てるから気を付けた方がいいぞ」

「あ、ハイ。すみません」

「明日は街に行くぞ。一着だけじゃ足りないだろうし、ユウの体にあった服を買おう」

「え!?　大丈夫ですよ。アンナさんからいただいた服もありますし、それにこっちの通貨のこと全然知らないので、買い物はちょっと……」

「何言ってんだ。俺が出すに決まってる」

俺は今度こそ目眩がした。

リドさんってば、人が好すぎるにもほどがある。アンナさんから聞いてはいたけど、助けてもなんのメリットもない異世界人を村に招き入れただけじゃなくて、こんなにも親切にしてくれるなんて。

「いや、そこまでしてもらうわけにはいきません！」

大慌てで提案を拒むと、リドさんは戸惑ったように小首を傾げ、ぽつりと言った。

「……俺と街に出かけるのは嫌か？」

「嫌じゃないです！　ぜひ行かせてくださいっ！」

一瞬、獅子のようだと思っていたリドさんが拗《す》ねた猫のように見えてしまった。

「じゃあ、とりあえずウチで食事にしよう。用意してある」

「は、はい」

リドさんは、きっとド級の世話好きなんだろう。

俺は一種の諦めを覚えて、リドさんの親切心に甘えさせてもらうことにした。

リドさんの家に戻ると、食卓には肉とスープ、パンが用意されていた。肉も食用として流通しているんだな、と一人安堵しながら食卓を眺める。リドさんが用意してくれたパンは、アンナさんのところとは違い、少し現代のパンに似ていて柔らかい。まさかとは思うが、各家庭でパンを手作りしているのだろうか。

「もしかして、この食事は珍しいか？　畑で採れた実を使った主食で、シバムと呼ばれている。火の魔力持ちが練ると出来上がりも見違えるぞ。俺は地の系統だから、まぁまぁの出来だな」

「や、やっぱり、リドさんが作ったんですか」

「ああ、自炊はこの村の基本だ」

「そうなんですか……」

まずいぞ、一人暮らしを初めて四年目になるけど、面倒臭いからとまともな自炊をしていなかった。今さら慣れない環境で飯を作るとなっても、それこそダークマターができてしまう気がする。

「俺、前途多難かもしれないです」

「？　よく分からないが、暮らしで何か困ったら言ってくれ」

食事事情までリドさんにお世話になるわけにもいかないし、頑張って練習してみよう。俺は頭の中でパンを捏ねるイメージトレーニングをしてみる。

「そうだ、ユウ。色々と聞きたかったんだが、そもそもなんで異世界からの出自だということを隠しているんだ。王宮に召し抱えられた方が、生活は安定するだろう」

「それは……ここの王国の人って、異世界人を強力な勇者だと思って召喚してるんですよね？」

「ああ、そうだな」

「明らかに、俺そっちの要員じゃないんです」

「全面的に同意する」

リドさんは俺の腕をチラリと見て、ウンウンと頷く。それはそれでムッとするけど、事実だし仕方ない。

「なるほど、それで王宮には出向かないってことか」

「一生関わり合いになりたくないですね」

「そう邪険にしないでやってくれ。王も国を救おうと思っての方策だ。方針が他力本願なのは否めないけどな」

「本当に実力者が召喚できていればいいんですけど、召喚したのが普通の人間じゃ話になりませんって。あ、そういえば国内からも勇者は選ばれるんですよね？」

「一年に一回、成人した男の中で一番実力のある者が選ばれる仕組みになっている。アンナの婆さんの息子も、昨年の勇者になって討伐隊に参加した訳だ」

リドさんはそこで話を区切ると、少しだけ目を伏せた。

「……魔王がいるとされる城までの道は常に一定で、迷うことはない。生き残りは二ヶ月ほどで帰ってくるんだけどな」

「二ヶ月、ですか」

「しかも、魔王じゃなくても魔物は数えられないほど存在する。魔王に辿り着く前にクエストに失敗する例が後を絶たない。で、悲しい報せだが、今年の勇者はハズレだって話だ」

「ハズレっていうのは、弱いってことですか？」

「いや、力は強いが仲間との折り合いが悪いらしい。一人だけ強くたって、他との連携ができなきゃ話にならない。到底魔王とは戦えないだろう」

「あ～、耳が痛いです」

俺の発言を聞いて、リドさんは頭の上に疑問符を浮かべている。

そりゃなんの話だってなるよな。

今の話を聞いて、少しばかり自己投影してしまっただけだ。就職活動を早期に終わらせられなかったのも、きっとその会社に入って役に立つ働きができないと見透かされていたからだ。

実現したいことや、夢みたいなものもあったけど、現実味のない目標ばかり。そのくせ人に期待されるのが苦手で、いざという時に緊張で足が竦んでしまうこともあった。

思い出したくない記憶まで引きずられて出てきそうで、頭を振って思考を止める。

「ま、そんなこんなで、確かにユウは王宮に近寄らない方がいい」

リドさんはそんな俺の言動の意味を深く追及することはなく、話を切り替えてくれた。

「そういうことですね」

「残念だ。ここの国王や王子は見目がいいと国民にも人気なんだが」

「いや、そういうのは結構ですので」

先ほどまではショックで味を感じる余裕もなかったが、今は鮮烈に異国の風味を味わうことができる。温かな夕飯で胃を満たし、新たに始まる生活に想いを馳せた。

魔力なんてものがある世界だ。想像もしていない職業なんかもあるだろう。畑を耕したり、動物の世話をしたり、そういったスローライフもこの村で営まれている。

俺にとっては、実は渡りに船だった。現実味のない目標……それが、誰も自分のことを知らない土地で、今まで想像したこともないような暮らしをしてみることだった。

帰る方法なんて、どうせ簡単には見つからない。国からお触れが出るほどの召喚術っていうなら、元の世界へ帰る術も、王宮の魔術師って奴しか知らないかもしれない。王宮に出向くような、わざわざ命を危険に晒すような行為はしたくない。

だから、俺はここで適応して、村人Aとして暮らしていこう。

「リドさん、俺が力になれることはなんでもします！　これから末永くよろしくお願いします」

俺は座ったままながらも、深々と頭を下げた。少ししても反応がないのでリドさんを盗み見ると、なんだか微妙な表情をしている。

「……なんか、契《ちぎ》りを交わすみたいだな」

「へ？　契《ちぎ》り？」

「いや、なんでもない」

リドさんはそう言うと、俺を見ることなくさっさと皿を片付け始めてしまう。

何かの儀式の話だろうか。リドさんの様子も気になったが、新しい生活が始まることへの期待感で胸が一杯な俺はすぐに忘れて、ホワホワと新生活を妄想するのだった。

風がそよぐ音と、草木の香り、柔らかな光が五感を刺激する。ここ最近、圧迫面接でこき下ろされる夢ばかりを見ていた俺にとって、最高な目覚ましだった。

「むにゃ、ふあぁ……あ、そっか。ここ、異世界なんだっけ」

窓の外に映る見慣れない風景を、寝ぼけた頭で処理する。朝がこんなに清々しいものだってこと、すっかり忘れてたな。

簡単に身支度を済ませて、昨日覚えたばかりの道を辿る。目的地に近付くと、家の前で佇む人影が見えた。

「おはようございます！」

「おう、おはよう。よく似合ってるよ」

リドさんは俺の姿を見て、すぐに声をかけてくれる。もらった青のスカーフと、リドさんのお下がりを着ていたのを確認したのだろう。

「ありがとうございます……でも、こんなにリドさんにもらった物ばっかり着てると、なんか照れますね」

少し長い裾を弄《いじ》りながら照れ笑いすると、リドさんが硬直してしまった。例えるなら、何かとんでもなく恐ろしいもの見た、という表情をしている。

「え、リドさん？　どうしました？」

「あ、いや、気にするな。考えごとをしていた」

「そうですか？　俺が何か変なことをしていたら教えてくださいね」

その後も挙動不審なリドさんに連れられて村を出ると、昨日歩いてきた草原がある方向とは逆に進み出した。

「あ、街はこっちなんですね」

「ああ、昨日は草原から来たんだよな。あっちの方向は魔物が出る領域に近いんだ。だから、人通りも少ない」

「なるほど、それで誰ともすれ違わなかったのか」

街への道に石畳などは敷かれておらず、ザクザク茂った草を踏むように進む。某ゲームならモンスターがランダムに飛び出してきそうな草むらだ。自分の想像にちょっと笑いながら、大きな背に着いて歩いた。

「この通りにも魔物は出たりするんですか？」

「魔物は出るが、低級ばかりだな。高位のいわゆる魔族は出てこない。こっちでは、貴族ではない戦闘向きな奴は大抵冒険者になるんだが、その駆け出しの冒険者たちでもタコ殴りすれば勝てるようなのばかりだ」

「タコ殴り……」

俺は思わず、この黒髪のせいで魔物と間違えられて、冒険者たちに殴られる想像をしてしまった。俺の敵は、魔物だけではなく人間も当てはまるのかもしれない。

若干気分が悪くなりながらも、しっかりとした足取りで進んでいると、ふと嗅ぎ慣れない匂いが風で運ばれてきた。

「あれ？　この塩っぽい香り……もしかして」

「お、気が付いたか。鼻がいいな」

向かっていたのは小高い丘の上らしい。森の木々の隙間を縫って、空と光を反射して煌めく青色が見えてきた。

「うわぁ！」

思わず開けた場所まで走り、全景を視界に捉える。

そこには果てしなく広がる海が悠然と待ち構えていた。輝く水平線に様々な帆船が行き交い、海に接する土地には、石畳が敷かれて簡易的な停泊所になっているようだ。ここの林に繋がる道はメイン通りなのだろう、いくつものテントや小屋が並んでいる。街の全貌までは見ることができないが、

それでもこの街がかなり栄えていることは間違いないだろう。

「えっ、えええ⁉」

驚きと興奮に語彙と感情が迷子になり、とにかく感嘆の声を漏らすしかできなかった。

あの、いかにもＲＰＧあるあるな、さいしょのむらっぽい村の近所がこんなに栄えてるだなんて、想像もしていなかったのだ。

「すごいだろ。この国一番の港街なんだ」

ニカッと笑っているリドさんは、俺の反応を楽しんでいるようだった。

「はいっ！　早く見て回りたいですっ！」

「はは、そう焦るなって。この街は今後も使うことになるから、じっくり見て回ろうか」

「え、村の皆さんはこの街に頻繁に来るんですか？」

「ああ、そりゃあ育てたモン売りに来ないと、金はできないからな」

「……あ！　そうか、ここに市場的な機能もあるんですね」

「そういうことだ。よし、まずはユウの服を買って、それから市場を見に行こう」

「はい、ありがとうございます！」

すごい、すごい！　これぞ異世界だ。

俺は興奮気味に街並みを目に焼き付ける。以前は海に縁遠い場所に住んでいたため、こんなに人が往来する、発展した港街を観光するのは稀だった。

いやいや、俺は観光しに来たんじゃない。これからの生活に役立つ情報を得る機会だ。気合を入れて観察しなきゃ。

にへっと緩んでいた表情を正し、リドさんと並び立ってメイン通りに続く道へと足を踏み入れた。

◆
◇

俺とリドさんは生い茂った草を踏み越え、土で固められた道へと辿り着いた。

数メートルほど先に、メイン通りの起点が見える。踏み慣れた舗装された道の感触に、少し安堵した。

今まで歩いた草原とは打って変わって人工的な風景だな。俺は来た道を振り返り、ふと疑問に思う。

「それにしても、村の皆さんこの道を使うんですよね？　やけに草が生えてませんでした？」

「何かおかしいことでもあるのか？　普通だろ」

「え、草って普通踏んだら枯れていきますよね」

「そんな軟弱なわけ……まさか、そっちではそうだったのか？」

後半は周りに気を遣ってか、リドさんは声を潜めて質問を投げかけてきた。

「そうでした。踏まれて枯れて、それが道になるんです。どうもこっちでは事情が違いそうですね」

「なるほど、色々違いはありそうだな。今度こっちの魔物や植物についても知る機会を作ってやるよ。生活に必要だろう？」

「わぁっリド様！　ありがとうございます！」

俺がキラキラとした眼差しでまた拝み始めると、リドさんは困ったように苦笑した。

「それ、なんのポーズか分からないが、なんか恥ずかしいな……あと、様付けは性に合わないから止めてくれ」

リドさんは歩く速度を緩め、俺の目線まで屈む。

「ほら、あれが市場だ。見てみろ、毎日数え切れないほどの人間が出入りしてる」

リドさんが指を差した先、メイン通りの奥のテントが連なっている場所に、ドラマや映画で一度は見たような活気のある市場が広がっていた。樽の中に沢山の野菜が詰められていたり、捌《さば》きたての鶏らしき肉が軒先に吊り下げられたりしている。

港街らしく、市場の一番見やすいど真ん中のスペースでは魚類や塩が取り扱われ、またある一角では、お酒らしき樽も売られていた。

遠目に見るだけでも彩《いろど》り豊かなその風景に、沸き起こる好奇心が抑えられない。

「す、すすすごい……っ！」

あまりに夢のある光景を目の当たりにして、心の中の五歳児が大はしゃぎする。もちろん子供っぽく見られるのは嫌なので、表面的にはクールぶっているが。

「すっ、すごいですね。近くで見てみたいなー、なんて……」

「遠慮せずどうぞ、と言いたい所だが、先に目的を果たしてからにしろよ？」

あれが服屋だ、と指差されたのは入り口からほど近い場所にある店だった。

確かに、当初の目的をきれいさっぱり忘れ去っていた。表には出さないように適度に落ち込みつつ入店すると、これまた華やかな服が売られている。

てっきり普段着を買いに来たのだと思っていたから、入った瞬間の豪華絢爛《ごうかけんらん》な雰囲気にのまれてフリーズする。

「え、リドさん？　これ、村では浮いちゃうんじゃ」

「ユウには深い色の服が似合うと思ったんだ。働く時の服は、また俺のお下がりでいいだろう」

「……え」

はにかんだ笑みを残すと、リドさんはテキパキと服を選び始める。深紅や深緑の色合いの服を二着持ってくると、俺に押し付けた。

「えっ、えっ……？」

「これは頭まで布がくる形状の服だ。試しに着てみろ」

「は、はいっ！」

命の恩人の命令には逆らえん！　と、ササッと小部屋に移動し、深紅の服に着替えた。

着替えるには着替えたが、その姿をリドさんに見せるのはなんだか気恥ずかしくて、ひょっこりと小部屋のドアから顔を覗かせる。

すると、リドさんは上機嫌に俺の手をとり、ぐいっと試着室から引き摺り出してしまった。

「ほら、似合ってるだろ」

「なんか、俺のことなのに自信満々ですね……」

「俺の目に狂いはない。その自負はあるんだ」

リドさんは俺が脱ぐのも待たず、会計を始めてしまう。

「あ、あの。まだもう一着あるんですけど」

「そんなに似合うんだ、これきりしか見れないなんてもったいないだろ？　それに、もう一着も似合うに決まってるさ」

リドさんは俺の持っている二着の会計を済ませると、外で待つ、と言って出ていってしまった。

「あ、嵐のような人だな」

俺は洋服屋の店主にニコニコと見守られながら、元の服に着替えて店を出た。店を出た瞬間に荷物を掠め取られ、俺は手ぶらになってしまう。

「よし、目的は果たしたから市場でも見るか」

「おおお……っ！」

俺が思わず拍手をすると、リドさんはまた困ったように笑った。もしかして、拍手も通じないのか。

俺はハッと気が付き、いそいそと手を引っ込める。

これじゃあ、自分から注目してくださいって言ってるようなものだよな。この世界にない習慣が出ないようにコントロールしないと。

「ユウ、次は市場での買い物なんだが、なにぶん人が多い。逸《はぐ》れないようにな」

リドさんの心配はもっともで、市場周辺はこの街でも一番混み合っていた。俺はリドさんの半歩後ろに下がると、袖をギュッと握る。

「ユウ？」

「逸《はぐ》れないように、対策しておきます！」

天才の発想だと言わんばかりのしたり顔で悪戯《いたずら》っぽく笑いかけると、リドさんは顔を手で覆い唸り始めた。

「はぁ……お前という奴は」

「え、え？」

突然の唸りに動揺しているうちに、リドさんは顰《しか》めっ面で人波の中をズンズンと市場へと歩いていってしまう。もちろん、俺の歩幅を考慮した速度で。

なんで不機嫌になったのかは分からないけど……歩調を合わせてくれるあたり、俺に怒っているわけではなさそうだ。

疑問に思いつつも、俺も早足でリドさんの後を追いかける。

市場には遠目から見た通り、とても華やかな食材たちが並んでいた。あっちもこっちも気になってしまい、側から見たら不審者扱いされそうなほど、キョロキョロしている自覚がある。

「ほら、前見て歩け」

「あ、ごめんなさい」

リドさんに言われた通りに、きちんと視線を前に向ける。

そうだよな、誰かにぶつかったりしたら大事だもんな。

リドさんは酒販店がお目当てだったのか、商品をザッと確認すると、すぐにお店の人と話し始める。店に着いたならもういいかと、きつく握っていたリドさんの裾を離した。握った圧で服に皺がついてしまっていた点については、申し訳ない気持ちで一杯だ。

「このエールは何を原料にしているんだ？　薬草か？」

リドさんの手には水筒らしき物が握られており、それに入れるお酒を選んでいるらしい。樽ごと買う訳ではないようだ。

てっきり、樽ごとでしか売っていないのかと思っていた。まさに下戸の勘違いだな。

一人で赤面しながら視線を泳がせていると、小さな影を視界に捉えた。

痩せた小学生くらいの子供が、自分の背丈ほどありそうな大きな荷物を運んでいる。足元が見えていないのか、覚束《おぼつか》ない足取りで、速度もまさに亀の歩みだ。

大丈夫かなと思って眺めていたら、突然、背後から勢いよく抜いていった大人の荷物が子供の荷物に当たり、バランスを崩してしまった。

——危ない、そう思った瞬間に、身体が勝手に動き出した。

俺はスカーフを押さえながら、人混みをすり抜け子供の体を支える。

「……っはぁ、間に合った」

「あ、ご、ごめんなさいっ！」

「え？　いや、なんで謝るの？」

子供は怯《おび》えるように俺から距離をとって、不安そうにこちらを窺《うかが》っていた。

「それより怪我はなかった？　どこも痛くない？」

「え、はい……大丈夫です」

「そう、それはよかった！　でもこんな大荷物、一体どこまで運ぶ予定なの？」

「すぐそこなんです、そこの路地裏に」

子供が指さしたのは、今いる道の目と鼻の先だった。

「あ、あの距離なら……」

リドさんを見てみると、話が白熱しているらしく、こちらに気付いていない様子だった。

まぁこの距離だし、迷子になることはないだろう。すぐに戻れば、問題ないはず。

そう判断して、大きな荷物を持ち上げる。

「よし、俺が持つから、案内してくれない？」

「え、でも」

「いいから、いいから！」

俺は荷物を持つと、子供の先導に従って路地裏に入った。

「あ、ここで大丈夫です。後は他の子と協力して運びます。本当にありがとうございました」

ぺこり、と頭を下げた子供の近くにワラワラと同世代の子が集まってくる。

「すごいっ！　こんなにたくさん！」

「やったー！」

口々に喜びの声をあげた子供たちはあっという間に荷物を持っていった。

——たぶんだけど、彼らだけで生活しているのだろう。

声をかけた子供は、俺の方を何度か振り返りながら立ち去った。

「……何人もいるんなら、最初からみんなで行けばよかったのに」

素朴な疑問を感じていると、背後で砂利を踏みしめるような音が聞こえた。

「あれぇ？　何してるのかな、こんな路地裏に一人で。攫《さら》ってくれと言わんばかりじゃないか……ヒヒッ！」

背筋が冷えるような気味の悪い声が路地裏に木霊《こだま》する。

バッと後ろを振り返ると、豪華な身なりをした五十代くらいの脂の乗った男がこちらを楽しそうに眺めていた。いや、眺めているという感じではなく、品定めされているような嫌な目線だ。

「どなたですか」

「おや、教養もあるようだね、身なりも綺麗だし。なんといっても、その艶のある華奢《きゃしゃ》な身体！　きっといい値がつくに違いない」

男が興奮したように唾を飛ばしながら叫んだ内容に、俺は身体が硬直してしまった。

「まさか……ひ、人攫《さら》いだったり」

そのまさかなのだろう。男は金属の手錠のような物を手に、俺にじりじりと近寄ってくる。

「こっちにおいで、もっと君を素敵にしてあげるよ、ヒヒッ！」

「い、嫌だ！　離れろ！」

俺は精一杯の力で男の手を弾《はじ》くと、身を翻《ひるがえ》して逃げようとした……が、そこで気が付く。

この道の奥には、先ほど手助けしたあの子供たちがいる。ここで俺があの子たちの住処にコイツを連れていってしまうようなことがあれば、あの子たちは一網打尽、皆コイツの餌食になってしまうだろう。

俺は路地裏方向に逃げることもできず、立ち止まるしかなかった。

「おや？　逃げるのはもう辞めたんだね。それなら大人しく……」

「大人しく捕まるのは貴様だろう、奴隷商」

「……へ？」

男の言葉を両断するように、突然厳しい声が響いた。力強く、男を貫くような言葉だった。

俺も男も目を丸くして声の発生源を見てみると、メイン通り側から、一人の男性が毅然とした態度で歩み寄ってきていた。

「咎を受ける覚悟はできているな？」

リドさんの茶色っぽいオレンジの髪の毛とは違い、炎がごとく赤く燃え上がる髪を後ろに撫でつけた長身の男性は、鬼のような目付きで男の胸ぐらを掴んだ。

リドさんに負けないくらい洗練された立ち振る舞いと鍛え上げられた体格は、物語の騎士のような優美な服装と相まって、その場にいるだけで威圧されてしまうオーラを放っている。

「この国に、お前のような輩に立ち入りが許された場所は一つもない」

憎々しげにそう言い放った男性は、掴んでいた奴隷商の男を、玩具《おもちゃ》のように振りかぶって地面に叩きつけた。

「え、えええええ!?」

物理法則を完全に無視した攻撃方法に、俺は自分の目がおかしくなったのかと何度も目を擦ったが、この光景に変化はない。慣れた手つきで奴隷商を縛り上げると、男性はすぐに俺のそばに近寄って膝をついた。

近くで見ると、洗練されたその声に見合った精悍な顔立ちをしていた。眉は男らしくキリッとしているが、それに反して俺に注がれる眼差しは優しげだ。

「助けに入るのが遅れてすまない。奴隷商なんぞに触れられて……怖かっただろう？」

「あ、俺は大丈夫です。というか、むしろその後の衝撃がすごくて」

「後？」

あ、やばい。気が動転して、余計なことを言いそうになってしまった。

「あ、なんでもないんですっ！　とにかく、ありがとうございました」

「こんな路地裏に一人で入っては危険だ。不甲斐ない話だが、路地裏にはああいう輩が出やすい。どうして入ったかは分からないが、今後は気を付けて……」

「お兄さん！」

呼びかけられた声に振り返ると、さっきの子供が、手にオレンジのような果物を持ってこちらに近付いてきていた。

「さっきはありがとうございました！　お礼に、これを」

子供はそれだけ伝えると、俺を助けに入った男性をチラリと一瞥《いちべつ》し、また走って立ち去っていった。

「……そうか、俺は君に礼を言わなければいけなかったようだ」

「へ？　あ、いや、それで助けられてたら訳ないっていうか」

俺はそこまで喋ってハッとする。なんでこの強そうな人にお礼を言われてるんだ、俺。子供を手助けしたのは別に俺が勝手にやったことで、彼にはなんの関係もないはずなのに。

そこでようやく、俺は赤髪の男性の手慣れた拘束方法と、規格外の強さ、そして冷静になってみればおかしいほどの優美な服装を思い出す。

もしやこの人、国の警察的な役割の人だったりするのだろうか。その可能性に辿り着いた瞬間、俺はスカーフで顔の半分程度を隠した。

やばい、やばいやばい！　髪の色は見えなかっただろうか。

突然慌てだした俺の様子を見て、何を思ったのか、男性は極力優しく声をかけてくる。

「大丈夫だ。アレは私が責任を持って詰所に連行しよう。安心してくれ」

スカーフを掴んでいない方の俺の手を包むように、上から手を重ねられる。思わず、距離が近くなることの恐怖でビクッと体を揺らすと、何を勘違いしたのか彼が悲痛な顔をした。

「……すまない、配慮が足りなかった」

そう言って、重ねていた手をそっと離した。

助けてくれた男性に申し訳ないと思いつつも、俺としては奴隷商よりも身バレが一番怖いので、さっさとここから立ち去らせてほしいと切に願う。

「あの、もう大丈夫ですので。大通りも近いですし」

「そうか。では、少しだが送ろう」

「だ、大丈夫です！　連れがいますので！」

俺は近い距離感に耐えられず、するりとその人を躱《かわ》しメイン通りへ走る。とはいえ、失礼すぎる態度もいかがなものかと思ったので、一度向き直り深くお辞儀した。

「本当にありがとうございました！」

逃げられると思っていなかったのか、赤髪の男性はポカン、としながら俺を見ていた。

ごめんなさい、赤髪さん！　助けてくれたのはすごくありがたかったけど、主要人物っぽすぎるんだ。

走り出した勢いのままメイン通りへと躍り出ると、リドさんが必死に何かを探していた。

「ユウ！　どこだ！」

「あ、俺か！　ここです、リドさん！」

その様子に不謹慎ながらもちょっと嬉しく思ってしまう。小走りで駆け寄り、リドさんの腰に抱きついた。なぜこんな行動を取ったかというと、後ろから赤髪の男性が追ってきている気配を感じたからに他ならない。

「リドさん！」

「ッ、ユウ！　お前今までどこに……っ」

リドさんは俺に向き直り、赤髪の男性を視界に捉えたらしく、数秒フリーズする。そして、流れるような動作で俺を抱きしめた。

「わっ」

「ちょっと大人しくしてろ」

耳元でそう囁《ささや》くと、俺を抱き上げて市場を離れていく。逆に、目立ってしまうのでは……

でも、抱え上げられてしまったのでは抵抗しようもなく、リドさんの腕の中で縮こまるしかなかった。

「ユウ、なんでアイツが？」

「いやぁ、色々ありまして。あの人って国の人だったりしますか？」

「ああ、あの燃えるような赤髪と華やかな隊服は一人しかいない。バレス騎士団長だ」

「き、騎士団長っ!?」

俺は泡を吹いて気を失いそうになりながら、リドさんにさらに強く抱きついた。

「なんで騎士団の、しかも団長さんがこんなとこにいるんですか！」

「こんな……？　ああ、話し忘れてた」

草原に続く道まで歩いてきたリドさんは、俺をそっと降ろし、頭を撫でた。

「この国……オスティア国は海運で成り立っている国なんだ」

「ああ、だから港街が栄えているんですね……ん？」

「そうだ、ここはこの国一番の港街。つまりは、この国の権力が集中する都市」

俺はリドさんの言葉に、既に冷や汗が止まらなくなっていた。

やけに心臓の音が大きく感じる。

リドさんは言葉を一旦区切ると、頭を撫でていた手を退けた。

「ここ、フィラは王宮がある王都なんだ」

その言葉を聞いた瞬間、ものすごい脱力感に襲われて、思わず膝から崩れ落ちてしまった。

何も事情を知らない人には、俺がリドさんに土下座をしているようにも見えるだろう。

「な、なんだって……！」

さいしょのむらが王宮の目と鼻の先？　運よく王宮での命懸けの生活から逃れられたと思ったのにコレだ。信じていたものに無様に裏切られた気分だ。黄金を手に入れたらメッキされた土塊《つちくれ》だったとか、そんな感じのやつ。

そこでふと、元いた世界でやっていたＲＰＧを思い出す。

あぁ、王道のゲームでは、王様に魔王を倒すように命令され、勇者としての冒険を始めるよな。

その勇者が最初に立ち寄るのが、さいしょのむら。だからこそ、王宮の近くに長閑《のどか》な村の一つや二つあってもおかしくないんだ。

「も、盲点だった……」

長閑《のどか》な村だったからラッキーくらいに考えてたけど、召喚に巻き込まれた人間が王宮付近に落ちた結果だったのか。

頭を抱えて蹲《うずくま》る俺をジッと物珍しげに観察していたリドさんは、追い打ちをかけるかのようにさらなる爆弾を落としていく。

「だから、この港街には勇者や騎士団も頻繁に出入りしてる。なんなら、俺の村で卸《おろ》してる作物や肉のお得意様だったりするぞ？」

「リドさん、俺……この村を出ます。短い間でしたが、お世話になりましたっ！」

俺が切羽詰まった顔でそう宣言すると、リドさんは少し眉尻を下げた。

「おいおい、そんな寂しいこと言うなって。そもそも、魔物を倒せない人間の行動できる範囲には、勇者一行も必ず来ると言っていいからな」

「えっ、そうなんですか!?」

「魔物を倒すことができない、そういう弱い人間を狙って行動する魔物もいる。勇者一行は国中を旅しながら民を守ったりしてるってことだよ」

「ウッ、すごくいい話なのに、俺にとってはまさに四面楚歌だ」

未だに俺が地面に這いつくばる勢いで落ち込んでいると、リドさんは優しく俺に笑いかけた。

「ま、そういうことで、一番事情を知っててお前のことを上手く匿《かくま》ってやれるのは、俺だろ？」

ペカーッと、リドさんに後光が差している。

「はぁっ、リド様」

上手く丸め込まれた気もするが、リドさんに限って俺なんかを騙して村に引き留めようとはしないだろう。きっと純粋な親切心で話をしてくれている。

俺が「救いの手！」と満面の笑みでリドさんの手を握ると、リドさんは居心地が悪そうな顔をして首を横に振った。

「……その呼び方、性に合わないんだって」

「あ、ごめんなさい。あまりに頼りになりすぎて、またやっちゃいました」

「それは素直に嬉しいけどな。まぁ、とりあえず家に戻って一旦落ち着くか」

リドさんはそう言うと、来た時よりも幾分か早い歩調で歩き出す。ボーッとしてたら置いていかれそうだ。

リドさんは皺の寄った眉間を解し、溜息を吐いた。

「……」

リドさんも、溜息吐くんだ。

あの騎士団長を見かけたあたりから、リドさんの様子が少しおかしい気がする。よく見せるあの余裕綽々《よゆうしゃくしゃく》な笑みではなく、いわば普通の人の笑顔になっている。

って、出会って一日しか経っていないのに、何を分かったようなことを言ってるんだか。

拭えない違和感は残るものの、疑問は意識の外へと追い出して、足早に家へ向かう道を進むリドさんの後を追った。

「そういえば、なんで騎士団長に追われてたんだ。黒髪でも見られたか？」

「あ、いや。なんか、奴隷商？　って奴に付き纏《まと》われまして……」

「は？　なんでそんなことに」

「ちょっと路地裏に荷物を運ぶのを手伝ったんです。その時に道を阻まれちゃって」

お騒がせしてごめんなさい！　と謝ると、先ほどよりもさらに重い溜息が吐き出される。

「人助けは、自分の安全を確保してからにしろ。心配になるから」

「おっしゃる通りです……」

「大方、路地裏の子供を助けたんだろう。無事でよかった」

そう言って、リドさんは髪を梳くように優しく頭を撫でてくれた。こうやって人に頭を撫でられるなんて、久しぶりの経験で、心がそわそわとする。

「そうだ、畑を見てから帰るか」

「え、畑！　見せていただけるんですか」

作物が採れると話していたから、どこかにあるのだろうとは思っていたが、まさかこんなすぐに見ることができるとは。

「この村の食い扶持《ぶち》はここで作られてんだ」

村に繋がる少し手前の道で逸れて、森の中を少し進むと、広々とした畑が現れた。初めてこの村に来た時に通りかかった道のはずだが、畑があるなんて気付かなかった。やっぱり土地を知っている人に案内をしてもらうと、見え方が全然違う。

「この畑は主に食用の薬草を育てている。最初は村の中で育ててたんだが、作付面積が広がりすぎて村の外に植え替えたんだ」

「へぇ、このすごい色の葉っぱも食べられるんですか？」

俺が手に取ったのは、元いた世界では見るからにアウトな、水色の植物だ。

これ、食べられるとしてもどんな味がするんだろうか？

「ああ、もちろんだ。比較的裕福な層が買っていく嗜好品だ。噛むと独特な香りが広がる。煎じて茶として飲むと、よく眠れるようになるらしい」

「なるほど……」

よくよく畑を見てみると、色んなところに彩り《いろど》豊かな花や葉が見受けられる。元いた世界で言うハーブ系の作物なのだろう。葉の色は可食かどうかにはあまり関係ないってことか。

俺が一人でウンウンと頷いていると、リドさんが俺を凝視していたことに気が付いた。

「リドさん？　どうしたんですか」

「……ここの村は気に入ったか？」

「ええ、もちろんです！　最初に出会えたのがアンナさんやリドさんで本当によかったです」

王宮じゃなくても、この髪の色に寛大な人たちの元でなければ、俺は朝日を拝むことすらできなかったかもしれない。

「そうか……この村で暮らしていく決心はついたか？　もしユウが出ていくと言っても、引き止める権利は俺にはない」

リドさんは少し拗《す》ねたようにそっぽを向きながら俺に話しかけてくる。

俺はリドさんの様子が意外で、目が点になってしまった。もしかしてリドさん、俺が出ていくって言ったの結構気にしてたのか？

「あれは言葉の綾……冗談ですよ、リドさん。俺がここ以外に暮らしていけそうな場所はないって話したじゃないですか。住む場所まで用意してもらったし。それじゃなくても、俺はここが好きですから、頼まれても出ていきませんよ」

そう笑顔で答えると、チラッとこちらを盗み見たリドさんは俺の手を握った。少し力を入れて握られ、リドさんの温かな体温が手を伝って俺に移る。

「帰るか」

「はいっ！」

引かれる腕の力は優しく、言葉にはしなくても、俺のことを心から歓迎してくれているようだった。

家に戻ったリドさんと俺は、食卓に向かい合わせに座ると、神妙な面持ちでお茶を啜《すす》る。

先ほどの少年にもらったオレンジっぽい果物もテーブルには鎮座しているため、正月の日本の食卓のような状態になっている。

何をしているかというと、いわゆる作戦会議ってやつだ。

「で、これからどう生計を立てるかだが」

「俺、ぜひあの植物を育ててみたいです！」

ついにこの時がきたか！　と、俺は常々思っていた要望をリドさんにぶつけた。リドさんは面食らったように少し動きを止めたが、すぐに首を横に振った。

「そう焦るなって。ああいう作物の出来は村の財政を左右するもんだ。ユウといえど、さすがに最初から任せることはできない」

「あ、そ、そうですよね」

俺は自分本位なことを言ってしまったと、頬を紅潮させる。そりゃそうだ……一番大事な作物をポッと出に任せられるわけがない。

「知識をしっかりと習得してくれればその限りじゃないんだ。だが、こう言っちゃなんだが、俺も中々時間がなくてな。全てを教えてやることはできない」

リドさんは村長さんなんだから、俺ばっかりに構っている時間はもちろんない。じゃあ俺は何をすれば……と途方に暮れていると、リドさんがちょっと申し訳なさそうな顔で話を続ける。

「そこで提案なんだが、薬草屋で働いてみないか？」

「薬草屋、ですか」

「そうだ。さっきの作物を専門に扱ってるフィラの露店だ。実は、俺たちが卸《おろ》してる薬草屋の店員が一人、魔物に襲われて働けなくなったらしくてな」

「え、フィラってさっきの街ですか？」

「ああ。村の若い衆は自分の畑や家畜がいるから外では働けない。とはいえ、太い取引先だから助けない訳にはいかなくてな」

「た、確かに」

「その店員が戻ってくるまででいいんだ。少しの間そこで働いてもらえないか？　薬草の知識はそこで教えてもらえばいい」

この話に乗れば、もしかするとあの騎士団長や勇者の人とかとも遭遇する可能性が高まってしまうかもしれない。でも、この村の皆は命を救ってくれたも同然の人たちだ。俺だってリドさんの力になりたい。

「分かりました！　俺、薬草屋で働いてきます」

労働条件だけ聞くと、一挙両得だ。プロの元で働きながら知識とお金を得られるわけだし、それで皆を助けることもできる。

「本当は行かせたくないんだが」

リドさんは苦渋の表情で俺の手を握る。俺はそんなリドさんの手を握り返すと、しっかりと目を合わせて微笑んだ。

「気に病まないでください。こんな俺が役立てることがあって、むしろ嬉しいくらいです」

「……やっぱり辞めよう。万が一でも、お前があいつらに見つかるのも癪《しゃく》だ」

「何言ってるんですか！　一回決めたことなので、俺はやりますよ」

憧れていたRPG世界の生き方とは少し違うけど、これで当面の間は食には困らないだろう。それに、単純過ぎるかもしれないけど。自分の存在が誰かの役に立つ、という事実で前向きになれた気がする。異世界の人間でも、魔力なんてなくっても、誰かの助けにはなれるんだ。

「何かあればすぐに言えよ？　どんな些細なことでもいいから」

「そんなに心配しなくても大丈夫ですよ！　滅多に大物が来店することなんてないでしょう」

明日から始まる新生活の妄想を新しい色に塗り替えていた俺は、自分の発言が巨大なフラグを打ち立てていることに、全く気が付いていなかったのだ。

◆◇

一方その頃、王都フィラに聳える王宮では情けない男の叫びが木霊《こだま》していた。

「だぁかぁらぁ！　俺はただの学生で、勇者でもなんでもないんっすよぉ！」

男の魂からの叫びに、男を囲んでいたフード姿の三人の魔術師が、戸惑ったように言葉を交わし始めた。

今世紀最大の不運な男――三崎犬《みさきけん》が、訳のわからない男たちに異世界転移魔術とやらでこの城に召喚されて、もう二日目に突入する。彼の平凡な日常は崩れ、一夜にして非凡な異世界転移者としての肩書を得てしまった。

悲劇の始まりは、大学からの帰り道で唐突に訪れた。

突然ポッカリと開いた穴に落ちたと思ったら、次の瞬間には漫画で見たことがあるような魔法陣のど真ん中に座り込んでいた。

周りを見渡してみると、驚愕、といった面持ちでケンを凝視する怪しげなフードの集団が目についた。その集団に取り囲まれて、見たこともないほど大きなホールの中心にケンは鎮座していたのだ。巨大な魔法陣が描かれた床には、見るからに高そうな供物《くもつ》が並べられ、まるで何かの儀式が行われているようだった。

人間、驚きすぎると脳の処理速度が落ちるらしい。フード集団もケンも、お互いの様子をボーッと眺めていた。数拍の間があって、ようやくフード集団の先頭に立っていたヒゲ男が動き出した。

「国王様！　せ、成功いたしましたっ！」

そこから先は大騒動だ。口々に「ついに召喚に成功したぞ」「おお、異世界勇者よ……」と聞いたこともない単語を浴びせかけられたケンは、そこでようやく自分の身に不味いことが起きたと理解した。

その予想を決定付けるかのように、フード集団の輪の外にいた煌びやかな衣服を身に纏《まと》った男性が、ケンに向かって高らかに宣言する。

「ようこそオスティア国へ、異世界勇者よ。早速で悪いが、魔王を討伐してはくれないだろうか」

「……え、なんて？　魔王って何の話？」

水を打ったように静まり返った大広間の空気感は、想像を絶するプレッシャーとなってケンを襲った。

結局堂々巡りとなった会話に痺れを切らした国王によって別室に連行され、そのまま二日間も丁重な軟禁状態で先ほどの問答を繰り返している。

「マジで俺、普通の学生なのにっ！」

オスティア国王は、困り果てながらもケンの側に寄ると、優しく問いかけた。

「ケンよ、突然召喚してしまって悪かった。ただ、この国も魔物の侵攻で限界まで来ている。魔王討伐に力を貸してはくれないか？」

「いやだから、その力がないんっすよ！」

「しかし、伝承では……」

一歩も引かずに言い切るケンの様子に、国王の瞳から力強い希望の煌めきが失われていく。

「もしや、召喚の儀は失敗に終わったのか？」

「陛下。差し出がましい真似をして申し訳ございませんが、私の目から見ても、魔力的にも肉体的にもこの者に突出した力があるようには思えません」

「……バレス」

「金の髪を持っていたとしても、力がなければ戦場ではかえって足枷となります」

燃えるような赤髪の騎士団長が落ち着いた声色で進言する。

彼の身体は鍛え抜かれ、触れれば手が切れてしまいそうな研ぎ澄まされた気迫がある。ケンからすれば、鍛錬を積んだ彼ら騎士団でも守れなかった国を救ってと懇願される意味が、到底理解できなかった。しかも、ケンにとってこの人たちは赤の他人。義理立てする必要も一ミリもない。

ケンが心の中でバレスの反論に全面的に同意をしていると、突然、背後から肩を組まれる。黄の髪をウルフカットにセットした、V系バンドに所属していそうな風貌の男だ。

「バレスゥ、そんなお堅いこと言うなって！　戦闘はできなくても、肉の盾くらいにはなるかもしれないだろ？」

ニンマリと弧を描いた口から、突然不吉な言葉が飛び出した。ケンは思わず唾を飲む。

「……勇者のお前がそんな態度だから、陛下のお手を煩《わずら》わせているのが分からないのか」

「さあ、なんのことやら」

二人はバチバチッと効果音が聞こえてきそうなほどの睨み合いを始めた。そんな攻防戦を遮るように、いかにも魔術師らしい男が部屋に駆け込んできた。

「失礼いたします！　陛下、少々よろしいでしょうか。お耳に入れておきたいことが……この召喚の儀についてです」

魔術師の男が何事かをオスティア国王に耳打ちを始めた。先ほどまで失意の底にいた国王が、肩を跳ねさせて驚きを示した。

そして話を聞き終えた時、国王の瞳には、強い光が戻っていた。

「何？　転移者がもう一人いる可能性があるだと？」

◆◇

「よし、このスカーフのおかげで、髪の毛の色は見えないな」

リドさんに買ってもらった深紅の服を着て、鏡の前で気合を入れる。

お洒落《しゃれ》着ではあるんだけど、あの栄えた港街にならば溶け込めるだろう。行き交う人もお洒落《しゃれ》な人が多かったし。

異世界生活三日目の今日は、初めてこの世界の仕事を経験する特別な日になった。そう、今日は薬草屋への初出勤なのだ。

「リドさんたちに恩返ししなきゃだし、頑張るしかない！」

自分を奮い立たせるように頬を叩いて家を出た。

一度教えてもらった道なので送り迎えはいらないと言ってあったのだが……リドさんは村の入り口で俺を待っていた。

「リドさん、俺なんかに気を遣わないで、お仕事していてください！」

「いやそれが、昨日の今日でまた問題に巻き込まれたらと思うと、気になって何も手につかなくてな」

そう話している間にもソワソワとしているリドさんは、どこか雰囲気が浮ついている。確かに仕事に集中できそうな状態ではなかった。

「大丈夫です。何かあっても走って逃げますから」

俺はあの騎士団長をも撒《ま》いた男だ！　と少々ドヤ顔をして見せると、さらに心配そうな顔になってしまった。

「街の入り口までは薬草屋の店主が迎えにきてるはずだ。気をつけろよ」

「ありがとうございます！　リドさんもお仕事頑張ってくださいね」

またリドさんの心配性が顔を出さないよう、俺は急ぎ足で村を発った。

フィラに続く道を辿りながら、物思いに耽《ふけ》る。フィラは今日も人通りが多く、人と人との距離が近い。

王都ってこんなに人が多いのか。昨日もそうだったけど、本当に色んな人が行き交っている。

俺は不審な挙動にならないように辺りを見回しながら歩いた。

街の入り口まで来ると、顎に髭を蓄えたダンディな白髪のおじ様が俺に気付き、小さく手を振っていた。

「やあ、君がユウ君かい？　僕が薬草屋の店長のカインだ。今回の件は、突然のお願いになってしまって悪いね」

「初めまして、ユウです。お世話になります！」

第一印象は礼儀が大事！　と深くお辞儀をした。顔を上げると、カインさんが不思議そうに俺の行動を見ている事に気が付いた……あれ、もしや。

「遠い国の生まれとは聞いていたけど、それはユウ君の祖国の慣習なのかい？」

「……」

俺は、とんでもないミスを犯していたらしい。とりあえず、この場はいい。リドさんが先手を打っていてくれたんだから。

問題は昨日だ。記憶は曖昧《あいまい》だけど、あの騎士団長に思いっきりお辞儀してしまっていたはず。

「そんな感じです。ハハ……生きづらい」

カインさんは遠い目をして笑う俺を不思議そうに眺めた後、店まで案内するよと言ってフィラのメイン通りを進み始めた。このままメイン通りを抜けるのかと思ったが、すぐに道を逸れて、横の路地に入る。人通りはメイン通りから見ると格段に少なく、人との接触を避けたい俺としては非常に過ごしやすい立地にカインさんの店は構えられていた。

店内に入ると、所狭しと陳列されている薬草の瓶詰めが目を引いた。色鮮やかな薬草瓶が詰められた棚は、そのものが芸術的なインテリアにすら見えるほどの美しさだ。

「他にも人手が足りない店はあったんだけど、リドさんが人を出したがらなくてね。君がここに来てくれて本当に助かったよ」

「え？　他にも人員不足の店があったんですか？」

「ここ最近、魔物による襲撃が激化していてね。メイン通りの店でも最近店番を探してるって聞いたよ。実は、魔物の影響で物流まで滞ってるんだ……近くの店も品揃えの維持が大変だって」

リドさんも大変だって言っていたけど、予想以上の状況なのかも。俺はいつ自分の身に降りかかるか分からない襲撃の恐怖に、身を強張《こわば》らせた。

「あぁ、ごめんね。怖がらせたいわけじゃなかったんだ。リドさんは、魔物が出にくいこの街で、かつ人通りが少ない店だけに人員支援するって言ってくれて、私のところに君を寄越してくれたんだ」

カインさんはウィンクしながらそう告げると、ちょっと待ってて、と裏に行ってしまった。

人通りの少なさまで条件に入れて、働く俺への配慮を最大限にしてくれていたんだ。俺はリドさんの気遣いに心をほっこりとさせながら、カインさんの帰りを待っていた。

——カランカラン！

「カインさん、昨日の薬草の件なんだが……」

カインさん不在の店内に低く甘やかな声が響く。後ろを振り返ると、燃え上がるような赤い髪と隊服のマントを靡《なび》かせた、精悍な顔立ちの男性が店に足を踏み入れたところだった。

自然と、視線が絡み合う。

そう、薬草屋勤務初日、しかも数分にして、今最も会いたくない人物と遭遇してしまったのだ。

「ッ、君は昨日の……」

バレス騎士団長は俺に近寄ると、持っていた袋をテーブルに放置し「失礼」と呟いて俺の手を取る。俺は呆気に取られて、握られたその手を眺めることしかできなかった。

そんな俺の様子を見て、バレス騎士団長は握った俺の手を優しく離すと、爽やかに微笑んだ。

「どうやら、心に大きな傷は残していないみたいだな……よかった」

あぁ、なるほど。昨日俺が接触に過剰反応したのを気にしてたのか。

バレス騎士団長はホッとした様子で、話を続ける。

「それにしても、偶然だな。この店にはよく訪れるのか？」

俺が返答に困っていると、カインさんが何やら紙の束を手に裏から戻ってきた。

「ほら、ユウ君これを読んで……って、あれ？　バレス君、どうしたんだい？」

「ああ、カインさん。聞きたいことがあって寄ったんだが、ちょうど探していた人がいてな」

バレス騎士団長の言葉に肩をギクリと揺らす。

お、俺のこと探してたんかい！

バレス騎士団長の話を聞いたカインさんは、訝《いぶか》しげに俺を見つめてきた。

おそらく俺があの村に来たばっかりだと知っているんだろう。そりゃぁ疑問にも思うよね。こんなペーペーが騎士団長と知り合いだなんて。

「昨日、ちょっとしたドタバタがありまして」

俺がにへっと笑って割愛しようとすると、バレス騎士団長は眉間に少し皺を寄せた。

「あれをちょっとで済ますのか？　危うく君は奴隷にされかけたんだぞ」

「え!?　そうなの、ユウ君」

「いや、この方が助けてくれたので、怪我もなく、全く問題なかったというか！」

カインさんにまで厳しい表情で詰め寄られ、俺は慌ててバレス騎士団長に助けられたことを説明する。気分は詰所で尋問される犯罪者だ。

そんな俺の様子に、カインさんが額に手を当て深く息を吐いた。

「はぁ～……バレス君、ありがとうね」

「いえ、俺は責務を果たしただけなので」

カインさんは俺の肩を掴むと、バレス騎士団長の目の前にずいっと突き出した。

「この前店の子が怪我したでしょ？　復帰するまでの間、このユウ君がお店に来てくれることになってね。ま、バレス君と面識があるなら安心だね」

名前まで教えちゃったよ……と気が遠くなりながらも、口は勝手に、よろしくお願いします、と挨拶の言葉を発していた。今だけは日本人的な社会性を憎みたい。

「そうか……ユウ、か。綺麗な音の名だな」

「あ、どうもありがとうございます」

小っ恥ずかしい褒め言葉を浴びせられて参ってしまう。このストレートな言動から、人柄や誠実さが垣間見えるからどうも受け流しにくい。

「騎士団を率いている、バレスという者だ。この店は時折利用させてもらってる」

「そうそう、とってもすごいお偉いさんなんだよ～」

カインさんが緩い合いの手を入れてくるが、そんなことは百も承知だ。

「き、騎士団長さんなんですね。こんな立派な人が団長ならここも安泰だなぁ～」

俺は適度にゴマを擦って会話を終わらせようとした。これ以上この話題を続けてたらボロが出そうなの、察してくれ！

「この国を守る任を拝命しているからな、腕には自信がある。それよりも、君には申し訳ないことをした。助けるのが遅れておきながら、見当違いの説教をしてしまったな」

この人、根っからの真面目人間なようだ。煽《おだ》てにも全然乗ってくれない。

「いえ、路地裏に入ったのは俺の落ち度なので、気にしないでください！　むしろお手数をおかけしました」

すみません、と謝ると、バレス騎士団長は複雑そうな顔で考え込み始めた。

「あのような輩が入り込まないよう、市場でも我ら騎士団が巡回しているんだが、十分な結果は得られていないな」

「巡回、ですか」

巡回って、フィラの中でも騎士団が目を光らせてるのだろうか。つまり、行き帰りの度に、人の目を盗んで動く必要があるってこと？

路地裏以外でも気が抜けない状況だと判明し、俺は冷や汗をかく。

「そ、そうなんですね。で、今日はどうしてこちらに？」

「ああ、そうだった。カインさん、昨日の納品物だが……」

俺の必死の切り返しで、話題は完全にカインさんとバレスさんの仕事に移り変わった。

九死に一生を得た。まさにそんな状態な俺は、必要以上の体力を使った気がして、よろよろと店内を彷徨《うろつ》く。

「ユウ」

二人は十分ほど話し込んでいたが、やっと用が終わったらしい。バレス騎士団長が慣れた手つきで商品を荷物に仕舞いながら俺に話しかける。

「今度俺に時間をくれないだろうか」

「へ？」

「この間の礼がしたい」

「いや、お礼をされるようなことは何も……」

「また明日来る。考えておいてくれ」

「ちょっ！　バレス、さん……行っちゃった」

俺の返事を待たず、というか遮りながらバレス騎士団長は颯爽と店を出て行った。その背は、少し強張《こわば》っていて、緊張しているようだった。

怒涛《どとう》の展開についていけない俺の肩をちょんちょんと突いたカインさんは、何が面白いのか、目まで細めてにんまりと笑っていた。

「めっずらしいね～！　バレス君が自分から声をかけるなんて。誘い方下手だったでしょ？　彼、堅物で有名なんだ」

「いやいや、そういう情報はいいですから！」

むしろ知りたくなかったですよ、その情報！

出勤初日。本当だったらカインさんに薬草の知識を教えてもらいながら楽しく働くはずが、なんでか騎士団長にお茶に誘われる羽目になってしまった。

バシバシと肩を叩かれる衝撃で、先ほどの会話が夢でもなんでもなく現実であると思い知らされる。

——俺は本当にこの店でやっていけるのだろうか。

カインさんに手渡されたマニュアルらしき書類に目をやる。やっぱり、ミミズが這ったような線が連なっているだけ。棚に並ぶ瓶のラベルも、一切読むことができなかった。

途方もなく続く壁が目の前にあるような、そんな不安感が俺を襲った。

「……今日は散々だったなぁ」

俺は村の入り口まで辿り着くと、ようやく体の力を抜いた。

バレス騎士団長と遭遇するわ、文字が読めなくて事務仕事が全然できないわで、自身の無力さに直面した一日だった。今日は遠い国の出身だという設定で、文字が読めない状況をなんとか乗り切ったが、早めに文字を習得しないと役に立つなんて夢のまた夢。

それに、明日もバレス騎士団長に会うことが確定しているのだ、今から憂鬱《ゆううつ》になってしまう。

「バレス騎士団長は、なんで俺なんかに構うんだろう」

全くもって理解できない。俺なんて髪の毛の色が見えなければ、平々凡々な村人Aのはずなのに。

とぼとぼと村を歩いていると、朝方ぶりの声で迎えられた。

「ユウ！　薬草屋はどうだった」

「あ、リドさん……」

「な、なんか疲れてないか？」

紹介してもらった仕事をしている手前、そう簡単には泣き言を言えない。俺はできる限りの笑みを作り、お気遣いありがとうございます、と礼を述べた。そんな俺の様子を見たリドさんは、突然俺の腕をガッシリと掴み、有無を言わせずズルズルと引きずる。

「リ、リドさん？　どうしたんですか」

「今日あったことを聞かせてくれ、ユウに関わること全てな」

「ええ、今からですか⁉」

「食事は用意した。食べながら話せばいいだろ」

この世界で自立した暮らしをするために、食事まではお世話にならない！　と立てた誓いも虚《むな》しく、俺はリドさんの家へ連行された。

「……で、バレス騎士団長に時間をくれって言われちゃったワケですよ」

俺は半ば諦めの感情で、リドさんに今日一日のことを包み隠さず話した。話しているうちは、俺自身の間の悪さに嫌気がさすばかりで、リドさんの変化に気が付くことができなかった。

……リドさんのいつになく真剣な表情に。

「ユウ、やっぱり明日から別の奴を寄越すからお前は村にいろ」

「いや、そこまでしていただかなくて大丈夫です。バレなければいい話なので！」

「いや、そう気楽なことも言ってられないんだ」

リドさんは手に持っていた器を降ろすと、どこか焦りを感じさせる顔で話を続けた。

「今日そこらの村長が集まる会合があったんだが、そこで国王からのお触れ書きが読まれたんだ。『召喚の儀に巻き込まれた可能性のあるもう一人の転移者を探し出せ』ってな」

息が詰まり、喉が乾いた音を立てた。俺が想定していた、最悪のシナリオだ。

「まさか、王宮に気付かれたってことですか！　どうして……」

「落ち着けよ。大方、召喚に関係していた奴らが気付いたんだろう。その上で、王都にはおらず、どこかで隠遁《いんとん》生活を送っていることも見越したお触れ書きだ」

リドさんはいつもの得意げな顔付きに戻ると、こう付け加えた。

「ご丁寧に、見つけ次第、王宮に差し出すように書き添えられてた」

「うぅ、一巻の終わりだ……」

そこまで言われているのであれば、俺を匿《かくま》っているリドさんは非常に危うい立場にあるはずだ。つまり、俺がこの村にいたら彼に迷惑がかかりかねない。恩人にそんな負担をかけるなんて、俺は嫌だ。

一人で放浪の旅に出るとか、そういう生き方をしたほうがいいのだろうか。でも、魔物と戦ったこともない俺がそんな生活を送れるはずもない。どんな選択も、絶望しか感じない。

困り果てた俺はチラリとリドさんを見てみる。すると、俺が今後の身の振り方を真剣に考えているっていうのに、リドさんはどこか楽しそうな顔をしていた。

「リドさん、なんか楽しそうじゃないですか？　もしかして、俺が困っているのを見て楽しんでるんですか」

「随分な言われようだな、そんなんじゃねぇよ。まあ、ユウが俺に頼るしかない状況になって、嬉しくないと言えば嘘になるな」

「え」

リドさんが俺の腕を引き、顔がぐっと近付く。息が触れそうなほどの距離にある端整な顔の威圧感に、俺は肩を無意識に震わせた。

「ますます俺に頼りたくなったか？　救いの手はここにしかない、そうだろ」

「……ッ」

スルリと撫でられた髪、そのまま流れるように撫でられる頬。一連の動作をふざけた様子もなく行うリドさんの目は、見たこともない暗い色に支配されていた。

黄金に輝く瞳は、獰猛な肉食獣のようにギラリと鈍く光を反射している。触れられている頬から流れ込む力で全身を支配されていくような、そんな感覚だ。

これが、リドさんの言う魔力ってやつなのだろうか。

全身が硬直するような緊迫感に耐えかねて、俺は目を逸らした。

「なんてな」

先ほどとは打って変わって明るい声が耳に届き、緊迫した空気が霧散する。

「大丈夫だ。俺が手を回しておいてやる」

頭をポンポン！　とリズミカルに撫でられる。リドさんの纏《まと》う空気が変わったことを知り、ホッと息を吐いてしまった。

「あ、ありがとうございます」

リドさんには世話焼きなだけではない、別の一面もあるのかもしれない。

そりゃそうだよな。来たばっかりの俺に分かることなんて、ほんの一部だ。

でも……少し、寂しいな。俺のことは、比較的包み隠さずにリドさんに話している。一方で、俺はリドさんのことを全然知らないんだ。

「とりあえず明日からは、別の奴を……」

「大丈夫です。俺がここで頑張らないと、いつまで経っても独り立ちできないですから！」

これは本音だ。いつまでも居候のような立場で優遇措置を取ってもらうことはできない。

俺は俺として、きちんと生きる術を身につけて、ゆくゆくは憧れのスローライフを送りたい！

そんな意気込みを伝えるために、腕捲りをして力を誇示するようにポーズをしてみせた。いわゆる力コブってやつだ。

「何してるんだ？　腕なんか出して」

「あっ」

……またやってしまった。二十二年生きてきて、染み付いてしまった動作は簡単には抜けない。

そういえば、今まで深く考えていなかったけど、会話は問題なくできるのに、文字は読めないし、ジェスチャーも伝わらないってことは、やっぱり何かの力で会話だけが自動翻訳されているんだな。

そう思ったら、好奇心がムクムクと湧き出てきた。

「リドさん、今から話す言葉が分かったら返事をしてくれますか？」

「もちろんいいが、どうしたんだ突然」

「じゃあ、いきますよ……俺は日本の大学生で、学部四年生のユウです。この土地でスローライフを送りたいので、薬草屋でスキルアップ目指して頑張ります！」

「もしかして、異世界の言葉で話したのか？　一部聞き取れない単語があった」

「そうなんです。具体的にどの部分が聞こえませんでしたか？もしよければ、文字で書いてみてください」

リドさんに紙とペンを渡すと、スラスラと文字らしき線を書き連ねていく。

「俺は○○で、○○のユウです。この土地で○○を送りたいので、薬草屋で○○目指して頑張ります！　ってところだな」

ところどころ空白になった箇所があるのは、聞き取れなかった部分を示しているんだろう。

「たぶん、こっちの世界に存在しない概念は翻訳されないってことですね」

「なるほど。オスティア国に出入りする冒険者でさえも、何かしら通じる言語を使うんだ。そこは気を付けておく必要がありそうだな」

「もしかして、この世界って言語の種類はそんなに多くないんですか？」

「種類、という定義が当てはまるか分からないが、陸続きの国は同じ言語を使う。海を渡る必要がある国でも、聞き取りに苦労はするがあまり差はないな」

「へぇ、すごく便利ですね」

それなら、俺もここで文字や習慣を学べば、いつか色んな国に自分で足を伸ばせるってことか。

「聞き取れない言語を使うのは、まあ魔族くらいだろう」

「魔族、ですか。魔物と魔族って何が違うんですか？　リドさん、昨日も使い分けしてましたよね」

「魔物はそもそも俺たちとは成り立ちが違う。闇の魔力の塊が自律して動くのが魔物だ。魔族ってのは、魔物の中でも高位の存在だと言われていて、意思の疎通がややできる。そしてその魔族を統率しているのが魔王ってことだ……まあ、ただの噂だが」

「魔族って意思の疎通ができるんですか」

……ってことは、異世界の言葉を使い過ぎると、魔族だと疑われやすくなるってことか。黒い髪のハンデもあるわけだし、言葉には気を付けないと。

「リドさん、この紙もらってもいいですか。俺、書き言葉を練習したいんです」

「意欲的なのはいいことだ。いくつか本も見繕っておくから、それも使ってみろ」

「何から何まで、ありがとうございます！　じゃあ、明日に備えて今日は寝ますね。美味しいお食事ありがとうございました」

「ああ、またいつでも用意するぜ」

頭をぐりぐりと撫で回された上に、村内の至近距離にある家にまで送り届けてもらった。

「……もしかして、リドさんって俺のこと弟か何かだと思ってるのかな」

知らない一面があったとしても、やっぱりリドさんは親切心の塊のような人だ、と再認識した夜だった。

異世界生活四日目の朝。俺はまたしても別の人間を送ると言って聞かないリドさんをなんとか宥《なだ》めて、カインさんのお店へと急いだ。

昨日までと同じ道程《みちのり》なのだが、昨日とは明確に違う点があった。

鎧が擦れるような音が、メイン通りのいたるところで聞こえてくる。道の端を縮こまりながら歩く俺の隣を、洗礼されたデザインのマントを靡《なび》かせた集団の横を通り過ぎる。その手には槍のような長物が握られていた。

――そう。街中の、特にメイン通りに、多くの騎士団が配置されるようになったのだ。

「おはよう」

「お、おはようございますぅ～」

騎士団の皆様は、意外にも友好的に挨拶をしてくれるようだ。

よくあるＲＰＧのイメージだと、勇者に対してはともかく、村人に対しては高圧的で取っ付きづらい印象があった。彼らを遠目にしか見てなかったら、知りようもなかった意外な発見だ。きっと長であるバレス騎士団長の人柄がなせる業なんだろう。

俺は内心ヒヤヒヤしながら、騎士団に目を付けられないように、そそくさと路地付近の店に入った。

「はぁ、通勤だけでも一苦労だな」

「ああ、おはようユウくん。バレス君のお誘い、受けることにした？」

カインさんが裏から顔を出しながら、早速痛いところを突いてくる。この人もどうも掴みどころがない。ただの噂好きなイケオジって訳じゃなさそうなんだよな。

「あ、あれはお断りしようかと思います。騎士団長様にお礼されるようなことはしてないですし」

「うわー、すごいね。騎士団長のお誘いを断るなんて」

「ウッ……」

「ま、あのバレス君が一回断られたくらいで諦めるとも思えないけどね」

カインさんは語尾にハートマークがつきそうなほど、にこやかに俺に引導を渡すような宣告をしてくる。

だが、俺としても譲れないものがある。とりあえず、俺は今日をどうにかして乗り切らないと。

俺は頬を軽く叩き、今日一日を乗り切る気合を入れた。

……と、意気込んだはいいのだが、バレス騎士団長は姿を見せることなく、もう少しで閉店の時間になった。

「来なかったねぇ、バレス君」

「は、はい。そうですね」

助かった、と心の中で安堵した。とりあえず、今日は無事に村に帰れそうだ。

バレスさんは、あの場では気を遣って俺に声をかけてくれたんだろう。いわば社交辞令……きっとそうだ。俺は自分の心の安寧を得るために、都合のいい解釈をしてみる。

でも待てよ。本当に社交辞令だとすると、これは俺だけが意識してましたってパターンなのか？

そうだとしたら、とんでもなく恥ずかしい勘違いをしていたことになる。

俺が一人で勝手に顔を赤くしていると、カインさんが話を続ける。

「あれだけ熱烈だったから、何もないってことはないと思うんだけどねぇ」

あ、そうなんだ。残念なような、ホッとしたような……いやいや、何もなくていいんだけど。

「じ、じゃあ、目が覚めたんじゃないですか？　『思ってたような人間と違う！』っていう」

「昨日の今日で？」

「……それはないか」

「何かあったとしか思えないね。それこそ、騎士団が出動しなきゃいけない何か、とか」

カインさんはニヤリと笑うと、怖い顔で俺を見据える。

「魔王の侵攻、とかね」

俺はカインさんが放った、魔王という脅し文句に、肩をビクつかせてしまった。

断じてビビったわけじゃないぞ、魔物関係の発言は俺にとってはタブーなだけだから！

「というわけで、偵察ついでにおつかいに行ってくれないかな？　薬草を入れる瓶を切らしていてね。私は店を離れられないから、ユウ君に行ってきてほしいんだよね」

「へ？」

「ハイ、二つ隣のお店でこれと引き換えてきて！　いつも手形でやりとりしてるから大丈夫！」

カインさんは早口で告げながら、紙切れを渡すと、俺を店から閉め出してしまった。店からは「帰ってきたら、美味しい薬草茶を用意しておくよ～」と呑気な声が聞こえる。

「え、えぇ!?　お、俺、買い物とか初めてなんですけど！」

カインさんの以外にもスパルタな一面を目の当たりにして、人って怖い、と再認識する。

「でもまぁ、二つ隣か。確かに近いし、行けそうだな……騎士団の偵察は行かなくていいんだよな？」

俺は自立のための第一歩と腹をくくり、目的の店へ向かう。

店は聞いていた通り、カインさんのお店からすぐ近くにあった。やはりここも人通りがほぼなく、俺でも問題なく来られる範囲だ。さっきのスパルタ発言は撤回しないとな。

店の外観は、どことなく現代の喫茶店のような雰囲気で、カインさんのお店と同じく常設店のようだ。ドアを挟んだ奥の店内のいたるところに薬草の瓶詰めが飾られているのが、外からでも見える。

ＲＰＧで言うアイテムショップとか、そんな感じかもしれない。カインさんが薬草茶って言ってたのも、この薬草を煎じたお茶ってことなのかな。

リドさんのところで出されたお茶も、確かにやけに香り高いお茶だった。俺はてっきりただの煎茶だと思っていたので、なんのありがたみもなく飲んでしまっていた。

小洒落《しゃれ》たお店は久しぶりに入るため、緊張して手汗をかきそうだ。

「お邪魔し……」

では早速、とドアを開けようとドアノブに手を伸ばしたのだが、それは未遂に終わる。

なぜって？　横から突進してきた塊に、軽く吹き飛ばされたからだよ！

「……ってぇ！」

俺に突進してきた塊は盛大に尻餅をついたようで、ゴロリと地面に転がっている。ぶつかられた俺も、言わずもがな同様の状態だ。

「ちょっと、いくら人がいないからって、そんな速度で走ると……ッ！」

俺はこの猪突猛進野郎に文句の一つでも言ってやろうと、その顔を見て猛烈な後悔の念が生まれる。そう、顔を向けた先にいたのは……太陽の光をキラキラと照り返す見事な金髪の、見覚えのある顔の人物だったのだ。

見間違えるわけがない。あの陽キャくんだ！

俺は口から出かけていた文句を一切合切飲み込んで、急いで回れ右をする。そのまま店まで無言で逃げようとしたところで、小さな呟きが耳を掠めた。

「あれ……黒髪？」

「えっ！」

反射的に頭を触る……ない。俺のスローライフを守るための布が、頭についてない！

バッと振り返ると、未だ尻餅をついている陽キャくんがこちらをガン見している。
ア、アウトォ！
俺は今更ながら布を被り直すと、陽キャくんに頭を下げた。

「み、見なかったことにしてください！」

「へ？　ま、待って！」

今度は俺が猛ダッシュでその場を立ち去ろうとしたが、すぐに反応した陽キャくんに腕を掴まれてしまった。離してくれ！　と訴えようとその顔を見て、つい動きを止めてしまった。

「あの、もしかして、俺と同じ日本出身の転移者っすか？」

陽キャくんは、女の子を狙えば百発百中だろうその甘い顔立ちを泣きそうに歪めて、こちらを見ていた。いや、わずかにだけど、既に涙を流している。

「俺、おれ……ッ！」

「ちょ、なんで泣いてるの⁉」

「ずっと怖くて、そ、その黒髪見たら安心してぇ～！」

陽キャくんはそこまで話すと、ズビ、という音を立てながら、思いっきり泣き出してしまった。

「ああ！　待って待って、目立つから静かに……！」

「つう、ズビッ」

本当は、今すぐにでも振り切ってカインさんのお店に帰りたいところだ。が、さすがに俺に縋って泣いている年下を放置するほど落ちぶれてはいない。

「とにかく、一回そこの路地裏に入ろう」

こんな目立つ奴をカインさんの店に連れ帰るわけにもいかず、俺は陽キャくんを路地裏に誘導した。

ここなら、アウトローな奴ら以外は基本通らないだろう。

「どうしたもんか……」

膝を抱えてズビズビと鼻を鳴らす陽キャくんを見て、俺は頭を抱えた。

路地裏の隅で座り込んでから数分後。

「なあ、そろそろ落ち着いた？」

「うぐっ……はい」

陽キャくんは未だに鼻をぐずぐず言わせているが、話せるくらいには持ち直したらしい。

「それで、どうしたの？　急に泣き出すし、人に突進するほど急いでるし」

「うっ、すみません。俺、必死で……」

陽キャくんは、三崎犬と名乗った。

犬と書いてケンか……そう言われてみると、確かに犬っぽいところがあるかもしれない。金色の髪とか、ちょっとやんちゃそうなところとか、ゴールデンレトリバーっぽいかも。

「俺、大学の帰り道で急に穴に落ちたんです。で、気付いたら周りを変なフード被ったおっさんたちがめちゃくちゃ取り囲んでて……召喚がどうとか、意味不明なこと言われて」

「うわぁ、そりゃ驚くね」

異次元な大穴に落ちて、起きたらフードの男に取り囲まれてるとか……改めて考えると、災難すぎて同情するな。

「っていうか俺、三崎くんが穴に落ちてくとこ見たよ」

俺がそういうと、三崎くんは仰天して鼻を啜《すす》るのをやめた。

「帰り道、すごい叫び声が聞こえたから見てみたら君が落ちてくとこだった。助けようとして、結局俺も落ちたんだけどね」

「俺を、助けようと……？」

「まあ、助けるっていうより警察に通報しようとしただけだけど。ごめんね、大したことできなくて」

三崎くんの見開かれた目から、またポロリと雫が落ちた。

「俺を、助けようとして巻き込まれちゃったんすか？　俺、おれぇ……！」

再び大泣きしそうに顔を歪ませた三崎くんの様子を察知して、俺は頭をポンポンと撫でる。

今泣かれたら、また帰りが遅くなるからであって、三崎くんが可愛いワンコに見えたわけじゃない……決して。

「三崎くん、俺は巻き込まれた後、近くの村で暮らしてるんだ。君は今どうしてるの？」

「うぐ……あのデッカい城で、暮らしてます」

三崎くんが指差す先を見てみると、あまり意識はしていなかったが、かなり大きい建物がある。しっかりとした外壁が築かれ、装飾もかなり手が込んでいる。雰囲気で言うと、スペインにある未完の教会に似たような建造物だ。何とは言わないが、ものすごい権力の香りが漂ってくる。

折角の機会だからと、俺は三崎くんに色々と聞いてみることにした。

「周りの人から聞いたけど、勇者として召喚されたんだって？　魔王を倒せって言われてるの？」

三崎くんは肩をビクつかせて、俺の顔をチラリと見た。

「はい、でも断りました。俺、ただの一般人なんで」

「そっか、国王も驚いただろうね。異世界の人間なら魔王を倒せる的な認識なんでしょ？」

「そうなんすよ。伝承？　とか言ってたんですけど、王家だけに伝わる話があるらしくて。大昔、異世界から金の髪、黒の目をした人間が突如として現れて、建国の王を導いた？　とからしいんっす」

「金の髪、黒の目……？　まんま君のことじゃん」

「うっ、本当にそれって偶然なんですよ。この髪もブリーチしてるだけだし！」

三崎くんはうざったそうに髪の毛をつまみ、睨みつける。

あ、やっぱりその髪染めてるのか。条件が重なって、伝承とやらが再現されたと思われているようだ。勘違いされちゃって三崎くんも大変だ。というより、王家だけに受け継がれる話を俺が聞いちゃってもよかったのだろうか……

「国王は魔王討伐を無理強《じ》いしてはこないの？」

「今はなんとも言われてないです。でも、今後はどうだか……今は俺以外にも転移者がいるって分かって、ユウさんを探してるとこなんです。そりゃもう必死っすよ」

予想もしてなかった弾を受け、血の気が引いていく。そっか、俺、必死で探されてるのか。

「その隙を見て、今日逃げ出してきたんです。今はバレスさんに追っかけられてるんですけど」

「なるほど、バレス騎士団長はそれで店に来なかったのか。三崎くん、本当にありがとう」

「あれ、バレスさんと知り合いなんすか？」

三崎くんが不思議そうに問いかけてくるが、それを遮るように騒がしい足音が聞こえてきた。もしかすると、近くで騎士団が三崎くんのことを探しているのかもしれない。三崎くんもそれを察知したようで、声を潜める。

「ねぇ、ユウさん。俺のこと、ケンって呼んでください」

「……え？　いいけど、どうしたの？」

「俺、ユウさんが助けてくれようとしてたって聞いて、本当に嬉しかったんす」

ケンは俺にガバッと抱きつくと、その勢いのまま高らかに宣言した。

「今度は俺が、ユウさんのこと守りますから！」

「えっ？　あ、うん？」

俺は突然のことに理解が追い付かず、とりあえず頷くことしかできなかった。ケンは俺が頷いたのを認めると、サッと身体を離してメイン通りを窺《うかが》った。

幸い近くには誰もいなかったようだ。こちらに向き直り、力強い声で俺に言った。

「俺が城で奴らの気を引くんで、ユウさんは普段通り生活しててください」

「え、でもそれだとケンが……」

「俺、すぐ泣くし、あんま頼りにならないかもですけど、頑張ってみます。その代わり……」

ケンは俺の側に屈むと、はにかみながら俺の手を取った。

「たまにこうやって、話してくれると嬉しいっす！」

「ッ！」

「じゃ、また！」

ケンは軽やかに別れの挨拶をすると、身を翻《ひるがえ》して通りに飛び出していった。俺は放心状態でその姿を見送る。

「またああやって走るし」

俺は小声で愚痴りながら、その場に座り込む。あんなこと言われたら……

「ちょっと、キュンとしてしまった」

ケンが騎士団を引き連れ城に戻るのを確認した俺は、ケンと衝突した店の前に戻る。

「……はあ、歳下の子に庇われるとか、めちゃくちゃ格好悪いよね」

どうにかしてケンを逃すことはできないだろうか。ケンは友達もたくさんいそうだし、きっと帰りたいよな。俺はというと、特に帰りたい理由も見当たらない。家族はいるが、連絡を取り合うほど仲良くもなく、俺がいなくなったことに気が付くのもいつになるか分からない。

それに、俺はこっちで異世界を楽しみたいんだ。せっかく魅力的な環境に辿り着いたのに、元の世界に帰って余裕のない暮らしをしたいなんて今更思っていない。

命の危険が時折あるのが玉に瑕だけど、基本的にここはのんびりしていて、いい世界だ。

だからこそ、守るだなんて大層なことを宣言してくれた彼の手助けくらいは、こちらの住民としてしてあげたい。

「戻る方法かぁ……やっぱり魔術師に頼るしかないのかな」

お使いを済ませて薬草屋に戻ると、薬草茶を用意したカインさんがどこか落ち着かない様子でカウンターに座っていた。

「戻りました」

「ユウ君！　遅かったじゃない、心配しちゃったよ！」

どうしたの？　何もされてない？　服が汚れてるけど転んだの？　と、矢継ぎ早に質問される。

ドラマで心配性なお母さんの演出としてよく見るやつだ。

「ちょっと道に迷いました。あ、そういえば騎士団の人たちは、何か探し物をしてたみたいですね」

「え、本当に偵察に行ってくれたの？　すごいなぁ、ユウ君」

行ったというか、原因が向こうからやってきたって感じですけど……とは言えず、笑って誤魔化す。

そうなんだ～と俺が遅れた適当な理由にも納得しつつ、カインさんは店仕舞いを始めた。

そうか、もうそんな時間か。

「結局バレス君は来なかったね……その探し物とやらで忙しいのかも」

「あ、あはは」

カインさんはお使いのお礼にと、お茶に使うというカラフルな薬草をいくつか分けてくれた。その中には、この前リドさんと見た水色の葉っぱもある。

「これはね、寝る前に飲むとよく眠れる薬草なんだよ」

「あ、この前リドさんが言ってた薬草だ！」

「この国では一番人気なんだ。それと、二番人気が、その朝焼けの色の葉っぱ。本当はあまり飲用に使わないんだけど、効能はいいよ」

ほら、と見せてくれた薬草は、話の通りに明るいピンク色の葉が細断されたものだった。

「飲むと傷が癒えるのが早くなる。故郷でも見たことあると思うけど、すり潰して魔術をかけて液体にすると、あのポーションになるんだ」

「ポーション！」

俺は幼い頃から冒険ゲームに慣れ親しんできたから、相当印象深いけど、ポーションがピンクだとは初耳だ。もしかするとこれは、ポーションの実物を見れるチャンスかもしれない。

「ここら辺でポーションを売ってる場所を教えてほしいんですが、ありますか？」

「え？　近いうちに怪我でもする予定あるの？」

「いや、ないですけど……念のために？」

そっか、何の用もないのに買う人なんていないよな。自分で言っておいて疑問符をつけてしまうような言い訳だ。

しかしカインさんは深くは追求せず、メイン通りにある冒険者ギルドに売ってるよ、と教えてくれた。

「冒険者ギルド……！」

またしても出た！　憧れワード！　ギルドといえば、冒険者が集まってクエストを受注したり、酒盛りをしたりするＲＰＧならではの施設だ。誰しも一度は夢見たことがあるだろう。

騎士団に遭遇する確率が高くなるのかもしれないけど、せっかくの異世界を楽しみたいという葛藤もある。今度こっそり中を窺《うかが》ってみようかな。

「じゃ、店も片付いたし、今日はこれで終わり！」

「ありがとうございました、また明日よろしくお願いします！」

俺はカインさんと別れると、人の少ない路地裏を使って帰途に着いた。

家に帰ったら、まずはこのハーブを磨り潰してみて……

「ユウ！」

突然呼びかけられ、俺は飛び上がりそうになる。聞き覚えのある声に、反射的に振り返った。

「げ、バレス騎士団長⁉」

ハッ、思わず素が出てしまった。俺が慌てて口を閉ざすと、少し疲れた表情をしたバレス騎士団長が不思議そうにこちらを見てくる。

バレス騎士団長の服装は、いつもの騎士の制服ではなく、私服のようだった。城から走ってきたのか、肩で息をしている。もっと言うと、鮮烈な赤の髪を少し乱し、額からは汗を流している……騎士団長ともあろう人が、そんなに必死で走ってくるなんて。

そんな姿を目の当たりにして、来なければいい、などと考えてしまった自分の浅はかさを恥じた。

「今日、来ると言っておきながら遅くなってしまった……すまない」

この期に及んで、俺はどう返答するか迷っていた。バレス騎士団長は、俺を不安げに見つめながら言葉を慎重に選んでいる。

「少々問題があってな。片付けてはきたが、遅くなってしまった……答えを聞かせてくれるだろうか」

断りたい、ものすごく、これ以上ないってほど断りたいけど。こんな姿を見てしまっては無碍にできないよな。

「少しだけでしたら……」

「！　そうか、ありがとう」

バレス騎士団長はパァッと顔を輝かせ、安心したように大きく息を吐いた。

「でもどうして、わざわざお礼だなんて。騎士団の皆様の方がよっぽど感謝されるべきですよ」

「あ、いや。それは建前でな」

「建前？」

「実は、君を助けた時にはもう心は決めていた。あの子の盾になろうとした君を見て、この強く清らかな人と話してみたいと……そう思ったんだ」

バレス騎士団長は俺を真っ直ぐに見つめて、讃える言葉をかけてくる。

強く清らか？　ないないない！

思わず手を振りまくって否定したくなるが、目立ちたいわけではないので、心の中に留める。

「どこか行きたい場所はあるか？」

「え？　もしかして今からですか？」

「もちろんだ。明日にして君が心変わりしてしまったら、悔やみきれないからな」

「あ、うぅ……本当にちょっとだけですから」

俺は少し考えて、つい先ほど行きたいスポットができたことを思い出す。

ええい、せっかくの機会だ。俺が一人ではいけないところに行ってもらうのも手だよな！

「あ、あの！　俺、ギルドの酒場に行ってみたいです！」

◆
◇

「おお～」

バレス騎士団長に連れられて訪れたギルドは、王都に相応しく、活気にあふれていた。

入口と思われる場所からは頻繁に人が出入りし、このギルドに所属する冒険者の多さが容易に想像できる。

出入りする冒険者たちは、筋骨隆々な人も多く、向かう所敵なし！　といった雰囲気だ。これでも魔物に負けるというのだから、魔物側の強さは計り知れない。

そんな屈強な男たちは皆、バレス騎士団長を見かけると声をかけてきた。バレス騎士団長も、毎回律儀に返している。

もしかして、ギルドと騎士団って仲が良いんだろうか？

俺の疑問に気付いたのか、バレス騎士団長が解説を挟んでくれる。

「ここは王都だからな。特に冒険者の立ち寄りが多いんだ」

バレスさんが指し示した先には、掲示板を食い入るように見つめる冒険者たちがいた。たぶん掲示板に貼ってある紙がクエストの依頼なんだろう。

「クエストの取り合いになることも稀にあって、仕事がなくなって職に溢れてしまう者が出てくる。その時には騎士団の仕事からいくつかクエストを発注することがあるんだ」

「へぇ、なるほど」

現代で言うハローワークみたいなものか。大企業のように中流階級を大勢雇う組織がないから、こうして安定を図ることもあるんだろう。

冒険者たちを観察してみると、気前のよさそうな中年や、全身黒づくめのちょっと怪しげな若者まで、博覧会でも開けそうなほど人が多い。

こうやって一般の冒険者と比較すると、バレス騎士団長の体格のよさは抜群だった。

バレス騎士団長は、猛獣のようだったリドさんに対して、洗練された騎士らしい風格を感じさせる。刺すようなオーラも相まって、竜のような存在感だ。実際に見たことはないけど。

そんなメンツの中で、俺はと言えば……なんて貧相なんだ。

ギルドではあり得ない細さなんだろう、周りからの視線を痛いほど感じる。

もしかすると、隣に立つ騎士団長のせいかもしれないが。

少し居心地が悪く感じていると、何かが肩に触れた。俺の肩にしっかりと回された手は、俺を守るようにピッタリと引き寄せてくる。

「あの……」

「ここは野蛮な輩も多いからな。君のような華奢《きゃしゃ》な子はあまり来ないんだ。俺も、君が来たいと言わなければ連れてこない場所だな」

そのまま受付嬢らしき人たちがキャッキャと騒いでいる横を通り過ぎ、少し開けたスペースに出た。

カウンターらしき席があったり、一枚木を大雑把に組み立てたような木のテーブルがいくつも並んでいる。

「ここが酒場ですか？　予想してたより小綺麗な感じですね」

「紛いなりにも王都だからな。そういった所には気を使ってるらしい」

席に着くよう促され、俺はバレス騎士団長とカウンターに並んで座った。テーブル席だと、お互いの顔を見続けることになってしまう。黒髪のこともあるし、そういったリスクはなるべく避けたい。

周りのテーブル席ではいくつかのグループが酒盛りをしており、ワイワイと元気に騒いでいた。これぞゲームで見たあの光景だ。きっと話しかけたら、有力な情報とかポロッと話してくれるんだろうな。

ワクワクしながら冒険者たちを熱心に観察していると、そっと手に触れる熱を感じた。

へ？　と思い騎士団長を窺《うかが》うと、端整な顔付きを少し歪ませ、俺を見つめる視線とかち合う。めっちゃ見られてる……全然気が付かなかった。

「そんなに周りが気になってしまうなら、別の場所にするべきだったか」

熱烈なお言葉を頂戴してしまい、俺は姿勢を正さざるを得なかった。確かに、連れてきてくれた人を放ったらかしたのはよくなかったな。

「すみません、バレス騎士団長様」

「気になっていたんだがその呼び方は堅苦しく感じてしまう。よければ、俺のことはバレスと呼んでくれないだろうか」

「いやいやいや、無理ですよ！　立場の違いが……」

「バレスさん、でもいいんだが」

「ぐっ！　俺の話全然聞かないじゃん！」

俺が小さく愚痴ると、バレスさんは目を少し見開き、プッと吹き出した。

「それが君の素か」

「あ、ご、ごめんなさい！」

まずいぞ、場の雰囲気に影響されて、警戒心がちょっと薄れてしまってた。しっかりしなきゃ、と頭の布を深く被り直す。

「いや、大丈夫だ。そちらの方が接しやすい。さて、何か頼もうか」

「酒場に来たいと言ったはいいんですけど、あまりエールとか飲めなくて……」

そう、単純に酒場の様子が見てみたいという理由で来てしまったけど、俺はお酒が得意じゃないんだ。

「そうか、なら果実水か薬草茶を頼むといい」

「じゃあ果実水で」

注文後すぐに運ばれてきた、柑橘《かんきつ》のような香りの果実水を片手にバレスさんと話をしていると、入り口の方からドタドタと騒がしい音が聞こえてきた。

「バレスが連れと一緒にいるって聞いたんだけど～」

ギルド内に、やけに砕けた口調の声が響いた。

「……嗅ぎつけられたか。すまない、少し離れた席に移って待っていてくれないか」

「へ、どうかしたんですか?」

騒ぎの中心にいる人物は、どんどんこちらに近寄ってくる。俺は何か嫌な予感がして、バレスさんに言われた通りにカウンター席の端っこに移動した。ちょうど照明が暗くなったあたりに隠れられたので、お一人様感を醸し出しておく。

「よお、バレスゥ〜! あれ、一人?」

伸ばされた語尾が鼻につく話し声が聞こえ、バレスさんにこんな知り合いもいるんだなと意外に思う。

偏見はよくないんだけど、友達にはなりたくないタイプ……かな。

どんな人なんだろうと気になってチラリと盗み見たその人は、ウルフカットにした黄色の髪を適度に遊ばせ、他の冒険者とは一線を画す異質な装備を身に纏《まと》っている。

現代風にいうと、スマホゲームのS級レアっぽい装備を全身に着けていたのだ。

それ本当にフィラに売ってる服なの? とツッコミたくなるほどに派手派手だ。俺はその装いの派手さと言動から、危うい雰囲気を感じ、サッと目を逸らす。

経験上このタイプは非常に自信家で、自己本位な考え方の奴が多い。もちろんそうと決まったわけではないが、危ない橋は渡りたくないので存在感を消すことにする。

俺は空気、俺は空気……

「さっきその辺りの冒険者が『バレスに連れがいた』って騒いでたんだけどなぁ……勘違い？」

「勘違いだろう。それだけのために来たのか？　あるなら要件を話せ」

バレスさんは聞いたこともないような冷たい口調で黄色の髪をした男を突き放す。

さすがに素っ気なさすぎない？

お前と話したくない、とあからさまな態度で示しているバレスさんにヒヤヒヤするが、さらにその上を行くのがこの男らしい。

バレスさんの応対を見て何かに勘付いた男は、笑みを深めてバレスさんの肩を指で突く。

「なんか不機嫌？　もしかして、連れの子に逃げられちゃった？」

途端、バレスさんの纏《まと》う空気がヒヤリと冷たくなる。

「何度も言わせるな」

俺からは見えないが、きっととんでもなく怖い顔をしているに違いない。そう感じさせる、怒気のこもった声だった。

黄色い男は肩を竦めると、大人しくバレスさんの隣の席に座る。

……いや、この状況で座るんかい！　と心の中で突っ込む。そもそもこの人、何者なんだ？

バレスさんとも対等に話すことができて、この煌びやかさ。

並の人間では許されない言動の数々も相俟《あいま》って、この人物の権力を誇示されているようだ。

俺の勘はそんなに当たらないんだけど、今回ばかりは本当に要注意人物かもしれない。

鋼のメンタルを持つ黄色い男は、未だふざけた様子で話を続けている。何か重要な話をするのか、声を潜めつつではあるが。

「怖いねぇ、そんな顔するから連れの子が逃げちゃうんだよ。あ、そうそう、実はさっき、もう一人の転移者の情報が掴めたって速報が入ったワケよ」

「……本当か」

「……ッ！」

俺は突然の話題に噎《む》せそうになりながらも、必死に動揺を抑えた。震える手を握りこみ、早鐘を打つ心臓を意識しないようにやり過ごす。気を抜くと、あのヤバい奴に盗み聞きがバレてしまいそうだ。

「いい反応だね！　世にも珍しい黒髪を持つ人間を見たと証言した奴がいてね。まぁ伝承にある髪の色とは異なるけど、転移者で間違いないらしいよ……はぁ」

話の内容とは裏腹に、頬杖をついた男のテンションはだんだん下がっていく。

「国王サマも大層お喜びらしくってねぇ。すぐにでも俺を行かせるって話になってるんだって、メンドクセェ～」

最後の方は心底興味ありません、といった表情でめんどくさいと言い放ったこの男は、国王から直々に指名されるほどの重要な人らしい。それは分かったのだが、もう俺の関心はその目撃情報に移っていた。

……黒髪が発見されたって、そう言ったよな。一体、どこで見られたんだろう。それによって、発見されるまでの時間的な猶予が変わってくる。

さっき、ケンと衝突した時？

それとも、俺がアンナさんの家を出た時？

いや、そもそも俺が草原で寝こけてた時か？

考えられる可能性は無数にある。俺が二人に悟られないように、この後の展開に絶望していると、バレスさんは小さく溜息を吐いた。黄色い男に内緒話をするように耳打ちしているが、残念ながら同じカウンターに着席している俺には丸聞こえだ。

「勇者のお前が行くということは、目撃された場所は国外か？」

「そーいうこと」

あれ、国外ってことは俺じゃない？　っていうか、ゆゆゆ勇者って……？　この黄色い無神経そうな男が？　一度に色々な情報が伝わってきて、すでに俺はパンク寸前だ。

「ってことで、何日間かいなくなるから、留守をたのんまーす！」

「お前、執務から逃げられてよかった、とか思っているんじゃないだろうな」

「他の弱っちい奴ならわかるけどさ。俺が一番強いのに、屋内で執務とか意味分かんなくない？」

黄色い男はバレスさんの問いかけから逃げるように、軽い足取りで席を立つ。それは自分の実力を信じて疑わず、実力が劣る冒険者たちを下に見る発言だった。

なるほど、正論だとは思うけど、確かにこれは他の冒険者と折り合いが悪いというのも納得だな。

それよりも、やはり国外での目撃情報というものが気になる。

俺が住んでる村が実はこの国所有のものではなく、隣国のものでした！　なんてことがあったりはしないよな。

そう悲観的に考えたりもしてみたが、勇者は「何日間かいなくなる」と言っていたし、俺じゃない誰かが国外の地で目撃されたと考えるのが自然だと思う。

でももしそうだったとしたら、俺みたいに巻き込まれた人がもう一人いたりとかするのか？　考え過ぎで頭が痛くなってきた。

「ならばとっとと行け。こんな所で時間を浪費するな」

「はいはーい、不機嫌バレスが怖いから出発しますよぉ」

じゃあね～、と間延びした声を出しながら酒場を後にする勇者の背を、俺は呆然と見送る。

とんでもなく癖の強い人だった。絶対関わりたくないな。

「ユウ、すまなかった……もういいぞ」

バレスさんは申し訳なさそうに、こちらに声をかけてくる。

「いえ、全然大丈夫です」

本当は全く大丈夫じゃなかったけど、ひとまず勇者が去ってくれて助かった。バレスさんにもう一杯オーダーをお願いして、果実水で渇いた喉を潤した。緊張で、喉がカラカラになってたよ。

「ユウも見たことがあるかもしれないが……あんなのでも一応実力はある。歴代最強とも言われているんだ」

「え、歴代最強ですか？」

「ああ……悔しいがな。でもあの性格だ。誰ともパーティーを組まず、今まで単独でクエストをこなしてきている」

「なんか、それもそれで一種の才能ですよね」

そんなに強い人だったのか。危なそうな人だとは思ったけど、最強感はまるでなかった。

バレスさんは首をゆるく横に振り、俺を優しく見つめた。

「あいつの話はもういいだろう、今度は君のことを聞かせてくれないか」

勇者に向けるものとは打って変わって、優しい声色と視線にドキリとするが、これは次に来る質問攻めへの緊張によるものだ……きっとそうだ。


適度に世間話をした俺たちは、手元に届いた果実水の氷が溶ける頃、連れ立って村への帰途に着いた。

バレスさんと俺はすっかり暗くなった街中を歩く。

帰りがけにポーションも買えたし、今日は大満足だ。ちなみにポーションを買おうとしたら、カインさん同様、バレスさんにも変な目で見られてしまった。常備薬だと誤魔化したが、バレスさんもきっと鑑賞するために買ったなんて思ってはいないだろう。

いいんだ、ギルドで買い物なんてマニア垂涎《すいぜん》の夢のような体験をできたわけだし。少しくらい変な目で見られたって全然辛くない。今度誰もいないところで、じっくり観察してみようかな。

今は暗くなってきてるから、日に当てて色を観察したい。

一人で想像を膨らませていると、バレスさんから声をかけられる。

「ユウの住む村は近くだと言ったな？　送ろう」

「あ、お気遣いありがとうございます。でも、ちょっと寄りたいところもあるので、こちらで失礼しますね」

「……これからか？　俺に付き合わせてしまったんだな、すまない。ただ、夜が深くなると危険だ。早めに帰るようにしてくれ」

それはそうなんだけど、バレスさんにあの村に住んでいると知られては困るんだ。

万が一、億が一でも、恋愛ドラマでよくある「近くを通ったから来ちゃった！」的な展開があったら、俺の身バレ確率は急上昇だ。どうにかして、ここでバレスさんを撒《ま》きたい。

「大丈夫ですよ、逃げ足には自信があるので！　じゃあ、今日はありがとうございました。またお店で」

俺は自分から話を切って握手をすると、メイン通りに向かって歩き出す。あの後、きちんとリドさんに挨拶の主流を聞いたのだ。今度はお辞儀するなんてヘマはしないぞ！

バレスさんは少し名残惜しそうな声色で、気を付けて、と言うと視線だけで去る俺を追った。

メイン通りは人の往来がまだあり、出店のランプも灯っているため明るかった。しかし、メイン通りを少しでも外れると暗闇が広がっている。

……前に助けたあの子たちはこんなにも暗い中を生きているのだろうか。今度様子を見に行ってみようかな。

「って、人の心配してる場合じゃないな。さっさと帰らなきゃ」

街の入り口まで辿り着くと、自慢の逃げ足で村までの道を駆け抜けた。

「ユウ！」

村の入り口が見えて来た頃、暗い中だったから誰かわからなかったが、入り口でウロウロとしていた人影が俺を見つけて駆け寄ってくる。

声から察するに、リドさんだろう。俺の存在を確かめるように、ギュッとホールドされる。

「く、苦しいです」

「暗くなっても帰ってこないし、心配した。こんな時間まで一人でいるなんて危ないだろ」

「あ、一人ではなかったので大丈夫ですよ」

「……誰といたんだ」

「バレスさんです。この前の赤髪の騎士団長様ですよ。押し切られて、ちょっとお茶して帰ってきました」

場所は酒場だったけど。

「そうか……」

やっぱり。バレスさんの名前を出すと、リドさんが意気消沈してしまう。これは過去になんかあったな。バイト先で仲違いをした人たちがこんな表情してた。

職場の雰囲気が最悪だった時の記憶を思い出していると、どこか元気のないリドさんが家に帰ろうと歩き出した……俺の手を引いたまま。

「リ、リドさん？　毎日お邪魔するのは申し訳ないですよ！」

俺は足に力を入れて、その場に踏みとどまった。毎日毎日俺が夕食を食べに行くなんて、迷惑以外の何物でもないはず。

そう思ったのだが、リドさんは俺の言動にショックを受けたようで、勢いよくこちらを振り返る。俺を見つめる瞳は、悲しげに揺れていた。

「せっかく夕食を用意したんだけどな……」

「や、やっぱり行きます」

分かった。俺、押しに弱いんだ。

「そうか、よかった」

俺の返事を聞いたリドさんは、先ほどの悲しげな表情はどこへやら、さっと笑顔へ切り替えた。ズルズルと引っ張られている間、俺はまさに狐につままれたような感覚でいた。

一連の流れが、弱点をついた確信犯的な言動に見えてしまったのは、俺だけだろうか。

自宅に着いてさっさと俺をテーブルまで移動させたリドさんは、キッチンへ消えていった。

手早く用意を終えて戻ってくると、美味しそうな食材が並べられた皿を片手に、にこりと笑みを深めたリドさんが俺に交換条件を突きつけた。

「騎士団長との話、一つ残らず話してくれよ？」

なるほど、食事をダシにして事情聴取って魂胆だったのか。

俺は観念して、夕方の一悶着を話しながら食事を摂り始めた。

「別に大した話じゃないですよ。仕事の話と、あとは……もう一人の転移者の目撃情報が出たことですかね」

「は？　もうバレたのか？」

「違いますよ！　別の黒髪が他国で目撃されたそうで、その話です」

「……それはおかしいな、俺はまだ手を回してないぞ」

リドさんの話では、今回同様他国で目撃されたという偽情報を流すために、人選を始めた段階だったようだ。というか、そんなことまで考えてくれてたんだ。リドさんには足を向けて寝られないな。

俺がまたリドさんへの信頼を厚くしていると、リドさんが真剣な表情で考えに耽《ふけ》っているのに気が付く。意識がこちらへ向いていないのをいいことに、俺はリドさんの顔立ちを観察し始めた。

……本当に端整な顔立ちしてるなぁ、リドさんって。

茶色に近いようなオレンジの髪と、黄金の目。

茶色がかった目の俺とは違い、澄んだ瞳は見ていると吸い込まれてしまいそうだ。

猛々《たけだけ》しくも洗練された雰囲気のバレスさんとは、纏《まと》う空気がどこか違う。

「……ん？　ユウ、どうした」

「いや、なんでもないです」

「……？　で、えその調査に勇者が向かったんだろ？　邪魔者が遠ざけられて、とりあえずはよかったな」

「棚ぼたって感じですけどね」

「今、なんて言ったんだ？」

あ、しまった。昨日あれだけ気を付けようと思って練習したのに。ことわざの類《たぐ》いも通じない場合があるのか。

「まいい。それより、今後ユウも周辺を出歩く時は十分に気を付けろよ」

「へ？　なんでですか？」

「国外へ向かう勇者が通りかかるかもしれないし、今回の噂の出所や正体も定かじゃない。それらに遭遇しないための対策はした方がいいな」

「うぅーん、確かに」

噂の正体について少しでも知れるといいんだけど……そこまで考えて、俺はある妙案を思いつく。

王宮にいるケンに連絡を取れれば、何か分かるかもしれない。

日本のつまらない生活とは違う、仲間と困難に立ち向かうというストーリーを描けることに喜びを感じて、俺は寝付くまで明日の行動計画を練るのに夢中になったのだった。

◆
◇

「へ、他国に黒髪の人間？　……すんません。分からないっす」

「だよねぇ、そんな気はしてた」

俺は大げさというほどの息を吐き出し、心を落ち着けた。

え、ケンがなんでここにいるかって？

「それにしても奇遇っすね。また逃げ出した先でバッタリ会うなんて！　も、もしかして、ユウさんと俺って運命的な……」

「会うというより、勢い余ってぶつかったっていうほうが正しいよ」

ゴニョゴニョと喋るケンを遮って訂正する。そう、ケンはまた出勤途中の俺に後ろから突進してきたのだ。

「実は俺、あの後色々考えて、定期的に城を抜け出して騎士団の注意を引きつけることにしたんです」

「え、大胆過ぎない？　きっと将来大物になるね」

「へへ、それで今日もここを通りかかったところでした！　今のところ、これぐらいしかできることがなくって」

照れ臭そうに笑うケンに毒気を抜かれる。

「それに、こうやってユウさんとお話できるし」

そう言いながら、チラリと俺の機嫌を窺《うかが》う姿は、やっぱり犬が飼い主に懐いているみたいだ。

「そっか、ありがとう……でも、やりすぎると本当に怒られるかもしれないから、程々にね」

「はい！　週三回くらいにしておきます！」

「いや、それでも多いと思う」

褒めて褒めて、と尻尾を振っているワンコ……ケンは、俺の話の続きを待っているようだった。

「俺もさ、ケンと別れた後に考えたんだ。やっぱりケンばかりに大変な思いをさせられないなって。もし王宮での立場が危うくなったら、ここの隣の村においで。俺なりにケンを匿《かくま》うための準備はしておくよ」

「村……っすか」

「ゲームで言う〝さいしょのむら〟って感じの長閑《のどか》なところなんだけど、すごくいいところでさ。俺はそこで匿《かくま》ってもらってる。二人も受け入れてくれるかは分からないけど、きっと力になってくれるよ」

まあ、定員オーバーだったら、アンナさんのように村の外れに住めばいい話だし。人が寄り付かない地域とかがあれば、今のうちから畑を用意しておくのも悪くない策だよな。

俺の提案を聞いたケンは、見えるはずもない尻尾を大げさに振り出した。

「え、俺ユウさんと暮らせるんですか⁉」

「いや、そうと決まったわけではないけどね」

「なんか俄然やる気出てきたっす！　任せてください。異世界者は役立たずということを証明して、後腐れなく城を出てきますから！」

「いや、なるべく王宮にはいた方がいいと思うんだ。帰り方だって、王宮の魔術師しか分からないかもしれないんだから」

「あ、そっか。帰り方、考えてなかったっす」

ケンは髪をぐしゃりと掻き上げると、その場で唸り始めた。

「なんか、正直……召喚された瞬間に、やっと俺の人生にも面白イベントが到来したなって思っちゃったんですよ。厨二っぽいっすよね」

もしかして、ケンもゲーム世界に夢見てたクチか。ケンはバキバキになったスマホをポケットから取り出して「これで異世界系の漫画読んでたっす」と恥ずかしそうに告白した。

「ふふ、ちょっと気持ちは分かるよ。俺だって、こっちの世界に来てすぐ、もう就活しなくていいんだなって思ったんだから」

「あれ、もしかしてユウさんって就活世代ですか？　三個上ってことか……見えねぇ～」

「え、ちょっと、それどういう意味？」

年確とかされません？　と聞かれて、少しムッとする。たまにされるけど。

俺が膨れたのを見て、ケンは何かを思い出したように、あ、という声をあげると唐突に別の話題を始めた。

「そういえばあのV系っぽい勇者が、遠出するって言ってました。タイミング的に、きっとその黒髪のことっすね。遠征先は隣国で、行って帰ってくるまで十日はかかるって言ってたっす」

「あ、あの黄色い髪の人か。異世界者に対してあんまり関心なさそうだったけど、クエストはきちんとやるんだ」

「そうなんすよ。っていうか聞いてくださいよ。あの勇者、俺見た瞬間『肉の盾にはなるかも』とか言いやがったんすよ。酷いどころの話じゃないっす……人権まるっと無視ですよ」

「はは……」

バレスさんにはあれでもきちんと対応していた方、ってことか。

「でもあの人、マジで強いみたいで、誰かサポートするパーティーメンバーがいれば魔王も倒せるかもって噂らしいんす」

「歴代最強らしいね、そんな強いのかぁ。でも、魔王って誰にも倒されたことないんだよね？」

「そもそも、城にいる魔族が手強いらしくて、全然辿り着けないって。魔王本体は目立った攻撃もしてこないし、謎ばっかっす」

そういえば、アンナさんにもそんな話を聞いたな。魔王については色んな噂が飛び交っているようだけど、クエストから帰還する勇者が少ないから、結果的に魔王の素性は憶測で成り立ってる。

「なんでだろうな……魔王自身が国を攻撃してこないのも、国王が魔王に執着するのも」

「なんでっすかねぇ～」

そんな疑問を口にしながら路地裏で日本で過ごすようなのほほんとした時間を楽しんでいたが、はたと出勤途中だったことを思い出す。

「そうだ、店に行かなきゃ！　それじゃケン、また勇者や黒髪の情報を掴んだら教えてもらえるかな。朝は毎日ここを通るから」

「ハイ、また会いましょう、ユウさん！」

最後にケンの頭をひと撫でして、その場を立ち去る。

このタイミングで運よくケンと話せたことで、はっきりしたことがある。

目撃情報はデマなどではなく、本当に黒髪の奴が隣国に存在するってことだ。

昨日までは身の回りのことで精一杯だったけど、家に帰ったらリドさんと状況整理をしておこう。

俺はそう心に決め、薬草屋のドアを潜った。


薬草屋でのバイトを終え、急ぎ足で村に帰ると、リドさんは何やら執務中だった。いつも色々手を貸してくれるリドさんだけど、やっぱり忙しいんだろうな。

一つの村を治める村長さんなんだ、あまり俺ばかりにかまける事は望ましくない。だからこそ、喫緊の問題は早めに解決したい。

「ユウ、おかえり」

リドさんは俺の気配を感じ取ったのか、動かしていた手を止め、こちらに笑いかけてきた。

「あの、リドさん。相談したいことがあるんですけど……」

「どうしたんだ、かしこまって」

「相談したいのは、今後の動きについてなんですけど」

俺は机に敷いた大きな紙に、覚え始めたばかりの下手くそなミミズ文字で文言を綴っていく。

満足のいく出来にはならなかったが、なんとか読める程度だろう。

一呼吸置いた後、部屋の隅まで届くほど大きな声で宣言した。

「では、第一回王宮対策会議を始めます！」

「おおう、やけに気合入ってるな」

「もちろんです。この村で末永く幸せに暮らしていけるかがかかっているんですから」

「この村で末永く、幸せに……？」

理解したのかしていないのか、リドさんは俺の言葉を反芻している。何かお取込み中のようなので、ひとまずスルーしておこう。

「リドさん、昨日の黒髪目撃事件について、追加の情報を聞くことができたんです」

「へぇ、情報が早いな。それで、本当に正しい情報だったんだよな？」

「詳細は分からないみたいですが、恐らく本当です。王宮にいるもう一人の転移者に聞いたんですけど、やっぱり勇者が派遣されたらしくて、五日ほど帰らないということでした」

「は？　転移者と連絡が取れるのか？」

「あ、言ってませんでしたっけ。昨日道でばったり会ったんです。今は軟禁状態らしくて、たまたま逃げ出したところで遭遇した、みたいな流れで……」

リドさんはそれを聞くと、何か思案するように顎に手を当てた。

続けて、と先を促されたので、話を続ける。

「俺、ずっと王宮にいる転移者が気になっていたんです。もし転移者に力がなく魔王討伐に貢献できないことが知られたら、どうなってしまうんだろうって」

「異世界からの召喚は、相当魔力を消費する。それこそ、国に数人いるかいないかの腕利きが一年かけてやるような儀式だ。まあ、よくて異世界へ戻されるか、その労力が惜しいとなれば王宮から追放されるだろうな……いや、そうでもないか。そもそも異世界へ返すための方法があるのかさえ怪しい」

「そうなんです。王宮の手の内が全く分からない中、もう一人の転移者は召喚された時に、なんの力もないと話してしまっているみたいで」

「ああ、それはまずいな。今は処遇を保留中といったところか」

「邪険に扱われているわけではないみたいなので、今は大丈夫です。二人目の転移者を王宮に召しかかえるまでの保険ってところでしょうね」

もしもう一人の転移者、つまり俺を発見できたとして、先に王宮に召喚された転移者が酷い扱いを受けたりしていれば、協力体制は得られないだろう。

そんな王族の考えが、ケンの話を通じて透けて見えるようだった。

「ちなみに疑問だったんですが、なんで王宮は黒髪の人間も転移者として探し回ってるんですかね。伝承とやらでは金髪黒目の人間が王国を救う、っていう内容なんですよね」

「ああ、それについては俺も疑問だった。国王が何を考えているかは分からないが。大方、片方の転移者が役に立たなそうだから、もう一人に目星を付けたってとこだろうな……って、なんで伝承の内容をユウが知ってるんだ」

「もう一人の転移者に聞いたんです……やっぱり、早めにケンをこちら側に引き入れないと、まずいことになるな」

リドさんは俺の呟きを逃さなかったらしい。

「もしかして相談事ってのは、もう一人の転移者をこっちで匿《かくま》うって話か？」

「その通りです。同郷なので、どうしても放っておけなくて」

リドさんは額に手を当てて、何かを悩むように数秒間唸った。唸り声がやんだと思ったら、申し訳なさそうな顔で俺に向き直る。

「ユウの同郷のよしみってことで助けてやりたい気持ちは山々なんだが、ユウとは状況が違うんだ。その転移者は、既に王宮に身を寄せていて、面が割れている。助け出すには、様々な悪条件が重なり過ぎてる」

「そうですよね、今の王宮から助け出すのは至難の技ですよね」

俺が想像していた通り、ケンを助けるにはいくつもの壁があり、不可能に近い状態だ。

でも、ここで戦いを避けても、俺が望む村人Aらしいスローライフは送れないことが目に見えてる。でも、せっかくの異世界転移、何もできないまま逃げて暮らしていくなんてもったいない。

「リドさん、そこで提案があります。俺たちで、王宮を変えませんか?」

「……は? ちょっと待て。色々聞きたいことはあるんだが、まずなんでそんな話になったか聞いてもいいか?」

リドさんは訳がわからないといった表情で、俺をジッと見ている。これ以上ないってほど眉間に皺が寄っている。

説明を端折《はしょ》りすぎちゃったな、王宮を変えたい、なんて、クーデターを起こそうとしていると思われて仕方がない表現だった。

俺は心の中で、あちゃーとリアクションを取りながら、今一度リドさんを説得しようと試みる。

「あ、ちょっと突飛すぎましたよね。ごめんなさい。俺は別に国王様のことをどうにかしようというわけではないんですよ。要するに、国が転移者の力を借りなくても済む状況にしたいんです」

気付くと、俺はいつのまにか、食ってかからんという勢いで机に身を乗り出していた。少し興奮し過ぎたなと反省し、居住まいを正した俺は、リドさんに経緯《いきさつ》を話す。

「俺も、リドさんに話をする前に、助け出す方法はないかなと思って色々考えてみたんですよ。でも、中々いい案が思いつきませんでした。ケンを還すための召喚術とやらを完成させるか、俺が身代わりで王宮に行くか……」

「身代わり？　そんなことさせる訳ないだろ。今後一切、そんなこと口にしないでくれ」

俺の話に敏感に反応したリドさんが、間髪容れず遮るように言葉を重ねてきた。俺を宥《なだ》めるような口調ではあるが、瞳に凄みを感じて口を閉ざす。

リドさんは視線だけで俺に自分の隣に着席するように促した。すごすごと椅子に座ると、リドさんは俺の頬に指をかけて……むにっと引っ張った。

「いいか、どんなことがあっても自分を大切にしろ」

「ふぁい」

俺の返事を聞いて、また話を聞く気になってくれたのか、リドさんは長い足を組みなおした。俺の座る椅子の背もたれにリドさんの逞しい腕がかけられ、すぐ近くに温もりを感じる。なぜだか少し心が落ち着いてきた。

「流石に俺もそんな大胆なことはできませんよ。できれば、俺は一生見つかることなく過ごしたいんです。なので、他に考えられることと言ったら、この二つしかなくて」

俺はまた下手くそな文字で、考えた案を綴っていく。

「目的は転移者を必要としない国にしたいってことなんですが、それならこの手順を踏むといいんじゃないかって思うんです」

リドさんは俺の書いた文字を、一音ずつゆっくりと読み上げていく。

「国王様に考えを変えてもらう、勇者に魔王を倒してもらう……であってるか？」

「やっぱり、俺が安心して暮らすにしても、どうしても転移者は魔王を倒すために必須という根底の価値観がある限りどうしても隠れ続けなきゃいけないんです。それならこの先、転移者が自由に生活を送るために最善なのは、魔王を倒して根本的に解決してもらうことかなって。方法としては、今の勇者に更正してもらって、自力で倒すっていう考え方です」

俺の説明でやっと合点が入ったのか、リドさんの怪訝な表情が消え、悪巧みをするような笑みに変わった。癖なのか、顎に手をやって考えるポーズをしているが、口元の緩みを隠しきれていない。

あれ、なんかリドさん楽しんでない？

「ああ、なるほど……やっと理解できた。最初は何を言いだしたかと思ったが、そりゃあ面白い話だな。乗った」

「本当ですか！」

「ああ、俺も元来、転移者に頼りきる国策には反対だったんだ。難しい道程《みちのり》になりそうだが、勝算はあるのか？」

「実はそれも協力して考えられればと思っていたんです。事実、俺には何の力もないし、今もリドさんの助けがないと生活できないくらいなのに……」

俺はシュンとしながら、自分の指を弄《いじ》って遊ぶことしかできないでいた。

自分で提案しておいてなんだけど、国王云々《うんぬん》については無策だ。でも、俺がやらなきゃケンの状況はよくならないんだ。

リドさんは、そんな俺の意地による無謀を察したのか、小さく息を吐くと真面目な顔で話しだした。

「あー、俺も諸事情あって王宮と関わらないようにしてきたんだが。でもまぁ、いつまでも避けているわけにもいかないしな。俺に国王の件は任せてくれないか？」

「え？　何か手段があるんですか？」

「俺が王宮に出向いて話をつけてくる」

俺はリドさんがなんてことないように続けた言葉に、耳を疑った。

王宮に行って話をつけてくる、だって？

「いや、リドさん、いくらなんでもそれは難しいんじゃ……」

「あぁ、確かに不確定要素もあるな。勇者が捜索に行った黒髪の件。もしこの黒髪がユウ以外の転移者で何かしらの力がある奴なら、伝承の正当性が一部証明されて、根底が覆る」

むしろそれで魔王の件が解決するなら話は早いんだがな、とニカッと笑うリドさんは、俺の言葉の意図が分かっていないようだ。

俺は、そもそも直訴が難しいんじゃないかって話をしたかったんだけどな……

「勇者の件はどうする、奴の性格の悪さは相当なものだ」

リドさんがあまりにも普通に次の話題に移るから、突っ込むタイミングを見失ってしまう。

「……俺、前に酒場で話を聞いていて、勝算がありそうだと思ったんです。バレスさんには割と普通に対応していたので、対等だと思った人の話は聞いてくれるんじゃないかなって」

「ふーん、そんなもんか」

「なので、バレスさんに説得してもらおうと思うんです」

リドさんは飲んでいた薬草茶を噴き出し、ついでに気管に入ったようで、しきりに噎《む》せていた。

「わぁ！　大丈夫ですか、お水要りますか!?」

少し経ってマシになったのか、リドさんが俺に困ったように微笑む。

「いや、いい……前から思ってはいたが、ユウは何かと大胆な行動を取ろうとするな」

リドさんは俺の腕をそっと持ち上げると、至近距離で見つめる。突如としてグッと近づいてきた顔は、上に立つ者の圧を感じさせ、見つめられると後退りしてしまいそうな迫力があった。

「前にも言ったが、本当は薬草屋には他の奴を向かわせたいくらいには心配してるんだ……あまり俺を困らせないでくれ」

そう言いながら、俺の右手を持ち上げ、手首にブレスレットのようなものを通した。

突然の行動に驚いて思わずブレスレットをまじまじと見ると、リドさんの髪と同じ茶色に近いオレンジの石が嵌め込まれており、全体的に彫りが入った精巧な作りであることが分かる。

「え、すごい綺麗……じゃなくて、どうしたんですか、これ？」

「ちょっとした魔除けだ。対人間には一番効く装備品、とでも言っておこうか」

まだ何の役にも立ててないのに、また贈り物をいただいてしまったと、ちょっとした罪悪感を覚えてしまう。

「もちろん転移者だってバレたくないので、人間にも気を付けますが……こんなに素敵なものをいただいてしまっていいんですか？」

「秘密を知らない人間とも行動する機会が多いみたいだからな……ま、先手を打っただけだ」

リドさんは分かるようで分かりにくい呟きを残して、溢した薬草茶の処理に向かった。

俺はもらったブレスレットを灯りに翳して光の煌めきを観察してみていたが、その屈折した光を見て、ギルドでポーションを買ったことを思い出した。

すっかり忘れてたけど、自分の部屋の棚に仕舞いこんでるんだった。明日はカインさんの急な都合で薬草屋が休みになるらしいし、前々からやりたかったポーションの観察をしてみよう。

この世界では単なるアイテムであるポーションを物珍しそうに観察する姿なんて、絶対に誰にも見つかりたくないし、こんなことにリドさんを付き合わせることもできない。

「どこか人が来なくて、陽の光が十分に差し込む場所ってあるかな……あ、あの草原！」

俺が目覚めた草原なら人も来ないだろうし、リドさんも強い魔物は早々出ないって言ってたから、恐らく一人でも行ける範囲だろう。

あ、そうだ、せっかくだしアンナさんのところにも顔を出しておこう。

数日も経っていないのに急に懐かしく感じてしまった顔を思い出す。リドさんの村に住み始めたこととか、話したいことがたくさんある。

「そういえば、最初に黒髪のことを教えてくれなかったのは抗議しなきゃな」

あの優しいだけじゃない一癖ある笑顔を見られるかと思うと、明日を待ち遠しく思う気持ちが募っていった。

◆◇

近くに行くだけと言っても、準備することは山ほどあった。アンナさんへのプレゼントにする予定の薬草茶とか、自分用の薬草とか、ってあれ？　もしかして、薬草しか手元にないんじゃ……万が一に備えて、非力な俺でも使えそうな武器でも買っておこうかな。そもそも、ギルドに立ち寄った時に観賞用以外のポーションや装備を買っておいた方がよかったのかもしれない。

今更ながら自分のアホさに辟易していると、ようやくお目当ての瓶を見つけた。

「確かここらへんに……あった！」

光を遮った棚の中で、ピンク色の液体がほのかな輝きを放っている。棚の中の物を落とさないよう気遣いながら俺は、瓢箪《ひょうたん》型の瓶を手に取った。

「どう見ても大人の怪しい薬って感じなんだけどなぁ」

これがポーションだなんて、未だに信じられない。落ち着ける環境に行ったら、ちょっと舐めてみようかな。

ゲームで幾度となく見ていた非現実的な液体を前に、大人になるにつれて失われていった好奇心がムクムクと湧き出てきた。

浮足立ったままリドさんの家を訪ねると、朝も早いというのに、既に仕事を始めているようだった。昨日も夜遅くまで仕事をしていたようだし、ちゃんと寝ているのか心配になる。

「リドさん、ちょっと出掛けてきますね」

「今日はカインの店は休みじゃなかったか？」

「はい、今日はアンナさんの所にお邪魔しようと思って」

「アンナの婆さんの所か。あそこは魔物が出にくいし、人通りも少ない。用心するに越したことはないが……問題ないか」

「はい、あの、厄介事の種が言うのも癪《しゃく》に障るかもしれませんが……ちゃんと寝てますか？　ずっと仕事してますよね」

俺はリドさんの傍まで歩み寄ると、顔を覗き込んだ。

「やっぱり、疲れた顔してますよ」

目の下のクマが気になって、そっと顔に手を添えて上を向かせてみる。日に焼けた肌で色の変化は見えにくいはずなのに、しっかりと青黒い色が影を落としていた。

ゆっくりと親指の腹で目の下を撫でると、リドさんの身体がぴくりと揺れる。

「……ユウ、この距離の近さは異世界特有なのか」

「あ！　ご、ごめんなさい。つい」

「ついって、お前なぁ……」

慌てて手を離すと、解放された勢いのまま、リドさんは頭を抱える。そしてその打算のないあざとさが心配だ、と呟いた。

こっちにも「あざとい」なんて表現があるのか、と謎の感動を覚えていたら、リドさんが俺の手を引いて歩き始めた。

「え、リドさん！　お仕事は？」

「見送りだけだ。なんだか、お前を外に出すことすらも恐ろしくなってきた」

結局、リドさんは仕事を中断して、村の門まで送ってくれた。俺は遠くで手を振り続けるリドさんに手を振り返し、息を吐きながら前に向き直った。

いくらなんでも過保護すぎやしないか。でも、当然のことのように気にかけてくれるのは、それもこれも俺が危なっかしいからだろう。リドさんを心配させないように頑張らなきゃ。

周囲に人がいないのを確認して、気合十分で拳を突き上げてみる。心の中で、「えいえいおーっ！」と唱えながら。

目指すは、アンナさんの家だ。

空は快晴、穏やかな気候に思わず足取りが軽くなる。気分はちょっとしたピクニックだ。

そういえば、この世界に来てからというもの、初日の買い出しとカインさんの薬草屋に行くぐらいしか外に出る機会がなかったんだ。

「ちょっとくらい浮かれても、バチは当たらないよな」

楽しい気分のままあたりを見回すと、前の世界とそう変わらない風景が広がっている。

「こんな状況になるなんて、ちょっと前には考えてもみなかったなぁ……」

異世界、勇者、魔王や召喚術……。考えるだけでも気が遠くなるような環境の変化だし、ここまで適応しようと頑張った俺は相当偉いと思う。こんだけ色んな経験をしたんだ。もう滅多なことでは驚かない自信がある。

フフンッと得意げに鼻を鳴らし、俺は荷物を軽く揺らしながら気分良く歩みを進めた。

少し歩くと、草原に続く道程《みちのり》の途中で、草木の背が低くなっている横道があることに気が付いた。

「あれ、こんな所あったっけ？　前は動揺してたし、気が付かなかったのかも」

ここならポーションを存分に眺め回しても誰にも見られないだろう、と良案を思いついた俺は、葉を掻き分けながらずんずんと進んだ。

「……あれ、意外と長いぞ、この道」

この先に何があるのか、ちょっと不安になってきたところで、突き当たりらしき場所が見えてきた。あたりは膝下くらいの植物の茂みと疎らに生えている木しか見当たらない。

木が生い茂っていないからか日当たりも良好で、緑特有の澄んだ香りが鼻を擽《くすぐ》った。

ここなら誰にも会うことはないだろうと、荷物を探り始めた俺の耳に、ガサリと何かが動く音と獣のような唸り声が聞こえてきた。

思わず垂直に飛び上がり、右手に持ったポーションを落としかけた。

今の音、どこから……？

――あの茂みの先に何かがいる。

視線のその先、盛り上がったような茂みの中から生物の気配がする。こんな人里離れた場所で、まともな人間が唸り声を上げているとは考え難い。

とすると、魔物か、それとも追い剥ぎ的なやつだったりするんだろうか。

固唾を呑んで相手の動向を窺《うかが》っていると、草をガサガサと揺らすような音はぴたりと止み、荒い呼吸のようなものだけが聞こえてくる。

「ここで背を向けたら、背後からガブリ！　とかいう展開になるのかな」

短い人生だったと、しばらく走馬灯のように過去を振り返っていたが、相手側の動きは全くない。

「あれ？　もしかして寝てたりする？」

いやいや、そんなはずはないだろ……でも、音が止まった今がチャンスかもしれない！

俺は来た道を引き返そうと、ゆっくり後退りを始めた。

これでも俺は教習所でのバック駐車に定評があったんだ、しっかりと茂みを観察しながら歩くのも朝飯前だ。

数歩進んだところで、茂みに変化が訪れた。獣のような声に混じって、意味のある音が小さく発せられたのだ。

「うう……いた……」

「え？」

今、人の声がしたような……そう理解した瞬間、それまで持っていた警戒の感情が抜け落ち、思わず茂みに駆け寄った。それは正しく、平和な日本育ちならではの行動だった。

もしかすると、魔物に襲われて怪我をした人が隠れているのかも！

急いで茂みを掻き分けた先で見つけたのは、腹部が赤黒く染まった冒険服を身につけた……黒髪、の男だった。

「ちょ、ちょちょ、ちょっと待って」

動揺しすぎて、周囲に誰もいないのに呼びかけてしまう。そして俺の脳味噌はというと、驚くことなかれ！　雪原のように真っ白で、こんな時なのに何も考えられない！

それでもいても立ってもいられず、その場で右往左往する。

そんな俺には気が付いていないのだろう、その人は指先一本も動かすことなく、ただただ細く唸っていた。

「……ぐっ」

「あ、だ、大丈夫ですか？」

俺の問いには答えを返さず、険しい顔で痛みに耐えるように歯を食いしばっている。こうしている間にも、目の前の男は弱っていく。

——感じたことのない恐怖で手が震えた。

彼の命の灯が消えかかっていることに焦って、反射的に抱き起こそうとした俺は、今更ながら持っているポーションの存在に気が付いた。

馬鹿、俺！　最初から手に重要アイテム持ってたじゃん！

「待っててくださいね、ポーションがありますから！」

急いでその人の口にポーションをあてがうと、抵抗なく液体を飲み込んでいく。意識がほぼない状態にもかかわらず、喉は機能しているようで、すいすいと飲んでいく姿は異様だった。

時を待たずしてその人の表情が和らぎ、呼吸も整っていく様子を見て、ホッと息をつく。

このポーション、かなり即効性があるみたいだな。見た目の割に効能はいいみたいだ。

自分で飲む前に効果を実感することになったポーションは、アタリだったらしい。驚くことに傷も塞がってきているようで、俺はさすが異世界と感心しきりだった。

ボーッと黒髪の男を見ていると、閉じた目が薄らと開いていった。

ボサついた重たい髪の隙間から覗く目は、全てを敵として見ているかのような、剣呑な色をしていた。

静かに情報を手繰り寄せようとするその瞳は、俺の顔を捉えると警戒を強めるように爛々と光った。

一般男性に過ぎない平々凡々な俺は、睨まれることに全く耐性がなく、身を縮こませるしかなかった。

怪我人相手でも、怖いものは怖いんだ。

そよそよと風が優しく通り抜けるこの空間で、俺と腕の中にいる黒髪の男だけが緊迫した空気を醸し出していた。

攻撃されるかも、と覚悟しながらしばしそのままの姿勢で身を固くしていたが、特に黒髪の男が動き出す気配はなかった。威勢がいいのは瞳だけのようで、大人しく俺に抱えられたままになっている。

この黒髪の人、明らかに冒険者風の装いだけど……こんな状態になっちゃうなんて、何があったんだろう。事なかれ主義の日本人代表としては、本当は知らん顔して通り過ぎたかったんだけど。

気になってしまったものは仕方ない。

「あの、お怪我は大丈夫ですか？」

「なん……で、助けた」

「へ」

「俺、は、半魔だ、っう」

「はんま？」

未だに呼吸が整わないのか、苦しそうに呻くその人は、自身の黒髪をつまみながらうわ言のように呟いた。

ハンマってなんだ？　ハンマーでもないし、サンマ……なわけないし。

この人が何を言っているのか理解できないけど、厄介な事態に巻き込まれていそうなことだけは分かった。ここで知りません、なんて言えば俺が異世界の人間だと知れてしまうわけだから、なんとか話を合わせよう。

「そうですか。あの……この近くに休めそうな場所があるんです。一緒に行きませんか？」

「引き渡す、のか」

「引き渡す？　いや、休ませてもらうんですよ。その状態はなんかまずそうなので、とにかく行きましょう」

「……」

それきり黒髪の男は黙り込んだまま、俺に支えられながら歩き始めた。

俺の黒髪を見ても平然と接してくれたアンナさんなら、きっと身元不明のこの人も助けてくれるはず。希望を見出した俺は、懸命にその重たい身体を半ば引きずる形で誘導した。

行きの数倍も重い荷物を抱えながら数分間必死に歩き続け、ようやく視界に民家を捉えた。

男を引きずるのに全体力を使ったかもしれない、と心の中で一人嘆いていると、俯いていた黒髪の男がふと顔を上げた。

「この家……」

「え？　どうしたんですか？」

黒髪の男の身体が震えた事に気が付いた俺が聞き返すよりも先に、目の前のドアが開いた。

ひょっこり顔を出したアンナさんが、悲鳴に近い叫び声を上げる。

「……ッイアン、もしやイアンかい⁉」

「母さ、ん」

「え、は？　え？」

アンナさんは一目散に黒髪の男に駆け寄ると、その身体を抱きしめた。

「こんな長い間、何やってたのっ！」

「アンナさん、アンナさん！　その人、怪我してるんです」

「あら！　いけない、早く治しましょう。ホラ、さっさと入りなさい！」

怒涛《どとう》の勢いで黒髪の男を家の中に連行したアンナさんに圧倒された俺は、玄関先で立ち尽くしていた。

「……アンナさんの息子さんってことは、あの人が元勇者ってこと？」

俺がポツリ、とこぼした呟きは、誰にも聞かれることなく消えていった。


「は～、驚いたわぁ。諦めていなければ良いこともあるのね！」

ベッドに寝かされたイアン？さんを嬉しそうに眺めるアンナさんの姿は、正しく母だった。

「ふぅ～、なんとかなってよかったです」

「本当にありがとう。ユウ君は息子の命の恩人よ。なんてお礼を言ったらいいか分からないわ。貴方が見つけてくれなかったら、きっとこの子は……」

「アンナさんだって、住む村を紹介してくれた、俺の命の恩人ですよ」

「あら、嬉しいことを言ってくれるわね。リドさんの村は受け入れてくれたでしょう？　あそこは自由だから、イアンも好んで住んでたのよ」

「あ、そういえばイアンさんも黒髪だったんですね。俺がここを訪ねた時に、アンナさんが驚かなかったから、不思議だったんです」

「あら？　イアンの髪はは元々黄色よ。黒じゃなかったわ」

「へ？」

「……気配に、闇の魔力が混ざっているわ。きっと魔王討伐で呪いを受けたのね」

「あ、なるほど。半魔ってそういうことか」

やっと不明だったワードに合点が行き、ほうほうと一人で頷いてしまった。

「半魔？　あの子がそう言ったの？」

「あっ、すみません！　俺から話すべきことじゃなかったです」

外野が余計なことを言ったかもしれない。

慌てて取り繕おうとしていると、静かな声が割って入った。

「……いい」

それは怠そうにベッドに腰かけたイアンさんのものだった。

イアンさんと目が合った俺は、改めて驚きで身を硬くしてしまった。もっさりとした黒髪から覗く彼の瞳は、血が混ざっているかと思うほど赤く、瞳孔も鋭い。

今までは緊張していたせいか、見えているようで何も認識できていなかったけど、普通の瞳じゃないことは分かる。

でも……なんだかその異質さすらも美しく思えてしまうのは、彼自身に人を惹きつける魅力があるからだろうか。

不躾ながらもその瞳をじっと観察していると、イアンさんがゆっくりと立ち上がり、俺たちの座っている席に近づいてきた。

「食われかけてから、この色になった」

たどたどしく話される内容は、このほのぼのとした空間と同じ世界とは思えないほど、どうしようもなく恐ろしいものだった。

魔王に挑むために編成していたパーティーがほぼ壊滅状態のまま、魔王城に誘い込まれてしまったらしい。結局、魔王城に辿り着く前に命からがら逃げ出して、帰還できたのはイアンさん一人だったそうだ。

「まあ、生きて帰ってきたのならよかったわ。またこうして会えたものねぇ！」

肝っ玉母さんのアンナさんは近づいてきたイアンさんの背にバシっ！　と平手を入れた。

「アンナさんっ！　怪我人、怪我人！」

「ポーションを飲ませてくれたんでしょう？　それで完治も同然よ。気にしなくていいわ」

「えええ……」

「世話に、なった」

「ところでイアン、貴方そんなに喋れなかったかしら？　呪いの影響？」

「……たぶん」

さっきから寡黙な人だと思ってはいたけど、これが普通というわけではないらしい。

……アンナさんのようなお喋りで明るい人の息子だとは、確かに思えないな。

「イアン、これからどうするのかしら。その髪色、ここでは目立つわね。国からの御触れも出ているし……」

「さっき、勇者に会った」

「え、勇者って、現勇者ですか？」

「……魔物って、斬られた」

「ええ！　どこをどう見たらイアンさんが魔物に見えるんですか？」

「そうねぇ、闇の魔力が滲み出てしまっているからかもしれないわねぇ」

「イアンさん。もしかしてあの傷、魔族と戦って負ったんじゃなくて、勇者に斬られたんですか？」

「昔の傷は……治ってた」

深い溜息を吐かざるを得ない。なんてことだ、あの性悪勇者め。アンナさんの息子さんを手に掛けるなんて、俺の恩人に手を出したのと同義だ。

どう仕返ししてやろうかとウンウン唸っていると、アンナさんとイアンさんで何やら話し合っていたようで、やがて二人は俺を笑顔で手招きした。

「ユウ君、お願いがあるのよ」

「はい、俺にできることなら！」

「リドさんの村にいるということは、イアンの空き家に住んでるのよね？　なら、イアンと一緒に住んでくれないかしら」

……俺、耳がおかしくなったのかな。

今、なんか一つ屋根の下でどうこうって聞こえた気がしたけど？

え？　聞こえてるじゃんって？　いや、だってそりゃ耳を疑うでしょう。

ちらりとアンナさんを盗み見てみると、やはりというか、なんというか……ニコリ！　とものすごくいい笑顔だった。

「この状態だし、一人にするのはちょっと心配じゃない？　そしたらイアンったら、貴方となら住んでもいいっていうのよ」

「手当、礼したい」

「へ？　あ、ありがとうございます？」

「それを言うのは、俺の方だ」

確かに今俺が住んでる家は、イアンさんのものを一時的に借りているだけだ。だが、家主が戻ったのなら、新しい家を見つけるまでリドさんの家に一時避難させてもらおうと考えていた。

「いや、でもさすがにおかしくないですか？　しばらくはアンナさんと住んでいた方が……」

「行くぞ」

「えええ」

アンナさんにニッコニコで見送られながら、攻守交代だと言うかのように、フードで頭を覆ったイアンさんに半ば引きずられながら村へと向かった。

道中、俺が頭上に疑問符を飛ばし続けていたのは仕方ないことだったはず。

背が高くやたらガタイがいいフードの男と、その後ろをついて回る一般男性の俺。

側から見れば、布面積の多い親子に見えるかもしれない。それほどイアンさんは抜群に背が高い。二メートル近くあるんじゃないだろうか。

「あの、イアンさん」

「……なんだ」

「俺と一緒に住むなんて、無理しなくていいんですよ？　俺がどういう人間かも分からないのに」

アンナさんの家を出てから、ずっと聞きたかったことだ。

怪我を負って危険な状態だから、誰かと行動した方がいいという話なのは分かる。しかし、数時間前まで知り合いでもなんでもなかった男と一緒に住むなんて、いくらなんでもおかしいだろう。

イアンさんは助けた俺に恩義を感じていると言っていたけど、相手がどんな人間かも分からない状況で手放しに信用できるだろうか。

……到底無理な話だ。

それはイアンさんはもちろん、俺だって例外じゃない。お互いがお互いを知らなさすぎる状況なんだ。心で燻る不安を抑え込むことができないまま、俺はイアンさんと数秒見つめあった。

「ユウ、といったか」

「あ、はい」

「……あの時、俺を、差し出さなかった」

イアンさんはそこで一度話すのを止めると、俺の頭をするりと撫でた。

「わっ！」

「それで……十分だ」

交差した視線の先、血のように赤い瞳が、光を受けたようにキラリと輝いた。

その輝きに思考を奪われている間に、頭に乗っていた手が、俺の手を握りしめた。そのまま俺の手を引くと、再びズルズルと引きずるように村へと向かう。

俺に配慮してくれるリドさんとは違い、長い脚で思いっきり自分のペースで進んでいくその速度は尋常じゃない。

「ちょっ、足縺《もつ》れてます！　身長差考えて！」

引っ張られた反動で体勢を崩された俺は、必死にバランスを取りながらイアンさんについていく。こんな歳になって、迷子センターに連れて行かれる子供のような扱いを受けるとは思わなかった。決して、明らかな体格差にいじけてるわけじゃないからな。

転ばないように足元ばかりに気を配っていた俺は、土と草のコントラストを目で追っているうちに、突然止まった背に顔面を強打してしまった。

「うぐぅ！」

鼻からベキョッて音が鳴った気がする。さすがに抗議しようと息巻いて前方を確認すると、そこにはすごい形相でイアンさんを威嚇しているリドさんがいた。

今にも飛びかかりそうなイラついた空気を隠そうともしない。

……こんなに怒ってるリドさん、初めて見た。

「村長」

「その瞳の色、闇の魔力……魔族か。俺の村に何か用か」

かなり警戒しているだろうリドさんに呼びかけようとした瞬間、俺よりも近い位置にいるイアンさんが先手を取ってその問いに答えてしまった。

「ユウの、同居人だ」

……かなり誤解を招きそうな表現で。

「はあ？　ユウ、聞いてないぞ。同棲にするなら俺にしろ！」

リドさんはその場から少し浮き上がったのではないか、と思うほどの大声をあげる。

っていうか、意味分からないこと口走ってませんか？

これ以上静観していても事態を悪化させるだけだと悟った俺は、イアンさんの背後から顔を覗かせて、リドさんに訴えた。

「待ってリドさん、この人はアンナさんの息子さん、イアンさんです！　俺が今借りているお家の家主さんですって！」

すぐにでも拳を繰り出せますよ、という臨戦態勢になっていたリドさんは、俺の言葉で動きを止めた。次の瞬間、イアンさんにガッツリと詰め寄り、フードを脱がせて、マジマジと観察し始める。

「お前、イアンなのか？」

「どうも……リドさん」

「……話を聞こう。中に入れ」

一年間旅に出てました！　と言うだけでは説明がつかないその容貌の変わり方に、何か勘付いたのだろう。リドさんはそれ以上何を言うでもなく、俺たちを家に招き入れた。

そしていつもの食卓に通される。

未だに俺の手を離そうとしないイアンさんは、ごく自然に俺の隣に着席した。それを見たリドさんの雰囲気がまた一段と重苦しくなった。

な、何が起ころうとしてるんだ？

「……はぁ、まずはイアン、お前が生きててよかった」

「ありがとう、ございます」

「で？　なんでユウと同居するって話になったんだ？」

「いや気になるのそっちですか⁉」

てっきりイアンさんの黒髪のことについて話し合うとばかり思っていた俺は、思わず立ち上がってしまった。

いけない、村の一番の権力者にツッコミの鉄拳を入れてしまうところだった。

イアンさんは俺の手を軽く引いて、席に座らせた。やっぱり子供扱いされてる。

それを横目で見ていたリドさんは、少し苛立ったようにテーブルを指先でコツコツと鳴らした。

「で？」

「怪我をした、ので、用心のため」

「なら俺のところで寝泊まりすればいいだろう」

「あの家はイアンさんの家なんです。俺が今あそこに居候しているんですし、そのままお手伝いに回るのが自然な流れだと思いますけど……」

なぜかいつもの冴え渡る判断が影を潜めてしまったリドさんに、ツッコミが追いつかない。

俺の言葉が正論だと感じたのか、リドさんは少し唇を尖らせて、話題を切り替えた。

「というか、どうしたんだその容姿。前は黄色の目と髪だっただろう」

「半魔、になりました」

「ほお、半魔……実物は初めて見たな。本当によく生きて帰ってきた。アンナの婆さんも喜んでたろ」

「そりゃもう、とっても。人助けしてよかったと、改めて思うくらいには喜んでました」

「人助け？　……ああ、なるほど。ユウがイアンを救ったってことか」

「世話に、なった、です」

そう言うと、イアンさんは俺の頭をまた撫で始めた。弟のように思ってくれたのか、俺への扱いがだいぶ幼い子供を相手している感じになっている。

「イアン、事情はよく分かった。だがな、ユウはとの同居は認められない」

「……なぜ」

「なんでもだ。俺以外と一つ屋根の下ってのは認められないな」

「ええ、そんな話、聞いたこともないですよ」

子供の駄々のように、「駄目だ、認めない」と連呼している様子は、村の主人とは思えない。ついにはプイ、と顔を背けてしまった。

リドさんって、こんなに感情を表に出すタイプだったたか？

ちょっとした膠着状態が続いたのち、はあぁ、と大きく溜息をついたのはリドさんだった。

くしゃりと前髪を掻き上げると、つまらなさそうに足を組み直した。

「……つっても、最善の判断くらいつく。いいぜ、二人であの家に住むといい。ただし、何かあったらすぐ解消だ」

それを聞き届けたイアンさんはゆっくりと頷くと、俺に薄く微笑みかけた。

「リドさん！　ありがとうございます。俺、薬草屋の仕事も頑張ります！」

「いや、ユウは俺の懸念を分かってないだろ……」

「そうだリドさん、イアンさん。今日はイアンさんの帰還祝いもしたいですし、食事会をしませんか？　三人で！」

二人の手を取って胸元で握りしめると、リドさんからは深い深い溜息をもらってしまった。

……なんでだ。


「リドさん、このお皿はもう配っていいですか？」

「ああ、そっちは終わってる。おいイアン！　ボサっとしてないで手伝え」

「……はい」

俺の提案により、夕食会が開かれることになったリドさん宅は、食事の準備で賑わいを増している。険悪ムードになっていたリドさんたちになんとか仲良くしてもらうべく、日本人らしく〈飲みニケーション〉を提案したのだ。

最初は我ながらいい案だと思ったんだけど、結局はリドさんにご飯を作ってもらわなきゃいけないことを失念していた。手間をかけさせちゃって申し訳ないな。

「ユウはともかく、お前は料理得意だったろ？　作る方手伝ってくれ」

「え、イアンさん料理もできるんですか？　強いのにお料理も作れるなんて、すごいんですねぇ」

「……まあ」

「待てユウ、俺も中々強いぞ。しかも頭も切れる」

「リドさんのすごさは、日々身に染みてます」

俺がしみじみと言うと、ならいい、とリドさんは満足気に頷いた。

大の大人が張り合ってる……ちょっと可愛い。フフ、と一人で笑いながら配膳を進めた。

俺だけが食卓周りでうろちょろしているのを自覚すると、情けなくなってくるな。仕事漬けなリドさんには中々聞けなかったけど、イアンさんに今度料理を教えてもらおうと決意を固めた。

食卓には前に教えてもらったシバム……パンのような主食を始めとして様々な料理が並んだ。

いつもよりお肉類の量が多かったのは、リドさんなりの祝福の気持ちなのだろうか。

「じゃあ食べようか、イアンの帰還を祝して」

「……どうも」

「よかったですね！　イアンさん」

相変わらずローテンションなイアンさんはゆっくりと食卓を一瞥《いちべつ》し、手始めに肉を口に運んだた。

リドさんも満更でもないようだし、口ではああ言ってても、やっぱりイアンさんの身を案じていたんだろう。

「イアン、婆さん家には住まないのか？　あの歳で一人暮らしだろう」

「追い、出された……身体がデカい、から」

「俺と一緒に住むって話がすぐ出たんです……でも確かに、アンナさんのお家だとイアンさんにとってはちょっと狭いかもですね」

イアンさんはそれほど体格がよく、逆にアンナさんはあまり身長が高くない。

何をするにも手狭に感じると思う。

「俺、いると狭い」

「はっ！　あの婆さんが言いそうなこったな」

「でも、イアンさんは寂しくないんですか？　久しぶりに会えたんですよね」

「ユウ、がいる……から」

イアンさんが目を細めて、口角を上げて微笑んだ。

これは、俺がいるから寂しくない、ってことでいいのか？　なんだかとても信頼してくれているようで、かなり嬉しい。

「おい、俺は渋々許可してるんだ。そこんところ忘れるなよ」

「なんで、許可がいる？」

「あぁ？」

まずい、少し油断してたらまたヒートアップしてきた。俺は慌てて話題を逸らす。

「そ、そうだイアンさん。俺、まだ見せてなかったですよね」

そう言いながら、俺は頭に巻き付けていたスカーフをスルリと外した。

「……黒か」

「そうです。俺は半魔ではないんですけど、訳あってここの村に匿《かくま》ってもらってるんです」

「水臭いな、ユウは立派なウチの村民だ。気後れする必要はない……まあ、事情は後で聞け。食事が冷めちまう」

「そうですね。イアンさん、明日にでもお話しします。今日は食べてしっかり寝ましょう？」

イアンさんは小さく頷くと、黙々と食事を始めた。俺とリドさんは目を合わせると、少しの間笑いあった。

イアンさん、心に大きな傷がないようでよかった。

今日から一緒に生活するんだ、時間をかけてお互いのことをたくさん知っていこう。


今日は色々なことがあって疲れていたし、夕食会を終えた後は泥のように眠りたかった……だけど。俺は今、イアンさんとゼロ距離の密着度でベッドに寝転がっている。

「イアンさん、ちょっと近すぎます。俺、床で寝ますから！」

「いい、寝て」

そうだ、この家にベッドは一つしかないことを思いっきり忘れていた。

ベッドに到着してすぐにそのことに気が付いた俺は、床で寝ると宣言して転がってみたのだが、あっという間にイアンさんに抱かれて布団に引き込まれてしまった。

男二人でベッド一台なんて、イアンさんの身体が休まるはずもない。

そう思って何度か脱出しようと試みたけど、イアンさんの腕の拘束はビクともしなかった。

怪我人だからって遠慮してたけど、これは本気を出さなきゃ出られないやつだ。

最後の足掻きで目一杯の抵抗をしようとしたその時、耳元でイアンさんの呟きを聞いてしまった。

「……温かい」

「っ」

そうか、イアンさん、誰かと眠りにつくのが久しぶりなのか。

その事実に思い至ったら、もう抵抗しようなんて気も起きなかった。とはいえ、こんな距離感での添い寝は初体験だ。しっかり目が冴えてしまっている。

羊一匹……羊が二匹……うう、目の前の大胸筋が気になりすぎて寝られない！

羊もろくに数えられない、と諦めてそのまま小さく縮こまる。

眠気の訪れを願い、必死に目を閉じた。


「ふ、ぁあ～」

どうやら、昨夜の必死の攻防戦に勝ったらしい。

気が付くと窓から温かな光が漏れ出し、部屋の中を照らしている。

今日も例に漏れず薬草屋へ出勤する予定だ。こちらに来て既に数日を過ごし、ちょっとずつ慣れてきた今日この頃。

また、新たな変化がこの部屋には起きている。

ゆっくりと目を開けると、そこには美しい顔の男がスヤスヤと寝息を立てていた。

朝からすごい破壊力だ。寝ているはずなのに腕の拘束は驚くほど強く、身を捩《よじ》ってもビクともしない。腕は辛うじて動くが、到底抜け出せる状態じゃない。

心地良さそうに寝てるイアンさんには悪いけど、起きてもらわなきゃ。

「お、おはようございま〜す……」

緊張しすぎて、寝起きドッキリのような声の細さになってしまった。ベッドに身体を埋めて眠りこけるイアンさんの背中をそっと叩き、朝を告げる。

イアンさんの瞼がピクリと動いて、赤い瞳が覗いた。焦点が定まらないまま、俺をぼんやりと見ている。

「イアンさ〜ん？」

「何」

「あの、俺働きに出るので離してもらえますか？　また夜に帰ってきますね」

「……ん」

「わっ、二度寝しないでくださいっ！」

身体に巻き付いた腕は、まだ人の温もりに触れていたいのか、簡単には俺を離そうとしなかった。

数分間格闘したのち、ようやくベッドから這い出ることに成功した。

着替えを終えて、あとは出発するだけとなったところで、まだボヤッとベッドに座っているイアンさんに声をかけた。

「イアンさん、今日は何されるんですか？」

「……探索」

「探索？　何か探し物ですか」

「勇者」

ゆうしゃ？

思わずイアンさんを二度見した。俺の耳がおかしくなっていなければ、勇者と言ったはず。

「どういうことですか？　斬られたんですよね、この間」

イアンさんはふわわぁ、と欠伸を溢しながら近づいてくる。

「大事な物、取られた……斬られた時」

「っはぁ～！」

あの人でなし勇者め！　人を勘違いで斬りつけた挙句、追い剥ぎか！　本当にどうしてやろうか。

「ユウはどこ、行く？」

「今、フィラにある薬草屋で働いているんです。それよりイアンさん、危ないことはしないでください」

「……わかった」

なぜかイアンさんに宥《なだ》めるように頭を撫でられた。あれ、いつの間にか俺が諌められてる構図になってる？

そうやって穏やかな時間を過ごしている間にも、刻々と開店時間が迫っていた。いよいよ遅刻だと、その手を振り切り、ドアへと急ぐ。

「じゃあ、行ってきます！」

「いってらっしゃい」

いつもなら慎重に進む道のりを、大慌てで走り抜ける。

今日の服は最初から頭部にフードがついているタイプで、少々の風では脱げない仕組みになっている。

巡回の騎士団にも適当に挨拶をて、一目散に薬草屋に駆け込んだ。

「ごめんなさい！　遅れました」

「あれ、ユウ君が慌ててるなんて珍しいねぇ、なんかあった？」

「いや、ちょっと寝坊しちゃっただけですよ。ははは……」

相変わらず変なところで鋭いカインさんを受け流しつつ、身支度を整えて、いざ開店。

「いらっしゃいませ！　カインの薬草屋です。何かお探しですか？」

「お兄さん！　こっちのお会計お願いできるかしら？」

「は～い、今行きますね！」

次々とお客さんが押し寄せて、休む暇がない。

今日の薬草屋は大賑わいだった。この前まで日に数人しかお客さんは来ていなかったのに、今日はお昼の時点で一日分の来店があった。俺はまだ慣れない店内の仕事に、上へ下への大騒ぎだ。

この薬草は衣服を洗う時に一緒に漬け込む薬草で……これは食べる薬草だから、包む時に分ける、と。

彩《いろど》り豊かな薬草の束を、一束ずつ薄い紙に包む。香りや効能のある成分が他の薬草に移らないための配慮らしい。こうした細やかな仕事振りを見ていると、騎士団や近所の住民から重宝される理由が分かる気がする。

お昼になって裏で休憩をもらっていると、カインさんがひょっこりと顔を出した。

「今日は大忙しだね！　いや〜手伝ってくれて本当に助かるよ」

「確かに、今日はお客さんが多いですね。何かあるんでしょうか？」

「あぁ、そろそろ収穫祭の時期だからね。仕込みや準備で薬草が必要になるのかもねぇ」

「収穫祭、ですか？」

聞き慣れない単語が飛び出してきて、思わず鸚鵡返しになった。

「あれ、そっか。ユウ君は遠い国出身だから文化が違うのかな？　収穫祭では、一年に一度、作物の収穫を祝ったり、家畜の魂を弔ったりするんだ」

なるほど、伝統的なタイプのお祭りか。そういえば日本でも、地域によっては豊穣を祝う系のお祭りが残存していた。

「そうなんですね、近いものは故郷にもありました。具体的には何をするんですか？」

「いつもは生産者として働いている人たちがお店を出すんだ。例えば、ここに薬草を卸《おろ》してくれている生産者さんは、薬草の種や図鑑とかを売るみたいだね。そういったお祭りの出店自体を収穫祭と呼んでいて、直接生産者を労《ねぎら》う機会でもあるんだ」

「へぇ！　それは面白いですね。図鑑かぁ、ほしいなあ」

「でも、収穫祭の目玉はそれじゃない。その日の夜に、フィラの皆で火を囲んで踊るんだけど、それが一番の楽しみなんだ」

「へ、踊る……？」

「そう、夜は迷える魂が周辺を彷徨《さまよ》う。それを宥《なだ》めてあの世に送り返すというのが、収穫祭の締めなんだよ」

もしや日本で言う、キャンプファイアーでマイムマイムするみたいなものか？

火を囲ってバレスさんや勇者がピョンピョンと踊る様を思い浮かべて、あまりのシュールさに少し笑ってしまった。

首都住みじゃなくてよかった。切実に。

カインさんは純粋にそのお祭りを楽しみにしているようで、ニコニコと微笑んでいる。

「ね？　楽しそうでしょ？」

「あはは……ですね」

「でも図鑑がほしいのかぁ、結構お値段がするかも。開催はもうちょっと先だから、きちんと働いてくれればきっと買えるよ！」

「はい！　頑張ります」

まだ先の開催とは聞いていても、出店巡りは楽しみで仕方がない。それまでに自分で使えるお金を増やさなきゃ。

「それじゃ、あと少しお店の方も頑張ろうか」

「はいっ！」

◆◇

オスティア国の王都フィラにほど近い、とある長閑《のどか》な村の長であるリドは、重く深い息を吐き出した。

転移者に迫り来る王宮への対策と、気候が変わる頃に行われる収穫祭に向けて、あらゆる執務を片付けないとならない……のだが、中々進まない。

というのも、ここ数日でこの村に激動が起きすぎた。むしろ日を追うごとに問題が一つ、また一つと増えているのだ。朗らかに差し込む日の光に頭痛を覚え、頭を抱える。

「もう朝だな、ユウは薬草屋に行ったか……はぁ」

昨日、突然の帰還を果たした元勇者のイアンは、半魔となっていた。あの目を見ても、即座に斬りかからなかったのはいい判断だった。それほど、気配一つをとっても危険な存在になっていたのだ。

傷が癒えたばかりにもかかわらず、人を威圧するような気迫。さすが、勇者として名を立てただけのことはある。

「厄介な状況になったな……」

リドは一般的な住民よりも情報を得られやすい生い立ちだったために、大抵の話は齧ってきた。

だが今回の件は、これまで生きてきた中で見聞きしたことがない。

見たところ、闇の魔力と人間が完全に融合しきっていた。髪は黒く染まり、獰猛な輝きを湛えた血のような瞳を携えたその姿は異様だった。

「ウチの村は黒に縁があるのか」

この間忽然と現れた異世界人も黒髪を持っている。瞳は木の幹や土のような色だが、髪については完全に異質だ。

――ユウは、追いたくなるような雰囲気を纏《まと》っている。

控えめで健気だが、前向きで、時折見せる大胆さとあどけない可愛さが、人を飽きさせない。

騎士団長のバレスに懸想されている様子もある。恐らく単なる気紛れではなく、向こうは本気だろう。

「アイツに見つかるとは……まだ素性は割れていないとはいえ、悪いことは重なるな。王宮への謁見の申込を早めておこう」

口には出さないが、巻き込まれて召喚されたこの世界では慣れないことも多く、心許ないはずだ。

そんな折に、王宮の武力の頂点とも言える騎士団長に見つかってしまったとなれば、気が気ではないだろう。帰りたいという感情があるかは分からないが、この村を好いて、永住したいと話していた転移者。そんなユウを守りたいと、そう思ってしまった。

「一生に、数度とない感情かもしれないな」

生易しい手は使っていられない状況だ。不貞の輩が無垢な彼を拐《かどわ》かさないように、腕にあのブレスレットを着けさせた。オスティア国の人間であれば、その効力を軽んじる者はいない。

執務に今一つ身が入らないのを自覚したリドは、大きな伸びをした。

「さて、イアンに話を聞きに行くか」

リドは、排斥される立場となり、不遇な結末を辿った元勇者の住処へと向かう。

何があったのか、これからどうしていくか。問題は山積みだ。

「というか、今のところ何か仕出かしそうなのはイアンだな。同じ屋根の下とは、気が抜けない」

一度釘は刺したつもりだが、念押しもしておこう。彼……ユウの身の安全は俺によって守られなければ。そうでなければ、今後ユウを籠絡する手段が減ってしまう。

リドはあらゆる方向から、ユウを囲う布陣を描き始めた。

「正々堂々と勝負するのは俺の趣味じゃないからな。なぁ、バレス？」

自分よりも幾分か遅れてユウを見出したバレスに、掻っ攫《さら》われないように。

◆
◇

「はぁ～！　なんとか乗り切ったぁ……」

朝から忙しくしていた薬草屋の賑わいは、驚く事に午後になっても変わらなかった。

なんとか午後の営業時間も乗り切り、あと少しで閉店というところまで辛抱できたのには理由がある。

ふんふ～ん……っと、まだ営業中だった。

なんとか抑えようとするが、ニンマリと緩む頬を抑えられない。

というのも、カインさんがバタバタと働く俺の様子を見て「いつか店番を任せたい」と言ってくれたのだ。

そんなの、喜ばないはずがない。こっちの世界に来て、全くの無力だった俺が少しでも人の役に立てていると実感して、舞い上がるほど嬉しかった。

ほら、今の状況は完全にヒモだから……リドさんやイアンさんには、家に始まり、当面のお小遣いやご飯までお世話になってしまっている。

早く一人前になって独り立ちしなくては、という焦りは日増しに強くなっていった。

そういえば、フィラの人たちはとても収穫祭を楽しみにしてるんだなぁ。そんなに魅力のあるお祭りなのかな。

先ほどの収穫祭の話を聞いてからお客さんの買っていく品物を観察してみたが、料理を華やかに飾りつけるための作物や、服の洗濯用の薬草が多く出ていた。

服の洗濯用かぁ。確かに、出店とはいえ人がたくさん来るなら、綺麗な服で人前に出たいよな。

なるほど、次からは需要予測も立てられそうだ、と仕事スイッチが入っている俺の耳に、来客の知らせが届く。

「いらっしゃいま……っ！」

扉を潜るその立ち姿を見間違えるはずもない。キッチリと着こなした美しい隊服を靡《なび》かせて現れたのは、バレスさんだった。

「ユウ、今日も働いているんだな。もしかして毎日店に出ているのか？」

「ええ、まだたくさん学ぶことがあるので……あ、この間はありがとうございました」

「礼を言うのは俺の方だ、あの日は帰りが遅くなってしまってすまなかった」

一緒にギルドの酒場に行って以来、バレスさんが薬草屋を訪れるのは初めてだった。

国外で目撃された怪しい黒髪の人物を探すために勇者を派遣し、城は大騒ぎになっているんだろう。

そこまで考えて、はたと気が付く。

国外で目撃されたのって、もしかしてイアンさんなのでは？

なんだ、これ以上ないほど条件を満たしている人物がいたじゃないか。

傷だらけの装備、一際目立つ体格、フードを目深に被っていて怪しさ満点、それを脱げば半魔で黒髪……目撃情報を裏付ける要素の大盤振る舞いだ。

国外へ捜索に出ていた勇者が斬りつけた、というのもその仮説の信憑性を高めていた。恐らく勇者パーティーは、どこかの道程《みちのり》で目撃されたイアンさんを疾風の如く追い上げたのだろう。

リドさんはとっくに気付いてたんだろうなぁ。自分の鈍感さには嘆くしかない。

でも、イアンさんは本当に国外にいたんだろうか？　そういえば、昨日の今日で、魔王の居城からの足取りはまだ聞いてなかった。そもそも、あれだけ魔王の話をしておきながら、噂の城の場所も把握していない。

深く考え込んでいると、ふと視界に影が落ちた。驚いて見上げると、バレスさんが心配そうに俺の目を覗き込んでいる。

「ユウ、どうかしたか？　思い詰めた顔をして……どこか具合でも悪いか」

「あ、いえ！　失礼しました。お客さんの前でごめんなさい」

「お客さん、か。では、この薬草の新調を頼みたい。カインさんに取り次いでくれ」

「もちろんです！　ちょっとお待ちくださいね」

バレスさんは寂しげに微笑み、懐からメモ書きを取り出す。慌てて両手で受け取ると、判で押したような美しい文字で、いくつかの薬草と調合した薬の名前が書き連ねられていた。

あまりに綺麗で、俺は思わず感嘆の声を上げる。

「バレスさん、字がとてもお綺麗ですね！」

「ありがとう、父上に幼少の頃より師を付けていただいたからな」

バレスさんはそう言って、少し照れくさそうに笑った。

しまった、不要な交流は避けるべきだった。ただ、当たり前のように答えられたバレスさんの家庭環境が気になりすぎる。幼少期の頃から文字の先生に習っていたということは、やっぱり貴族の家系なんだろう。

ドギマギしながらメモ書きを必死に読み進める。文字が綺麗なだけに、薬草屋で扱われている商品一覧表よりも読みやすい。

これは軽い傷に塗布するもの、だったかな。あとは香り付け、練り香水に使われる華やかな香りの植物だ。

「薬草は多めに仕入れたい、カインさんにそう伝えてくれるか」

騎士団も傷を治す手段として薬草類を使うのか、初めて知った。国に召し抱えられているなら、ポーションを始めとした物資も豊富だと思ってた。というか、魔力や魔術があるんだから、治癒魔法の類とかは存在しないんだろうか。

あぁでも、リドさんが魔術師の数は多くないって言ってたっけ。それに、ポーションで大抵の傷は回復できるんだろう。効能はイアンさんの件で実証済みだ。

伝言を伝えようと裏に顔を出すと、カインさんはちょうど帳簿をつけていた。

「カインさん、バレスさんが薬草の新調をお願いしたいそうですよ」

「あ、そうだね。そろそろ来る頃だと思ってたよ。私が対応するから、商品棚の整理をお願いできるかな？」

「もちろんです！」

二人の会話を邪魔しないように、俺は少し離れたところで商品棚の整理を始めた。

「バレス君、どうも頻繁に薬草が必要になっているようだね。ポーションが不足しているのかい？」

「実は勇者が国外に出ていて、ポーションの予備を切らしている……本来は軍事機密なので口外しないでいただければ」

「わぁ、大層なことを知ってしまったね。仕入のためとはいえ、温情痛み入ります」

カインさんはおどけたように恭しく礼をすると、取り急ぎの薬草を手早くまとめてバレスさんに手渡した。

「忙しいのに店まで来てくれてありがとう。あぁ……別の目的もあるのかな？」

そんなヒヤヒヤする言葉に続いて、カインさんは意味ありげにチラッとこちらを見やる。

様子を盗み見ていた俺は、バッチリと視線が合ってしまい、商品を危うく落としかけた。

「否定すれば嘘になるだろうな。ありがとう、カインさん。また次の機会に……ユウも、また会えるだろうか」

「あ、あはは。モチロンデス……」

「おじさん、バレス君の応援しちゃおっかな～」

「もう、カインさん！　揶揄うのはやめてください！」

俺が吠えても、カインさんはどこ吹く風。閉店間際の薬草屋には、三人の賑やかな話し声が響いていた。

そんな楽しげな様子を、窓の外から見つめる視線が一つ。

「……お兄さん、やっと見つけた」

◆◇

「じゃあ今日はこれで終わり。ユウ君、お疲れ様でした」

「はい！　ありがとうございました……収穫祭までこの忙しさが続くと思うと、ちょっと身構えちゃいますね」

「そうだねぇ。収穫祭まで頑張ったら、ご褒美のプレゼントをあげちゃおうかな？」

ご褒美？　まさか労働者の味方、ボーナス的なアレだろうか。

カインさんにサプライズ発表を受けた俺は、夢見心地で薬草屋を出た。

扉を開いた先には、いつも通りの街並み。

陽が傾いて西日が差したフィラの街は美しく、店仕舞いをする住民たちを優しく包んでいた。

オレンジとピンクが混ざり合ったような色に照らされ、街全体が昨日よりも鮮やかに映った。

海の見える方角からは、光が揺蕩《たゆた》うように輝きを反射する。

「心を落ち着けて見ると、本当に綺麗な街なんだな……魔王討伐のことがなければ、色んな場所を自由に歩きたいんだけど。それはまた追々かな」

今は叶わない願望を口にして、少し凹む。そんなことをしていると、向かいのお肉屋さんに声をかけられた。

「あらユウ君、今帰り？　今日ウチのお肉が少し多めに余っちゃったのよぉ、もらってくれないかしら」

「えっ、いいんですか　？ありがとうございますっ！　村の人と一緒に食べますね」

「ふふ、元気になってよかったわ！　明日薬草屋さんに行くから、よろしくね」

あ、もしかして元気のない俺を励ましてくれたのかな。

街の人の優しさに触れ、メイン通りを外れた周辺のエリアでは薬草屋のユウとして定着しつつあることを実感した。まだメイン通りを大手を振って歩くことはできないけど、外れの道での生活だってとても素敵じゃないか。

肉屋さんに大きく手を振って、再び前に向き直った瞬間、視界を占めたのは、騎兵はもちろん、歩兵や、一見して魔術師と分かるようなローブを着た騎士団の行列だった。

「き、騎士団!?　何でこんなところに」

俺は咄嗟に物陰に身を隠した。そのまま注意深く観察していると、どうやら一行はメイン通りに向かって進んでいるらしい。その通り道としてこの道を横断していたのだ。

他にも道はあるのに、なんでここなんだ。本当は今すぐにでも走って逃げ帰りたいが、ここを横切る行列の終わりが見えないため、不用心に飛び出すことはできない。

譲ってもらったお肉だって早く食べたいのに。こんな状況でも食い意地は相変わらずだ。

岩壁に背をつけて、打開策を探す。でも、そんなものありはしない。村へ帰るには、この道を通るしかないんだ。

困り果てた俺の耳に、あの泣き虫な陽キャくんの潜めた声が届いた。

「(ユウさ～ん!　コッチです!)」

「(あれ、ケン?　どうしてここに?!)」

「(理由は後々!　とりあえずこっち来てください)」

ケンの尻でブンブンと大きく揺れる尻尾の幻覚が、今は救いの手に見える。俺はズンズンと細い道を突き進むケンの後ろ姿を追った。

随分と曲がりくねった路地を進んだ末に、ようやくいつもの街の入り口へ辿り着いた。

「ケン、ものすごい抜け道を知ってるんだね。どうやって行き着いたの？　路地裏なんて来る機会、そんなないでしょ」

「この子が教えてくれたっす！」

ケンが得意げに背を押して俺の前に差し出したのは、以前路地裏で助けた痩身の子供だった。

「あれ？　君、この前の……」

「あの時はありがとうございました、お兄さん」

「こちらこそ、逃げ道を教えてくれてありがとう」

「お兄さんみたいに、路地裏に住む僕らのような存在を助けてくれる人とは、助け合いたいんです……大丈夫ですよ、ここは僕らの家ですから。お兄さんたちの助けになれます」

ニコッと笑った彼は、その幼い顔に似合わず、この路地裏の奥深くまで知り尽くした家主としての貫禄があった。

「って、なんでケンと君が……？　知り合いだったの？」

「いやいや、俺もさっき話しかけられたんすよ。いつもみたいに城を抜けて隠れてたら、この子が近寄ってきて」

「はい、前にお兄さんたちが路地裏で話し込んでるところを見たんです」

前に、っていうと、ケンと衝突した時とか、勇者についての情報交換をした時？　もしかして、ずっと話を聞いていたんだろうか。そこで「助けになれます」という言葉の意味合いに気が付いた。

「も、もしかして、話の内容聞いた？」

「盗み聞きするつもりじゃなかったんですが……ごめんなさい」

眉を下げて申し訳なさそうな顔をしている彼を見ると、どうやら話の内容はバッチリ聞いていたらしい。

きっと彼は俺たちの境遇を知った上で、手を差し伸べようとしてくれているんだ。

どうしたものかと戸惑っていると、彼は慌てた様子で話し出した。

「あ！　お兄さんたちのことは、誓って誰にも言いません。僕、お兄さん……ユウさんに恩返しがしたくて」

あの時のこと、まだ恩義に思ってるのか。律儀な子だな。

「恩返しなんていいって、あの時は何も考えずにちょっと手伝っただけだから。あ、そうだ……君の名前は？」

「セファです。路地裏の子供の中で一番の年長者なので、大抵のことは僕がやっています」

そう言って、セファは俺に握手を求めてきた。

「大抵のことをやっているって、君が路地裏の長なの？」

「長なんてすごいものじゃないですけど……皆を食べさせるために、必要なことを考えたりしてます」

セファは聡明な子だ。それは初めて会話を交わした時に、すんなりと年上を敬う言葉が出ていたことからも分かる。

「そっか。セファはすごいな」

……俺なんか自分の生活さえ儘ならないのに。

セファや路地裏の子供たちは、その細い身体を寄せ合って懸命に生きている。大人の俺が何もしないなんて、考えられないな。

俺は膝を折って、セファに言い聞かせるように語りかける。

「よし、じゃあセファ。俺たちを手伝ってくれないか？　騎士団に見つかると厄介なことになるから、自由に動けないんだ……その代わり」

「その代わり？」

「バイト代……えっと、お給料を出すよ。俺たちを手伝ってもらうんだし、それくらいはさせて」

「えっ、いや、お給料なんてそんな！」

「セファ、こういう時は大人に甘えた方がいいぜ！　ほら、その金で体力つけて、また一緒に騎士団とのかくれんぼをしよう！」

たぶんケンは子供好きなんだろう。満面の笑みでセファの頭をグリグリッと撫で回すと、持ち前の明るさで彼の笑顔を引き出した。

「ありがとうございます。あ、あの、ちなみに最後の言葉、聞き取れなかったんですが……」

「マジか！　かくれんぼ通じないの⁉」

それ俺もあったなぁ、カルチャーショックというか、異世界ショックというか……かくれんぼも、鬼ごっこも元の世界の宮中行事が発祥の遊びだから、ここにはその概念がないんだろう。

「じゃあセファ、もし騎士団や城の関係者が、カインさんの薬草屋に近づいているのを見かけたら教えてほしい。あ、団長のバレスさんは除いて」

「はい！　分かりました。バレスさんとは仲良しですもんね」

「知ってたのか。いや、仲良しってほどでは……まあ、もう顔馴染みになっちゃったから」

「え、ユウさんあの鬼のバレス騎士団長と仲が良いんっすか⁉　何も痛いことされてないっすか⁉」

鬼の？　あの驚くほど優しいバレスさんが、鬼だって？

唖然としているケンの詰問を交わしていると、セファがソワソワとし始めた。

「あ、ユウさん、ケンさん。そろそろ食べ物を皆に渡さなきゃいけなくて……また今度、お話してくれますか？」

俺は残念そうにこちらを見るセファの頭を軽く撫でた。

「もちろん。いつでも遊びにおいで」

いつかその壁を感じる話し方も、砕けるといいな。

そんなことを願いながら、遠ざかっていく小さな背中を見送った。

「…ところでユウさん、俺、恥ずかしながら金は持ってないんですけど」

「はは！　そうだよな、大丈夫。俺が働いてるから」

「ユウさん……！　さすが、カッコいい！」

「煽《おだ》て方が適当すぎるよね。ケンはちゃんと帰れる？　ここからの道、結構複雑だと思うけど」

「大丈夫っす。俺、鼻効くんで！」

「なんだそれ、本当の犬みたいだね、ふふ」

　俺はそのまましばらくケンと世間話をしていたけど、お肉屋さんからのもらいい物があることを思い出した。

「あ、そうだ！　俺、生肉持ってるんだった」

「それは一大事っすね！　じゃあまた今度……あ、ユウさん、ちょっとだけ待って」

　ケンはそう言って俺の手を取り、勢いをつけて引いた。想像もしていなかった力が働いて、ろくな構えも取れないまま身体が傾く。

「わっ！」

「さっきは心配したんです……ホント。あ〜今回もいいところ見せられなくて、もうダメダメっすね」

「ちょ、ケン？」

　強く引かれた反動で、ケンの胸に身体を預けている状態になっている。そんな状況でも、ケンはそのまま話し続けるもんだから、俺としては気が気じゃない。

「ユウさん、またピンチになることがあれば、全力で助けますから。俺、ユウさんに頼られたい」

「え、その、いつも頼りにしてるぞ？」

「もっと、も～っと！　頼りにしてください。まだ俺が巻き込んじゃった分の責任を果たせてないんです……だから、ね？」

しょぼくれるケンに、垂れ下がった耳と尻尾が見えた。動物が嫌いではない俺は、シュンと垂れた耳（幻覚）を見せられるとどうも弱い。

だけど、もう既に情報面でも色々助けてもらってるのに、これ以上何を頼ればいいんだ？

発言の意図を咀嚼できないまま頷くと、ケンは満面の笑みを浮かべて「じゃ！」っと手を軽く振り、目にも止まらぬ速さで来た道を引き返していった。

俺はその風のような逃げ足を、ぼうっと眺めるしかなかった。

……まだ、触れていた場所に微かな熱が残っている。距離が近すぎて、話が全然頭に入ってこなかった。あれが大学一年生の距離感なのか。

人と接近して話すことに慣れていない俺は、少し浮ついた気持ちのまま、今度こそ村へと足を踏み出した。


「イアンさん、戻りました！」

「……ユウ」

イアンさんは既に帰宅していたらしく、炊事場に立っていた。俺が部屋に入ったことを確認すると、こちらを手招きをする。

「？　どうしたんです、か……」

「これ、飯」

イアンさんが指差す先には、深めのフライパンのような調理器具で熱されたスープがグツグツと音を立てている。豆や野菜、ハーブの他に、ごろっと大きく切り分けたお肉も入っているようで、食欲をそそる見た目だ。シチューのようなとろみのあるオレンジ色のスープで、穀物比率の高いシバムを浸して食べるらしい。今からワクワクが止まらない。

「うわぁ、ボルシチみたい！　美味しそうです！」

「……？」

「あ、すみません。とても美味しそうです！」

先ほどまでケンと話していた影響か、サラッと元の世界の語彙が出てしまった。

危ない危ない、気を引き締めなきゃな。

褒められたと知って少し表情を緩めているイアンさんには悪いが、実はこの手にもう一つ食材がある。これも調理しなくては。

「イアンさん、実はこれを向かいのお肉屋さんにいただきまして……調理方法を教えてくれませんか？　村の人にもお裾分けしたくて」

「村の、人……か」

村の人と聞くと、イアンさんは寂しそうに目を伏せた。もしかして、まだ村の人と話せていないのだろうか。目を瞬かせると、表情を作り直して俺に向かって少し微笑んだ。

「肉、焼く？」

「焼くのがいいんですね！　あ、でも火を起こさないと」

悲しいかな、俺はこの世界に来ても、魔力という特別でありふれた能力を得られなかった。そんな一般人の俺が料理をするためには、木の枝や火打ち石を用意しないと。

悶々と悩んでいると、見兼ねたのか、イアンさんが指先に火の玉を灯した。

「火、つけた」

「あ、ありがとうございます」

また助けてもらってしまった。自分を情けなく思いながらも、火を無駄にしないよう、せっせと調理器具に肉を載せる。

「そういえば、イアンさんって魔法も使えるんですね」

「魔術師ではない、から……簡単なのだけ」

「なるほど、魔術師って魔法に特化した人たちなんですね。俺、実は魔法に触れたのはこの村が初めてなんです」

「……魔力が、ない？」

「そうとも言えますが……俺は転移者なんです」

「それで、黒か」

肯定の意を頷きで返すと、イアンさんは少し考え込むような仕草をした。

転移者の言い伝えはあれど、やっぱり存在自体は珍しいのか……あるいは、俺が転移者なのに戦闘向きではないことを疑問に思ってるのかもしれない。

イアンさんがあまりに長く黙っているので、俺の頭の中は後ろ向きな考えで一杯だ。

元勇者のイアンさんからすると、転移者ってどんな存在なんだろう、とか。

現勇者みたいに煙たがられないかな、とか。

不安で冷や汗が出そうになるのを耐えていると、目の前のイアンさんが楽しそうに目元を緩めた。

「黒、秘密……お揃いだ」

「へ？」

「ユウとの、共通点。黒も、悪くない」

わしゃわしゃと髪の毛をかき混ぜられ、やっとその言葉の意味を理解する。

お揃いで、嬉しい？　だから黒を持つことになったのも悪くないって、そう言ってくれたのか？

非力な俺を認め、あまつさえ「お揃いだね」とは……優しさに溢れた言葉に感激してしまう。

「イアンさん、ありがとうございます……よし、調理頑張ろう！」

腕まくりで気合を入れた俺は、ノリノリで調理器具を握ったが、持ち手の熱さで飛び上がってしまった。イアンさんは過剰な手出しをせず、俺が調理器具と格闘しているのを見守ってくれた。

元来、イアンさんは力があるだけじゃなくて、とても優しい人なんだろう。

現勇者にもこれだけの器量があれば……なんてありもしないことを考えてしまう。

「……」

イアンさんは相変わらず言葉少なにその場に佇むだけだ。その瞳はどこか暗く、溌剌とした雰囲気はまるでない。だが、アンナさんたちが言うには、イアンさんも元は流暢に話していたらしい。

きっと魔王城への道のりで凄惨な経験をしたんだろう。

いつか、イアンさんの話を聞けるかな。その辛い記憶を、少しでも軽くできないかなんて思ってしまう俺は、浅慮だろうか。

「あまり上手くはできないですけど、今度からはイアンさんのお手伝いをさせてくださいね」

「……ああ」

「よし、お肉も焼けたし、リドさんたちに届けに行きましょう。イアンさんも一緒に！」

「俺、も？」

イアンさんの腕を引き、家の外へと連れ出す。

俺がいることで黒に慣れてきたこの村では、もう必要以上に人目を避ける必要がないんだ。

「ここにイアンさんの敵はいませんし、黒髪は俺とお揃いです……だから、皆と話してみませんか？」

俺の提案は予想外だったようで、イアンさんの動きが止まる。

「敵、じゃない」

「そう、だから行きましょう！」

緩く動き出した身体を優しく先導すると、イアンさんはやがて明確な意思を持って歩みを進めた。

一歩ずつ、他者と寄り添う気持ちも取り戻せればいいな。

『ユウが焼いたのか？　それはすごいな。ありがとう……って、イアンと一緒に作ったって？　嘘だろ』

『ユウくんの手作りだってよ！　なんだ、イアンと仲良くやってるんだな』

『よかったわね！　イアン』

村の皆がイアンさんに語りかける口調は穏やかで優しく、親しみに溢れていた。

イアンさんは最初こそ俺を盾に暗い雰囲気を漂わせていたが、村の人の変わらない温かさに、徐々に緊張が取れたようだ。

少しずつ会話に相槌を打つようになっていったし、村にまた馴染めそうだな。

ちなみにリドさんも、驚きながら満更でもない様子だった……なぜか今度はリドさんと料理をするっていう謎の約束をさせられたが。

「皆さん喜んでくれて、よかったですね！」

「ああ……」

イアンさんを引きずり回して村の人たちに肉を配り終えた俺は、ようやく手作りスープにありつけた。舌に広がる温かさに、身も心も緩んでいく。

「ほわぁ、沁みる〜！　このスープ、とても美味しいです。今日の仕事も頑張ってよかった……っ」

半ば嬉し泣き状態になりつつも、スープとお肉を頬張る。だって今日は、一段と仕事が大変だったし、騎士団にも追いかけられたし……でも小さな仲間もできた、そんな激動の一日だった。

一体、一日にいくつのイベントが発生するんだ！　と暴れ出しそうになったくらいだ。

いや、人目がなければ実際に暴れてただろう。それだけ大変な一日だったんだ。

心の中でぶつくさと愚痴を垂れる俺を、イアンさんが不思議そうに見ている。

誤魔化すように笑いかけると、イアンさんも釣られて少し微笑んだ。

「仕事、大変？」

「収穫祭？　とやらで、なんだか今が忙しい時期みたいですね……それさえ終われば落ち着きそうです」

「収穫祭……」

元々村に住んでいたイアンさんも収穫祭には楽しいイメージしかないのか、いつも固い表情がふっと崩れた。

「そうです、収穫祭を楽しみに頑張ろうって思ってます……そうだ、仕事といえば」

量としては多くない食事を、一通り食べ終えたあたりで切り出した。

「イアンさん、無理のない範囲でいいんです。ここの村を留守にしている間、何があったか、教えてもらえませんか」

すぐに俺の言いたいことを理解したのか、イアンさんはビクッと肩を震わせた。

「……ッ！　駄目だ」

声色が固くなり、声も細くなった。初めて見せた、拒絶の態度。

……あぁ、まだイアンさんの傷には触れられないか。

そんな辛そうな表情をさせてしまったことが忍びなくて、そっと彼の手を取った。

「ユ、ウ……」

「ごめんなさい、イアンさん。俺、無神経なことを言いましたよね」

冷たい手に熱を少しでも移せるように、ゆっくりと握り込んだ。その手は無数の傷痕が残る、武骨で力強い手だった。

「でも、もしイアンさんの心に影を落とす物があるなら、取り除く助けになりたいと思ったんです」

「……」

「勝手なことばかりで、ごめんなさい」

「いつか、話す」

ふと影が差した気がして、顔を上げた。

いつの間にか至近距離に近づいたイアンさんの真っ赤な瞳が、俺の脳裏に強く焼き付く。

「イア……」

こつん、額と額が触れる音がした。

今この瞬間だけ、イアンさんの考えていることが頭の中に流れ込んでくるようだ。

近い、そんなことを考える余裕も与えず、手を握り返される。

「ユウ」

「なんですか？」

「……ユウ、嫌わないで、くれ」

「え……？」

その一言をきっかけに、イアンさんはうわ言のように「嫌わないで、許して、いやだ」と駄々っ子のように小さく繰り返す。床に座り込んで、壊れてしまった機械みたいにブツブツ独り言を溢す姿は、勇者だった人間とは思えないほど酷く頼りなく映った。

俺がイアンさんのトラウマを蒸し返すようなことを言ったから、彼は今苦しんでいる。引き金を引いてしまったこの状況を放置するわけにはいかない。

「イアンさん、床に座ってるの辛くないですか？　ベッドに行きましょう」

「……」

俺は意気消沈してしまったイアンさんを、体格差で持ち上げることもできず、ズルズルとベッドへと引っ張った。

布団にくるまったイアンさんは、相変わらず震えが止まらずうわ言を溢していた。

俺が安易に過去の話に触れたからかな……でも、この前アンナさんの所では至って普通だったのに、なんでだろう。

わずかに揺れる温もりを一定のリズムでそっと叩く。

イメージは幼児の寝かしつけ。

昔、お守りを頼まれた時に何度かこの手段を使って子供たちを落ち着かせたことがある。

拍動の音も落ち着くって聞くけど、弱ってる人に無理矢理抱き着くのは忍びないし……。とにかく、伝えられることは言葉にしよう。誰かが傍にいるってだけで、救われることもある。

「イアンさん。俺はイアンさんに出会ったばかりですけど、少しは理解したつもりです」

無口になったとしても、柔和な雰囲気で俺と接してくれる。それに、村の人たちにとても好意的に受け入れられていた。

「もし辛い何かがあって、えっと……心に冷たい穴が空いたなら、時間をかけてゆっくり埋めていけばいいんですよ」

比喩とか苦手なんだよな、こんな表現で伝わるだろうか。

ゆったりと布団を叩く手に伝わってくる震えが収まっていく。

トン……トン……

次第に、深く呼吸するように布団が上下し始めた。そ～っと布団の中を覗くと、そこには昨日見たばかりの、あの安らかな寝顔があった。

「……案外すんなり寝たな」

昨日も人肌が恋しい素振りをしていたのを思い出し、一人笑みを深める。

「なんか、でっかい赤ちゃんをお守りしてるみたいだ」

さて今日は床で寝るかと、ベッド脇に布を敷き詰めてゴロリと寝転がった。

魔王討伐のクエスト、か。現勇者は、本当に一人で魔王討伐に行こうと思っているのか？

あまりに無謀だよな。

ぐるぐると脳内を回るのは、第一印象が最悪なあの勇者。本当に魔王に勝とうと思っているなら、単騎で突っ込むより効率がいい方法があることは分かるだろうに。

「はぁ、ホント何考えてんだろ……あの人」

もしかしたら、でもそれなら……あらゆる可能性が頭に浮かんでは消えて、次に思考を取り戻したのは朝日が差し込んでからだった。


「リドさ～ん！　おはようございます」

「あぁ、ユウか。イアンには何もされてないか？」

「何もって……普通にご飯食べて寝ましたよ？」

しかも、イアンさんは未だ夢の中。とても心地良さそうにスヤスヤと寝ていたので、そのまま家を抜け出てきた。

「昨日は色んな人と話したし、疲れたんだろうと思います。まだ爆睡してますよ」

「そうか、そりゃあいいことだ」

リドさんはそう言うと、くぁ、と欠伸を噛み殺した。

「リドさんも体調は変わりないですか？　なんだか俺のことで色々お願いしてしまって……」

「好きでやってるんだし、気にするなよ。それに、どっちにしろイアンもこの村に住んでるんだ、それに比べりゃ軽いもんだ。何しろアイツは……大食らいだ」

「ブッ！」

そう聞いて思い出したが、昨日のスープも俺の二、三倍は食べていたな。リドさんはニヤニヤと笑みを浮かべ、俺の頬を突いた。

「お、笑ったな？　はは、後で告げ口しておくぞ」

「……やば、俺はさっさと出勤します！　では！」

あの温厚なイアンさんのことだ。大食いと笑っただけで怒るわけはないとは思いつつ、告げ口と言われるとなんだか逃げ出したくなってしまう。

小走りし始めた俺は、少し大きな声で呼び止められた。

「あ、そうだユウ！　勇者の最近の足取りが掴めた。一度発見した黒を持つ者を取り逃したと城へ報告したらしい」

「取り逃した……やっぱり、イアンさんのことかもしれないですね」

「そうだな、可能性は高い。まあ、まだ隣国で暢気に宿を取って観光しているようだから、今日も気にせず一日を過ごしてこい」

「はい！　ありがとうございます」

「頑張れよ。あ、俺も客として行こうかな」

「いいですねそれ、ご来店お待ちしてます！」

柔らかな眼差しに見守られ、俺は村を後にした。

日に日に近づく収穫祭への期待が高まる街中へそろりと足を踏み入れ、メイン通りの賑やかな空気に溶け込んだ。

「さて、今日も一日無事に乗り切ろうか！」

メイン通りから素早く外れて、人目を避けるように路地を進む。

ふと、元の世界での通学を思い出した。元の世界でも今と同じく、首都で講義を受けていたから、一限の日は電車でもみくちゃにされながら学校へ向かっていた。

帰宅の時も……ああ、そうだ。この世界に飛ばされた日はゼミの論文制作で徹夜明けだったなぁ。

あんな窮屈な思いに比べれば、人目を忍んで路地に潜むことなんて屁でもない。

そんなお気楽思考で薬草屋へと歩みを進めていると、誰もいなかったはずの背後から声をかけられた。

「ユウさん、今日もお仕事ですか？　頑張ってください」

「へっ!?　……セファか、ここ路地裏に近いもんな。俺は今日もカインさんのお手伝い。時間があったら遊びに来てね」

「い、いいんですか？　あの、僕、何も持ってないです」

「ああ、お金のことか。大丈夫、お客様に出す薬草茶があるから。もしよかったら俺が選んだ薬草も持っていってくれ」

セファはパッと表情を明るくして微笑んだ。

あ、笑った。

あまりに可愛いからとガン見しすぎてしまったのか、どこかモジモジし始めたセファは、はにかんでその場を後にした。

子供の笑顔って周りまで幸せにするよな……ああそうだ。お店に到着したら、先に薬草を買っておこうっと。

セファにはああ言ったが、本当は来客用の薬草茶なんてない。

でも、俺が先に買って置いておけばいいだけのこと。自分も暮らしが大変な中で、俺を助けようとしてくれるセファが、少しでも日々を楽しく過ごせるように、できることはやりたい。

朝からほっこりとした俺は、意気揚々と店へと向かった。

「カインさん！　おはようございま……ん？　店内が暗いな」

いつも通りに薬草屋に辿り着くと、中はまだ薄暗く、バックヤードだけに明かりが灯っていた。

ちなみに、電気なんてものはこの世界にないから、火や光の魔力を用いた道具で屋内を照らしているそうだ。電気があれば持ってきたスマートフォンを充電できたかもしれないけど……まあ、俺にはもう不要なものだ。

ここか、と思って裏を覗き込んでみると、カインさんは何かを探しているらしく、あらゆる場所に手を突っ込んでいた。

「……あれ？　何してるんですか」

「あ！　ユウ君、いいところに！　実は薬草の種を探していてね。ちょっと一緒に探してくれないかい？　明け方の空のような色の種なんだけど」

「明け方の空色？　う〜ん……見た記憶がないですね」

ゴソゴソと周辺の棚を探してみたが、出てくる種らしき小包は黄色、オレンジ色……それにピンク色だ。

水色や青色はない。

あ、このピンク色の種、もしかして。

「あ！　それだよユウ君！　ありがとうね」

「もしかして、それってポーションの原料になる種ですか？」

「ん？　あ、そっか。前に説明したかもね。いやいや歳だね、忘れちゃってたよ……そう、それはポーションになる薬草に成長するんだ」

「へぇ、種の時点から綺麗な色をしているんですね」

そうか、空の色って聞いて青系の種を探しちゃってたけど、明け方の色ってことはピンクなのか。詩的な表現だ……大人の怪しい薬の色、なんて考えていて悪かったな。

「そうなんだよ！　面白い形の種も多くてね、葉も花も綺麗だから鑑賞用にも使われたりするんだ。何より成長が早いから育てやすい」

カインさんは楽しげにその小包を開け、コップのような植木鉢に種を蒔いた。

「こうして、そうだなぁ……あと二、三回日が昇れば収穫できるよ」

「えっ！　そんなに早く成長するんですか」

思わず、植木鉢を睨むように見てしまった。

「もしかして、ユウ君の祖国には植物が少なかったのかな？　にこの薬草は特に成長が早いけど、他も似たり寄ったりだよ」

「え、あはは……」

そんなに簡単に成長するなら、ポーションとかも品薄になることはないのでは……と考えていると、カインさんの目がギラリと光った。

「もしかして、なんだ簡単じゃん、って思ってる？」

「いえいえそんなこと！」

「ふふ……薬草屋がなぜ商売として成立するか、君に教えてあげよう。ほら、ユウ君。あっちの植木鉢を見てごらん」

カインさんに誘導されて視線を移すと、太く成長した薬草が植木鉢から溢れ出さんばかりの状態になっていた。

「あれは寝付きをよくする、香り高い薬草なんだけど……この道具で収穫してみて」

「あ、はい」

「ふふふ……」

ナイフのような道具を渡され、収穫しろと促される。

作物の収穫なんて幼い頃に職業体験でしかやったことはないけど、とにかくやってみないと。

いつもは茎も含めて売ってるから、たぶん根は残して茎を切るんだな。

せっかく立派に成長した薬草だ、なるべく傷をつけないように恐る恐る茎に刃を立てた……が、ビクともしない。

「な、なんかすごく硬くないですか!?　この茎！　全く刃が立たないです」

「そうなんだよ、育てるのは簡単でも、その生命力が問題なんだよ。かなりの力を込めないと刈り取れず、どういう原理か魔術でも刈り取れない。完全手作業で収穫しなきゃいけないんだ」

「ええ……強靭すぎる」

「どう？　薬草屋が繁盛する理由、なんとなくでも分かったかな」

「すごく納得しました。というか、本当に切れないぞこれ……」

その後、あの手この手で数分間は格闘したが、俺の力ではビクともせず、結局カインさんに笑われるだけに終わった。

この街に来た時、獣道ができ上がっていなかったのも、この強靭さがあったからか。

リドさんたち、こんなものを収穫してるのか……あんなに筋骨隆々な人が多いのも頷ける。

俺の筋力なんて子供にも満たないと思われているのか、収穫の手伝いを依頼されたこともない。

「そっか……こんな苦労してるんなら、収穫祭って祝いたくもなりますね」

「ま、そういうこと。そうだ、この種はユウ君にあげるから、村で育ててみたら？　収穫は手伝ってもらえばいいよ」

「いいんですか？　ありがとうございます！」

「その薬草、ポーションにするためには魔術が必要だけど、そのまま食べても効果はあるよ。すごく苦いけどね」

「そうなんですか、じゃあ収穫できたらお守りに持っておこうかな」

「そういえば前もそんなことを言ってたね、本当に怪我する予定でもあるの？」

痛いところを突かれ、へらっと笑みを返すと、カインさんは肩を竦めて表に出ていった。

それがついこの間、本当に必要になったんだ。いつまたああいう事態に陥るかも分からないから、お守りってことでポケットに入れておこう。

少しの間、もらった小包を眺めていたが、店の扉が開く音につられて懐にしまった。

収穫だけは気掛かりだけど、作物を育てる機会が得られたのは嬉しい。

帰ったらリドさんとイアンさんに、作付けの相談をしてみようか。

「ユウく～ん、ちょっと店番いいかな」

「あ、はいっ！　今行きます！」

カインさんに呼ばれて店内に続く扉に手をかけると、和やかに話し込んでいる声が聞こえて、思わず立ち止まる。

「そうなんだ。じゃあバレス君は頻繁には来られなくなるねぇ」

「はい、バレス団長も残念だと仰られていました。団長手ずから選ばれた薬草はどれも質がとてもよく、どの店から買っているのかと噂になっていましたよ。まさかカイン殿の店だったとは」

「それは光栄だね。まあ、ウチは店としては小規模だから、城まで届けに行く機会がなければ卸元《おろし》なんて知ることもないか」

会話の内容からすると……まさか、騎士団の人!?

バレスさんが何かの用事で来られない代わりに、他の騎士が来ているらしい。

っていうか、騎士団の皆さん、薬草屋に来すぎじゃないか。暇なのか？

騎士団がいるような状況では表に出ることもできず、バックヤードで息を潜める。

「しかし最近は物騒だねぇ。魔物がひっきりなしに襲ってくるなんて、ここ最近ではなかったんじゃない？」

「ええ、折悪しく、勇者様は御不在でバレス団長が対応に追われています。調査に割く人員の余裕がなく、魔物の襲撃激化の原因はまだ不明なのです。カイン殿がいらっしゃれば、このような事態には……」

「はは、昔の話をしてもしょうがないよ。さて、今回は何が足りないのかな」

……なんだか、会話から序列が透けて見える気がした。

騎士団とは街中ですれ違うこともあるが、挨拶も軽く、どこかフレンドリーな対応だった。

騎士団のカインさんに対するこの畏まりようは、一般人への対応じゃないよな……何者なんだ、カインさんって。

「ユウく～ん、裏から血止めの薬草を持ってきてくれるかい？」

「は、はいっ！　今すぐ持っていきます」

二人の会話が弾《はず》めば逃げられるかと思ったが、ついにお呼びがかかってしまった。

目的の薬草を持つと、そぉ～っと裏から顔を出してみた。

話が盛り上がっているようで、こちらを気にもしていない。

よし、そっと、気配を消して行こう！

俺はなるべく騎士の方を見ないようにして薬草を渡すと、素早く後ろの陳列棚に下がった。

とりあえず商品を整理している態勢を取ると、二人は特に俺の存在は気にせず、話を続けている。

ミッションコンプリートッ！

「まあ、それも勇者様が帰ってくるまでですね」

「噂の勇者様ね。最近はどうなの？　彼、かなり曲者みたいね」

「カイン殿にはなんでも筒抜けですね。相変わらずですよ。強さで比肩する者が団長以外にいないので、皆意見できずにいるのです……勇者様は我々のような一般兵を物のように扱いますから」

騎士はそう話すうちに苦い想いが込み上げてきたのか、忌々しそうに息を吐いた。

「そうなんだね……困ったものだ。誰かの一声で変われるような性格じゃなさそうだし、見守るしかないかもしれないね」

「気長に待ちますよ……では巡回がありますので、そろそろ失礼します」

「ご苦労様！　バレス君によろしくね」

俺は大きく手を振るカインさんの背後に忍び寄ると、気になっていたことを問い掛けた。

「……カインさん、もしかして騎士団のすごく偉い人なんですか」

「わっ！　なになに、恨めしげな声を出して。もう昔の話だよ、今はただの薬草屋」

パチンッとウィンクを添えた無邪気な笑顔に、思わず大きな溜息をついてしまった。

「あれ、もしかして騎士団とはあまりお近づきになりたくないのかな？」

「そんな感じです」

「そっか、ごめんね。今度から気を付けるよ……バレス君と仲良さそうだからいいのかと思っちゃった！」

「それは不本意ですっ！」

これから先もあらゆる人にこんないじられ方をされてしまうのか……そう思うと気が重くなり、

無意識に肩を落とした。

◆◇

「ギィッ！」

「騎兵隊、逃すな！　息の根を止めろ！」

バレスは街へ続く道に迫り来る魔物を退けるため、剣を振るっていた。街の周辺には魔術師が防御壁を張っているが、不安は残る。

「……ふぅ」

バレスは無意識に眉間に皺を寄せ、控えめに息を吐いた。

フィラを守る門も、攻撃を受け続ければいずれは弱る。襲撃を根源から断絶するために、早急な対策が求められていた。

「バレス騎士団長、お身体の調子でも……？」

「すまない、考え事をしていた。気にしないでくれ」

はっ、と返事を残して声をかけてきた一般兵が隊列へと戻った。

「団長も人間だな。常に完璧でいらっしゃるから、魔術か何かでできているのかと」

「おい、滅多なことを言うなよ」

ヒソヒソ、と交わされる軽口に、バレスは密かに危機感を抱いた。

バレスの率いる第一団は連日の攻撃で気が緩んでいた。過去に例を見ない数の魔物が波のように寄せては返していく。

一体ごとの練度は取るに足らないが、これが集団となると途端にクエストの難度が上がる。魔王により統率が取れたこの一個隊に、騎士団は体力だけでなく気力も削り取られていた。

「そろそろ冒険者ギルドにクエストを振るか。原因究明に小隊を派遣しよう」

予兆となる魔物の動きは国境付近で数日前から起きていた。その度に防衛戦を行ったが、状況は悪くなるばかりだった。

騎士団は昨日の行進で、街の民に魔物の襲来を通知している。

ここまでは珍しい話でもないが、終わりが見えないまま長引く戦闘で兵士の士気も低迷していた。

「テゼール！　小隊を編成する。勇者に帰還命令を出せ」

テゼールと呼ばれた男は海のような深い青色の髪を掻きながらバレスに歩み寄った。

「お言葉ですが団長、アイツが小隊に大人しく収まるかは自信がありませんよ……というか、無理です」

「分かっている。だからこそ、お前が指揮を執れ」

「は、俺ですか……嫌だなぁ。どうせまた俺を盾にして遊ぶんですよ、アイツ」

テゼールには勇者に苦い思い出があるようで、腹を押さえて唸った。

「では聞くが、副団長のお前以外に適任がいるか？」

「……いませんねぇ。はいはい分かりましたよ。団長は内部の指揮系統、よろしくお願いしますね」

「よ～し！　俺の隊集まれ～」と緩い掛け声の元、集った面々は、早速国境へと向かって出発した。

「テゼールが向かった今、勇者を野放しにせず、有効活用できる。伝令はギルドに緊急クエストを発令するよう働きかけろ……なんとしても、収穫祭までには事態の収束を図る」

「はっ！」

ザワザワと動き出した面々を眺めて、バレスは思案した。

収穫祭は滞りなく実施されなければならない。

この街の活気に繋がるのはもちろん、勇者を魔王城へと送り出す裏の目的もある。収穫祭で供えられた様々な備蓄品を持って勇者が旅立つのが、フィラのしきたりだ。

ふと、頭の隅に追いやっていた、ある人物の笑顔を思い出した。

「……ユウ」

こうも殺伐としていると、憩いを求めて止まないな。

しかし、今は非常事態だ。この王都を守ることで、この想いを全うしよう。

「バレス騎士団長、伝令に文は持たせますか」

「あぁ、持たせよう」

騎士団の隊列は、切なる想いを昇華したバレスを先頭に夕暮れ時の門を潜り、フィラの城へと長き列を作っていった。

――そんなバレスの想い人といえば……

「うわ、危なっ！　魔物だけじゃなくて、騎士団までこんなところを彷徨《うろつ》いてるのか。バレないよう気を付けなきゃな」

ゾロゾロと騎士団の隊列が街へ引き返していく様子を、草陰で震えながら見守る。

さっきの騎士団の兵士も襲撃が激化してるって話してたし、用心しなきゃいけないな。

「……ん？　あれは」

騎士団の行列を華麗に避けてやっと辿り着いた村への道中、森の中から黒い影がのそりと現れるのを見かけた。

「イアンさーん！　帰りですか？」

「！」

声をかけられて初めて俺と認識したのか、イアンさんは顔を上げるとものすごい速さで駆け寄ってきた。そして俺にギュムッと抱きつき、押し潰さんばかりの力で羽交締めにする。

「いでででで！　ど、どうしたんですか」

「ユウ……どうして、朝、置いていった」

「朝？　あ、よく寝てたので」

俺の答えを聞き、少し腕の力が弱まる。だが、ムッとした表情はそのままだ。

「起こして、くれ……毎朝」

「いいんですか？　とても心地良さそうでしたよ」

「隣にいないと不安に、なる」

スリ、と頭を首筋に寄せられ、鼓動が跳ねる。肌を擽《くすぐ》るような毛先の動きに、ピクリと肩が動いてしまった。

「わ、分かりましたからっ！　毎朝起こします」

「……ん」

「もう、距離近すぎますって」

説得の末、渋々離れた巨躯に安堵していると、懐に入れていた小包の存在を思い出した。

「あ、そうだ。このままリドさんの家へ行きませんか？　いい物をいただいたんです」

「？」

コテン、と小首を傾げたイアンさんに取り出した小包を見せる。

「これ、ポーションの元になる薬草に成長する種です。一緒に育てませんか？」

「絶対、やる」

「ふふ、じゃあリドさんに土地を貸してもらえるか相談に行きましょう！」

よかった、これで面倒臭いなんて断られたらショックで二、三日寝込むところだった。

楽しげに息を弾《はず》ませたイアンさんの手を取り、リドさんの家へと向かう。

昨日のイアンさんの様子を見たからこそ、彼が楽しそうにしているとこちらも嬉しくなる。

こうやって心を開いていってくれれば、いつか過去の話をしてくれるかもしれない。

それで、イアンさんがもっと前向きに生活できるようになってくれたら御の字だ。

そんな考えが頭を占拠していたため、手を繋いだままの俺たちを目撃した村人たちに「二人はそういう仲なのかしら」と噂されたことは知る由もなかった。

村に入ると、珍しく中央の集会所に人だかりができている。収穫祭の準備をしているのか、薬草を細かく挽いたり、肉を捌《さば》いて干したりと大忙しなようだ。

「ユウくん、イアン、あとで手が空いたら手伝ってくれ！　肉を捌《さば》く人手が足りないんだ」

「……ああ」

「分かりました！　リドさんとお話したらまた来ますね」

「ありがとな！」

この村に来てからというもの、家畜を屠る場面に何度も出くわしている。フィラの肉屋に卸《おろ》す物は決まって生きたままだが、自分たちで食べる物は全て自分たちで手にかける。

最初は戸惑ったものの、前の世界でもこの世界でも、他の生命の恩恵に預かって生きているんだと実感した。そして、その生活を支えてくれる人たちの存在も。

それを体感できる機会をもらえたのはありがたいことだったのだと思う。

「イアンさん、俺、お肉って初めて捌《さば》くんです。教えてくれますか？」

「もちろん」

「心強いです。じゃあ、相談事から済ませちゃいましょうか」

イアンさんを連れてリドさんの家へと向かう。

これから行う交渉は、この薬草の種を植える場所を提供してもらうこと。

この世界に来て最初に、村の財政に関わるからと断られた内容だった。

「ほんの少しだけど、この世界で生きる術も知識も分かってきたし、ステップアップだと思って任せてくれるといいんだけど……」

リドさんの家に到着して一呼吸してから、執務室を覗き込んでみる。

リドさんは相変わらず忙しそうだ。村の皆から聞いた話では、日中は畑仕事や家畜の世話の手伝い、早朝や夜は事務仕事や渉外の仕事をしているらしい。

本当に多忙な毎日を過ごしているようだ。

「リドさん、ちょっと相談事があって」

「はは、毎日相談があっていいな。飽きがこない。ほら、そっちに座ってくれ」

「ありがとうございます、執務中にごめんなさい」

そう言った俺に続いて入ってきたイアンさんを見て、リドさんは目を丸くした。

「カインさんから、ポーションになる薬草の種をいただいたんです。どこか空いている場所で育ててもいいですか？　イアンさんと一緒に」

「ポーション？　あの薬草の種は、その有効性から滅多なことでは手に入らないんだ。そうか、カインが……」

「え、そうなんですか！」

なんの感慨もなくもらってきてしまったけど、そんなに貴重な物だったとは。明日お礼を言わないと。

「作付面積が増える分、村の利益にもなるから育ててみればいい。だが、村の中にある畑は収穫祭に向けた準備でどこも空きがない」

「あ、そうですよね……さっきも中央で準備をしてました」

また後日出直そうか、そう考えていると、リドさんが紙に何かを描き始めた。

これは……地図だろうか。

リドさんは描き終えた地図の一点を指差した。

「だが、村外なら空きがある。村から少し離れた、このあたりだ。今は休耕地になっていて、少し荒れているが整えれば問題ないだろう……イアン。あそこは魔物も出現しやすいし、他の村へ向かう道に近い。護衛を忘れるなよ」

「ありがとうございます！　リドさん」

「……護衛、やります」

この世界でやりたかったことを、また一つ実現できる。そう思ったら、頬が緩むのを止められなかった。

向かいに座ったリドさんに締まりのない笑顔を晒し続けていると、特大の溜息をつかれた。

「はぁ……いいか、ユウ。くれぐれも周囲への注意は怠るなよ」

「はい！　じゃあイアンさん、行きましょうか」

「……手、出して」

促されるままに手を差し出すと、ぎゅっと握られる。迷子防止だろうか。

「おい、イアン。調子に乗るなよ」

「護衛に、必要」

「え、そうなんですね。ありがとうございます！」

「……やっぱり明確に牽制しておくべきだった」

リドさんが呟いた内容を聞き返そうとしたが、強い力で引っ張られ、そのままイアンさんに引きずられるように歩き出した。

「無事に収穫できたら村に納品しますね～！」

少し離れてしまったリドさんにも届くように、大声で呼びかけた。

リドさんは家の外まで見送ってくれ、ひらりと手を振ってくれる。

「よし、リドさんのためにも、大量収穫を目指しましょう！」

「俺も、頑張る」

日も暮れてきたので明日の夕方に畑の作業する約束をして、今日のところは収穫祭の準備を手伝うことにした。

「ああ、来てくれたか。ユウくんたちはこっちで捌《さば》く手伝いをしてもらってもいいかな。この子を小間切れにして、食べやすい肉にしておくんだ」

この子、と指し示されたのは絞めて血を抜かれた鶏だった。手にかけなくていいんだと少しだけ安堵してしまったことに気が付き、覚悟ができていなかった自分の甘さを自覚した。

この子には、まだ身体にびっしりと羽毛が生えている。一枚一枚毟るように外していくと、全体の肉があらわになる。あとはこの肌に刃を立てればいい。

「……」

無意識に、手が震える。

店に並んでいる小間切れの肉しか見てこなかった人間からすると、姿形がはっきりと分かる肉に刃を立てるその瞬間、無知に対する罪の意識に苛まれるんだ。

力が入らない手を、大きな温もりが包む。

「しっかり、握って」

「……イアンさん、ありがとうございます」

イアンさんの呼吸に合わせて、ナイフにぐっと力を込めて、複雑な骨組みから肉を切り離していく。あっという間に細かく刃が入った肉を、一部はそのまま天日干しにして、もう一部は窯のような物に入れて遠火で焼き上げる。日本で言うビーフジャーキーのようなものを作るのだろうか。直接木片に火をつけていたから、燻製のような香りになるんだろう。

一連の行為に喪失感を覚えて、じっとその炎を見つめていると、イアンさんが隣に腰かける。

何かあったのかと顔を向けると、長い指が伸びてきて、無造作に垂れていた髪を耳にかけてくれた。

「これで、お揃い」

「……はい、そうですね」

一緒に罪悪感を背負ってくれたイアンさんは、口数は少なくても、やっぱり底抜けに優しいんだろう。

「これから、もっと生命に感謝しながらいただかないと、ですね」

「好き嫌いはダメ、伸びない」

「これでも食事は全部残さず食べているんですよ、身長は小さいかもしれないですけど！」

どうやらイアンさんは、俺が好き嫌いをしているから身長が伸びないと思っているらしい。

大きなお世話だとむくれた俺に笑いかけ、手を引いて立ち上がらせてくれる。

「次、大物やろう」

「わ、わぁ……お手柔らかにお願いします」

事もなげに次々と解体を進めていく村の皆を見ていると、自分は今まで丁寧に濾された綺麗な上澄みだけを享受してきたんだと気が付かされる。でも、イアンさんに手ほどきを受けて覚悟ができた。ようやく、この世界で生きていくことを認めてもらった、そんな気がする。

「……その子、俺がやります」

もっと、この世界と真正面から向き合いたい。だから、これはスタートの一歩だ。

そんな決意を胸に、夜が更けるまで収穫祭の準備を手伝った。

◆◇

「あ、イアンさん！　こっちです！」

翌日、薬草屋での仕事を終えた俺は、街の入り口まで迎えに来てくれていたイアンさんと一緒に、借りることになった畑を探した。

森の中を進むと、村から五分ほど離れたところに、二メートル四方くらいの休耕地があった。昨日リドさんにもらった地図もこの辺りを示しているようだし、この場所で正解だろう。

「ここ、か」

「たぶんそうです。すごく広いですよね、リドさんに感謝しなきゃ」

数日で収穫できるこの薬草なら、もし失敗したとしてもすぐに結果が分かるので、他の作物にも迷惑はかからないだろう。

手塩にかけたピンク色の薬草が茂る様子を想像すると、魔物や騎士団を避けつつ畑の管理をするのも、苦労とは思えない。

「ここ……魔物出るから、一緒に行動、しよう」

「あ、そうですね。イアンさんがいてくれれば心強いです」

「……そう」

嬉しそうに微笑むイアンさんを見て、はしゃぎすぎたかな、と居住まいを正す。

「この薬草には、朝夕の二度は必ず水をあげないといけないらしいです。俺は薬草屋の仕事の前と後にここに来られるんですけど、イアンさんはどうします？」

「……朝は一緒に、行こう。夕方は、ここで待つ」

「はい、俺も遅くならないように頑張ります！」

カインさん曰く、この世界の植物は固い土でもみるみるうちに育つらしい。

畑に埋もれた石などをどけて、慣れないながらも二人で種を蒔いた。

問題は収穫時だ。鉢に植えられた一束だけでもあんなに苦労したんだ。この広さの収穫を完了できるか、今からかなり不安だ。相変わらずひょろっとした自分の腕を、恨めしげに見つめる。

でも、前の世界では押し潰されそうに感じていた新しい挑戦への不安も、今は心地良い緊張感だと感じている。

「初めての挑戦がこんなに楽しいなんて、これも皆さんが協力してくれるおかげですね」

「……そう、か」

「はい！　もちろんイアンさんも、ですよ」

俺の回答は予想していなかったのか、赤の目が揺れる。

「ちょっと烏滸《おこ》がましいですけど……これがイアンさんにとっても、楽しい思い出になったらいいな、なんて思ってます」

普段能面のように固まっているイアンさんの表情が、氷が解けるかのように和らいだ。

——あ、過去一番に笑ってくれたかも。

「その気持ちが嬉しい。ありがとう」

「え」

突然イアンさんの口から流暢に発せられた言葉に、目を瞬かせた。

驚愕する俺の視線を受けて、イアンさんは不思議そうに見つめ返してくる。

「今、言葉が……！」

「？」

「あ、いえ。なんでもないです」

ものすごく流暢にお礼を言われた気がするけど、聞き間違いだったかな。

暗く覇気のない目をしたイアンさんの様子は相変わらず変わらない。もしかして普段から無口だから、流暢のハードルが下がってるのかもしれない。

帰ろう、と結んだ手を強めに引かれ、俺の小さな気付きは勘違いとして脳の隅に追いやられた。

村にはいつも、どことなく緩やかな時間が流れている。

俺はその空気感が好きだし、村の人もきっとそう思って住み続けているんだろう。

だけど薬草畑から帰ってきた俺たちを迎えたのは、いつもと違うピリッとした緊張感の漂う静けさだった。

「イアンさん、なんか変に静かですね」

「……リドさんの家、後で、行こう」

「え、あ、待ってイアンさん！」

つないだままだった手を強引に引かれ、そのままイアンさんの家へと歩き出した。

イアンさんも村の雰囲気がいつもと違うのを感じたんだろうか。素早く家へ滑り込むと、イアンさんは壁に背をつけて窓から様子を窺《うかが》い始めた。

「なにか見えますか？」

「たぶん、リドさんの家」

「家、ですか？」

その言葉が引っかかり、俺もイアンさんの下に潜り込むようにして窓を覗き見る。

「いつも通りに見えますけど……あっ！」

パッと扉が開いて中から出てきたのは、リドさんと……燃え盛る炎のような赤髪、隊服のマントを風に靡《なび》かせる人物。その姿を視界に捉えた瞬間、俺は思わず逃げるように座り込んだ。

「うげぇ、バレスさん⁉　なんでこの村に……」

「バレス……騎士団長か？」

イアンさんの疑問に、こくこくと全力で頷いて肯定の意を示す。

なるほど。村の皆、騎士団が来ているから嫌に静かだったのか。

「こんな小さな村になんの用事があって来たんだろう」

「リドさん、かも」

リドさん？　なんで騎士団長が直々に足を運ぶんだろう……っていうか、やっぱり二人は何かしらの関係性があるんだな。

バレスさんは数人の騎士を引き連れ、足早に村を後にした。その背後で、家の外に立ち尽くしたリドさんが、何やら考え込んでいるようだ。

「ちょっとリドさんに話を聞きに行きましょう」

「……あぁ」

俺たちは周囲に人がいないことを確認し、リドさんに声をかけた。

「リドさん！　い、今のは……」

「あぁ、ユウにイアン。帰ってたのか。ご覧の通り、バレス騎士団長が来ていたんだ。全く、厄介事を持ち込んでくれやがったよ」

「やっぱり……って、厄介事ってなんですか？」

「二人とも、中に入ってくれ」

思わずイアンさんと顔を見合わせた。いつになく、リドさんは眉間に皺を寄せ、余裕のなさそうな顔をしているのだ。

三人揃って椅子に落ち着くと、リドさんが神妙な顔付きで話し始めた。

「実はな、数日前から魔物の攻撃が激化しているらしい」

「あ、今日、薬草屋で小耳に挟みましたよ。それと、魔物を退治している騎士団も見ました」

「は？　大丈夫だったのか？　見つかったりしてないだろうな」

「しっかり隠れました！」

「……心配が尽きないな。実は騎士団の巡回が厳重になることになった。うちの村はフィラから一番近いからな。時折騎士団が目の前を通行することになった」

「うげぇ、本当ですか？」

「あぁ、だがそれはまだいい。問題なのは、勇者がフィラに帰還するってことだ」

「どうしよう、薬草屋の通勤もあるし、さっき植えたポーションの薬草も育てないとなのに……」

ショックのあまり机に突っ伏すと、リドさんが頭をヨシヨシと撫でてくれた。

「勇者の帰還命令は今日出たようだから、すぐには帰ってこないだろう。勇者一人ならまだしも、簡易的なパーティーを組んでいるそうだから機動力は低い」

「へえ、そんなものですか」

「アイツが……」

ぼそりと聞こえた声にハッとして横を向くと、目を鋭くさせたイアンさんが拳を握りしめていた。そうだ。イアンさんは、ここに来るまでに勇者と相当な因縁ができてるんだ。

「アイツが、来るなら……取り返す」

「まあ待て。イアン、お前まだ本調子じゃないだろ。今のお前では勇者には勝てない。恐らく、その半魔の身体を自由自在に扱えるようになって、初めて勇者を超えられる」

「……」

俺は、悔しさからか、唇の端を噛んで俯いてしまったイアンさんの手を握る。

「イアンさん、いつか必ず取り返しましょう」

「……あぁ」

「それにリドさん、俺の計画では勇者とバレスさんには友好的な関係を築いてもらいたいと思ってるんです。争い事は程々に」

「ユウは意志が固いな。いいぜ、できる限りの協力はする。城への謁見も近々に設定できたし、進展は見込めるぞ」

ニコリと笑みを深めたリドさんに額を軽く押されて、思わず目を閉じてしまう。光が認識できなくなった途端に、リドさんが愛用していると言っていた薬草の甘い香りが鼻を刺激した。

「だからといって、勇者やイアンばかりに構うなよ」

漂う熱と、耳元にかかる息で、遅ればせながらもその近さを知った。

最近のイアンさんの行動で、この世界の人の距離感に慣れてきたはずなのに。

「……はい」

そう言わざるを得ない、逃げられない空気感だった。

バレスさんとは違う、人を威圧しつつも魅了するようなカリスマ性がリドさんの魅力なんだろう。

おかしな方向に感心していると、リドさんは急に立ち上がって炊事場へと向かった。

「ま、そういうことで外出する時には気を付けろよ。特に勇者が帰ってくるだろう数日後はな。収穫祭も目前だし、村で働いてくれても助かるんだけどな」

「え、それもぜひやらせてください！　お肉は扱ったんですけど、まだ薬草のお手伝いはしてなくて」

「……ユウ、無理しないで」

イアンさんも一時は沈んでいたが、調子を取り戻したようだ。

いつも通りの様子を見て、安堵で胸を撫で下ろし、密かに息を吐く。

リドさんの言う通り、勇者に会うのは避けたい。絶賛繁忙期中のところ、カインさんには申し訳ないけど、少しの間お休みがもらえるか掛け合ってみよう。

そして今日はこのまま、イアンさんを元気付ける名目もあり、リドさんと三人で久しぶりの夕食会を楽しむことになった。

「こうやって、皆で食べる食事はとても美味しいですよね。俺も料理を覚えようと頑張ってるので、もしよかったら今度は俺に準備させて下さい！」

「お、そうなのか。それは楽しみだな」

「……一緒に、やろう」

リドさんやイアンさんとも約束を交わした俺は、その日もほくほくとした気持ちで寝床についた。

◆
◇

優しい小鳥の声と共に、また一日が始まる。

リドさんにもらったスカーフをしっかり頭に巻き、黒の髪の毛を隠せば準備万端。

「イアンさん、おはようございます！　起きてください！」

新しく日課となった水やりを済ませるため、イアンさんの肩を揺らす。

「ほら、薬草畑に水をあげに行かないとですよ」

「……ぐっ」

俺の手が当たった反動で、ズレた布団の隙間から覗いた顔を見て驚いた。

いつもの安心しきった寝顔ではなく、見たくない物を目の当たりにさせられているような、そんな苦悶の表情をしていたのだ。まさか俺が揺らしたからじゃないよな？

確かに、俺も元の世界では毎朝こんな感じで登校拒否してたけど……。イアンさんの生活を見る限り、朝を嫌がる理由はないよな。

その表情が気に掛かって揺らす手を止めると、イアンさんの怯《おび》える顔が突如としてフラッシュバックした。もしかして、前みたいに魔王討伐戦について何か思い出しているんじゃないか？

ならばと、前回やったような落ち着かせる方法はないかと模索する。

……頭を撫でてみようか。

俺は思いつきに任せ、ゆっくりと、驚かせないように、少し乾燥気味な黒髪を撫でる。

寝入っていても手の感触を少しは感じ取ったのか、イアンさんが身を捩《よじ》った振動が手に伝わる。

「ご、めん」

先ほどまで唸り声を上げていた口から零れ落ちたのは、何かを謝罪する言葉だった。

きっと、夢で辛い記憶を追体験しているんだろう。この調子では、穏やかな目覚めにはまだまだ時間が必要そうだな。

「……こりゃ、本格的に遅刻かなぁ」

一分遅刻したなら、もう気が済むまで遅れてやろう。眠りの浅いイアンさんが、また安心して光を目にできるように。

辛い記憶を乗り越えられますように。そう願いながら数十分は頭を撫で続けただろうか。

ようやく覚醒したイアンさんは俺の姿を見て、顔を青くした。

「……ユウ、ごめん。仕事が」

「大丈夫ですよ！　さ、お水をやりに行きましょう。何せ今日が初日ですから」

イアンさんがおずおずと頷いたのを確認し、早速その手を取って家を出た。

ちゃんと覚醒してよかった。自分が俺の足を止めたことに気付き、ああやって謝ってくれたんだろう……そんな必要ないのに。

村から少し離れると、昨日整えた畑が見えてきた。

パッと見では特に変わっていないようにも見えるけど、これがあと数日で収穫できるんだから驚きだよなぁ。

「さて、水やりなんですけど……近くに井戸とかありますかね」

「ここ、井戸ない」

「えっ！　どうしよう、水とか汲んでくればよかった」

そうか、他の畑や村からも少し離れているし、井戸を作っても管理できるはずない。

でもそれならどうやって水をあげればいいんだ、と慌てていると、イアンさんに肩を叩かれた。

「……必要ない。これが、ある」

イアンさんが手を広げると、ふわりと透明な球が浮く。

それは太陽光を受け、ガラス玉のようにキラリと煌いた。

「え、もしかしてそれって……」

「水」

「おおお！　すごいです！　イアンさん、水の魔力も持ってるんですね」

この間は調理器具の火もつけてくれたし、魔力って色々な性質を持ってるんだな。

「これは基本……元々、光の魔力だから、他のは少しだけ」

「なるほど……」

少しの水や火は生活魔法のように使えて、より強力な魔法は属性によって使えるものと使えないものがあるんだろう。

イアンさんが球を出しては放つ動作を数回繰り返すと、すっかり畑に潤いが満ちた。

なぁんだ、これで解決！

「……って、これ、俺いらないんじゃ」

「！」

ピシリ、と空気が固まったのを感じた。

まあね、ここ最近順調に来すぎていると思ってたよ……こんなところに落とし穴があったとは。

魔法がないと水やりもまともにできないのか、結構凹むな。

「そんなこと、ない」

「あ、慰めてくれるんですね……でも大丈夫です。しっかり薬草が育つのが一番ですから、俺は見守ります！」

それに、特に今朝は遅刻しているから、こんなことで落ち込んでいられない。

「朝やることも終わったし……行ってきます」

口に出したら、案外しょんぼりした声色になってしまった。

途端に恥ずかしくなり、慌てて薬草屋に向かう俺の背中を、イアンさんは静かに見つめていた。

◆
◇

「カインさん！　遅くなりました！」

「あ、ユウ君。どうしたの？　遅刻なんて珍しいね」

薬草屋に着くと、案の定カインさんが既に店を開けていた。

イアンさんと別れてからかなり急ぎはしたけど、水やりをしていた時点でもう遅刻が確定していたんだ。時間を巻き戻せない限り、間に合うわけもなかった。

「ごめんなさい！　忙しい時に遅刻なんてしてしまって……」

「次から気を付けてもらえれば大丈夫だから！　それよりも何があったのか気になるところだなぁ」

チラッチラッと興味ありげにこちらを見る視線に耐えかね、差し障りのない範囲で、朝の一幕についてカインさんに伝えることにした。

余計なことを言ってしまいそうだし、本当は話さない方が無難だけど、俺は雇われの身だ。

遅刻した理由くらいは報告しないと。

「実は、昨日いただいたあの種を育てることにしまして……今日はその水やりに手間取ってしまいました」

「え、あの量を一人で育てて収穫するのかい？　小包とはいえ、相当な量の種が入っていたでしょ」

結構体力がないとね、あのリドさんだって難しいと思うよ、と勘違いされた上に、痛いところを突く心配まで付け加えられてしまった。

「確かに俺は貧弱かもしれませんけど……えぇっと、一緒に住んでる人と育てるんです」

「へぇ一緒にねぇ……ん？　一緒に住んでるって」

梯子の上で受け渡し予定の薬草を梱包していたカインさんの動きが止まる。

分かりやすく例えると、〈処理落ち〉のように、完全に動作の最中でフリーズしていた。

「あ、村の人のお家でお世話になってるんですよ。ありがたいですよね……カインさん？」

「それはもしや、お、男……いや、女って聞くべき？　いやでも……」

「どうしたんですか、突然。男の人ですけど」

俺がそう答えると、カインさんは小さく悲鳴を上げ、そのままの勢いで梯子から飛び降りた。

さすがは元騎士団、軽い身のこなし……じゃない！

「ちょ、カインさん！　危ないですよ！」

「ユユユユウ君、その人とはどういった関係なんだい？　もしかして寝食を共にしてるの⁉」

「普通に一緒に生活してます。家の構造が一人暮らし用なので、完全に俺がお邪魔している感じですけど」

特に隠すようなことでもないので開けっぴろげに伝えると、カインさんはワナワナと身体を小刻みに揺らし始めた。怖っ。

「ま、まさか。一緒に寝てる？」

心底信じられない、という顔をしたカインさんはまたまた的確に痛いところを突いてきた。

そう、お金もないのにベッドがほしいとは言えず、なんだかんだ毎日くっつきながら寝ているのだ。蓋をしていた羞恥心を刺激され、寝る時に伝わってくる体温を思い出してしまった。

とにかく、なんとか話題を逸らさなければ……俺の平常心は一生返ってこない。

「もう、お客さんがいらっしゃいますよ！」

「あぁ、ユウ君！　顔を赤らめるってことは……なんてことだ、バレス君という人がありながらっ！」

逃がさない！　と話題を一向に変える気がないカインさんとの攻防は、俺が逃げるように退勤するまで延々と続いた。

「ふぅ、酷い目に遭ったな……カインさんって、とことんあの系統の話が好きだよな」

ある意味命からがら逃げ延びた俺は、夕暮れに染まる道を急いだ。

街の中は様子は特にいつもと状況は変わっておらず、騎士団が常駐している安心感は絶大なんだなと改めて実感した。

だからこそ、村までの道が一段と静かに感じる。商人の出入りが今までよりも極端に少ないことが、この道の静けさを手伝っているようだった。

巡回する騎士団を遠巻きに見ながら茂みに分け入り、万が一にも見つからないように、と姿勢を低くして移動する。

「あ、そういえば休みをもらう話ができなかったなぁ。明日こそちゃんと話さなきゃ」

騎士団の巡回はこうやって避けられるけど、あのトリッキーな勇者のことだ。俺の予想の範疇から飛び出たことをやってきても不思議じゃないし、用心しなければ。

「そろそろ畑に着くかな……お、噂をすれば」

しゃがんで移動している状態でも、茂みから頭一つ抜きん出て高い巨躯を見つけることは簡単だった。イアンさんはまだ俺に気が付いていないようで、どこか遠くを見ている。

「イアンさ～ん……」

騎士団を警戒するに越したことはないので、小声でその背中に呼びかけた。

その瞬間——

「退けっ！」

イアンさんの壮絶な怒号が俺の声を掻き消した。

「ひっ！」

今、何が起きたのだろう。至近距離で発生した音圧で、耳がビリビリと痛んだ。

いつの間に移動したのか、俺の視界を遮るようにイアンさんの大きな背中が立ち塞がっていた。

もしかして魔物でも出たのだろうか。

少し見回すと、イアンさんの足の間に、わずかにその先が見える場所を見つけられた。その隙間を、悟られないように覗き込む。

……そして、イアンさんと対峙する者を認識した時、心臓が一気に収縮したのを感じた。

「なぁに、急にそんな大声出して。こっわ～！　やっぱ前に一回斬っといて正解だったわ」

滲んで歪む視界に捉えたのは、不気味な笑みを湛えた……勇者の姿だった。

よりによって、イアンさんが勇者と遭遇してしまった。

その事実をすぐには理解できず、頭が真っ白になる。目を擦って、頬を抓って……夢なら覚めてくれ、そう思いながら振り向いてみても、やっぱりそこに勇者はいた。

信じたくないけど、あの癪《しゃく》に障る話し方は勇者で間違いない。

リドさんの推測では、帰還に数日はかかるって話だった。読み違えたにしても、あまりにも早すぎる。いくらスムーズにいったって、こんなに早く帰れるものなのか？

答えのない問いを頭で反芻するけれど、ただ時間が無情に過ぎていくだけ。

俺は恐る恐る対峙する二人を盗み見た。

「……」

イアンさんは勇者を睨みつけているのか、一言も発さず、微動だにしない。

さっきの怒号……俺がいることを勇者に悟られないように、わざと大きな声を出してくれたんだ。

その優しさで胸が詰まった。何もできない自分が情けなくって、体育座りの姿勢で縮こまる。

イアンさんを助けたい。でも、俺が今ここを飛び出したところで、勇者にあっけなく捕らえられる未来しか見えないよ。

自分は蚊帳の外で飛び回る羽虫にしかなれないと痛感し、自責の念がじっとりと背中を覆い尽くす。

勇者は突然押し黙ったイアンさんを見て何を思ったのか、至極愉快そうな声色で問いかけた。

「ねぇ、アンタの気配、前も思ったけどかなり複雑だよね。魔物との間の子？　半魔ってやつ？」

「違う、俺は人間……だった」

「だった？　へぇ、さらに面白いじゃん。俺知らなかったな～、人が魔物に化けるなんて。どういう魔術受けたらそうなんのさ」

痛いほど張り詰めた空気の中、武器を構えながら重い足取りで距離を縮めるイアンさんに対し、勇者は余裕の表情で手に持つ獲物を遊ばせていた。

「……」

「だんまりかぁ、まあいいや。そういや、アンタはこれを探してたんじゃない？」

「ッ！」

その声に釣られて隙間から様子を窺《うかが》うと、勇者が手に握った小振の剣をイアンさんに見せびらかすようにヒラヒラと動かしている。

……まさか、イアンさんの探し物って。

「この短剣、アンタのお友達の物だっけ。取り返したくて俺を探したりした？」

「それを……返せッ！」

それまで会話などする気もない様子だったイアンさんが、打って変わって目にも止まらぬ速さで疾走した。

風が吹き抜け、蹴り上げられた土埃が方向感覚を失うほどに舞い上がり、周囲を覆う。俺は噎《む》せそうになるのを必死に抑えた。

「おっと、さすが半魔。でもね」

「……っぐ！」

勇者は振り下ろされた剣を跳ねるような動きで避けると、そのまま膝をイアンさんの鳩尾《みぞおち》に撃ち込んだ。

イアンさんは全身を覆うための簡素な布しか巻いておらず、腹部は守られていない。

畑に水をあげるために村を出たんだ、剣以外に大層な装備は身に付けていなかったんだろう。

戦闘について何も分からない俺がハッキリと状況を把握できたのは、イアンさんが膝をついて蹲《うずくま》った姿を見てからだった。

「イア……ッ！」

思わず出しそうになった大声を押し込めるために口を押さえる。

ここで俺が出しゃばってもいいことなんて一つもない。でも何か、何かイアンさんを助ける方法を探さないと！

必死に思考を巡らせてやっと浮かんだのは、リドさんの顔だった。

そうだ、今イアンさんと俺が頼れるのはリドさんしかいない。

幸い、村からここまではそう離れていないから、走れば数分もかからずにリドさんを呼べる。

とにかく早く助けを呼ぼうと、俺がほぼ四つん這いの姿勢で動き始めた瞬間、駆け寄るような足音と第三者の声がこの場に響いた。

「ぜぇ、っはぁ……勇者さん。小隊全部振り切ってくれやがりましたね……っていうか、それ誰ですか」

「あぁ？　副団長かぁ。せっかくこれからってところなのに、邪魔だなぁ」

勇者の知り合いと思しき男の言葉を聞き、思わず動きを止めて振り返る。

そこには騎士団の隊服を纏《まと》いながらも、その威厳をあまり感じさせない軟派な男が立っていた。傲慢な勇者とは打って変わって、垂れ目と口調がどこか気怠げな雰囲気を醸し出している。そして深い青色の髪が、ふわりと風に靡《なび》いて目を引いた。

「邪魔って……本人の目の前で言うのやめてくれません？　それにその人、黒髪じゃないですか。殺さんばかりの勢いですけど、丁重に生捕りにしてくださいよ。大怪我なんてさせたら、俺が後で団長にこっぴどく叱られるんですから」

「お前、騎士団……か」

「え、副団長がバレスに叱られるって？　ケッサクじゃん！　何それ見たい」

青髪の男は、イアンさんを目に留めながらも一切言葉を交わさない。まさに空気のように扱っていた。

「他人事だからって……ほら、行きますよ。その黒髪、軽く気絶させてください」

勇者の「弱っちい奴が俺に指図すんな」という短い返答から間を置かずに、鈍い音が響いた。

……イアンさんの身体が、ゆらりと傾いて地に倒れる。

青髪の男はそれを見咎めて、わずかに眉間に皺を寄せた。

「軽くって言ったでしょうが！」

「そう？　聞こえなかったなぁ、弱い人間って声も小さいんだなあ～」

ギャアギャアと騒ぎながらイアンさんを担いで引き上げていく青髪の男と、短剣を手で弄《もてあそ》びながらその倍は早足で歩を進める勇者。

俺はその憎らしい後ろ姿を、ただただ唇を噛み締めながら見送ることしかできなかった。


息を切らしながら走ってようやく見えてきたリドさんの家は、気付かぬうちに潤む視界で歪んで見えた。

何かの地図と睨めっこしていたリドさんは、突然飛び込んできた俺に目を丸くした。俺はというと、先ほどまでの緊張感と全力疾走のせいでまだ手足が震えてる。

「……ユウ⁉　何かあったのか⁉」

俺のその様子だけで異変を感じ取ったリドさんは、鋭い声で状況を問いかけてきた。

深呼吸をしても、動悸が治まらない。そんなことはどうでもいいと、俺は息が整わないうちに話し始めた。

「イアンさんが、勇者と騎士団の人に遭遇して……連れていかれました。ごめんなさい、俺……っ何もできなくて！」

話し始めたら、堰を切ったようにやるせない感情が溢れてきて、涙が頬を伝う。

イアンさんはこの後どうなってしまうんだろう、既にあんなに心身共にボロボロになっのに、まだ苦難を乗り越えなきゃいけないのか。

そんなの、あまりにも残酷だ。

よくある物語のように、俺が強い力を持っていたら。

あの二人からイアンさんを、自分自身を隠し通す知恵があれば……そんな意味のない後悔が浮かんでは消えていった。

俺、ダサすぎる。一端の大人なのに、皆に助けられてばっかりだ。

リドさんはその短い報告だけで全てを察したようで、深く息を吐くと俺の頭をゆるりと撫でた。

「そうか。想定よりもかなり早い到着だったな。遭遇した騎士団の奴ってのは、爵位持ちか？」

「爵位持ち……かは分からないですけど、副団長って呼ばれてました」

「あぁ、テゼール副団長か。なら滅多な事にはならないだろ。アイツは基本暴力沙汰は好まない人間だ。勇者のいいブレーキになるさ」

「あ、確かに……怪我させるなって言ってました」

涙をこっそり拭って泣いてませんよアピールをしてみたが、無駄な抵抗だったらしい。

リドさんに目元を優しく指で拭われて、また涙が溢れる。

「まだ話の通じる奴で助かった……ユウ、あんまり泣くな。俺は詳しい状況は知らないが、きっとイアンはお前が村に無事に帰れたことを何より喜んでいるはずだ」

「！」

「イアンについては今日中にどうにかなることはない。何せ今は収穫祭の準備期間だ、祭りの期間は血生臭い公務は減る……だから、今日はしっかり寝た方がいい」

「リドさん……でも、俺」

「ほら、これでも食って寝とけ」

「フゴッ」

突然、口に目一杯のシバムを押し込まれ、反論の言葉は口の中で霧散した。

お分かりの通り、馴染みのパンとは違って、この世界のシバムはかなり固い。一瞬にして口の中の水分を吸い取られ、もぐもぐと咀嚼するだけの時間が過ぎる。

「むむ……む！」

「はは、面白い顔になってるぞ、ユウ」

誰のせいですか！　と怒りの顔で訴えたが、リドさんはニコリと微笑むだけで、なんのダメージも与えられていなそうだ。諦めて虚空を見つめながら口の中のシバムを咀嚼していると、唐突に優しい温もりが俺を包んだ。

「……ほら、今晩は何も考えるな。明日からイアンを取り戻す策を練ろう」

背後から抱き竦められ、いつの間にか冷え切っていた身体に熱が移る。

リドさんはあくまで冷静に、一番最適なアドバイスをしてくれたのだ。

そうだよな。今の感傷的な思考じゃ、イアンさんを救出するための案なんて浮かばない。

そして、何をするにしても、リドさんの情報網を活用することが一番の良策だと理解してる。

そのリドさんに寝ろと言われたのだから、ポーズだけでも取らなくては。

「やっと食べ終わった……分かりました、今日は帰って寝ます。しっかり備えてイアンさんを早く助けないとですし」

「あぁ、待った。一人だと色々考えちまうだろ。今日はここで休め」

「へ？」

ここで休む、とは？

全く想定してなかった言葉に、思わず間の抜けた声で聞き返してしまった。

「リドさんの家って、寝るところがそんなにあるんですか？」

いつもはこの応接間と執務室のスペースにしか立ち入らないけど、もしかするとこの部屋の奥が広いのかもしれない。

「いや、ベッドは一つしかないから二人で一緒に寝ることになるな」

「なんでだ……！」

「その方が安心するだろ？　俺もユウも」

背後から届く声は、これぞ妙案、と自信ありげな声色だ。

イアンさんだけでももうお腹一杯なのに、リドさんまで？　むしろ寝られなくなる予感しかしない。

「緊張して寝られなくなります！」

「ま、今日だけの我慢だと思ってくれ。俺はまだ執務が残ってるから先に寝ててくれよ」

用件は終わったのか、肩をポンポンと叩かれてようやく解放された。

なんだか、今日だけでも一年分は寿命が縮んだ気がする。

「また明日、ユウ」

「うぅ……お休みなさい」

後で話を聞いたところによると、リドさんの家には大きめの部屋が二つほどしかないそうだ。村長という立場にしては簡素な造りの家屋だ。

仕事とプライベートをあまり分けないタイプらしく、私室として扱われている場所が寝室ということになる。恐る恐る寝室に入ってみると、暗い中でも比較的整頓されている様子が窺《うかが》えた。

明かりはどこだろうと壁を手探りで探していると、ゴツゴツした家具類が手に当たる。そのどれもに精緻な紋様が刻まれており、一般庶民には到底手に入らないことは簡単に想像できた。

「意外と調度品は華やかな物を使ってるんだなぁ、さすが村長」

結局、明かりは見つけられず、俺はコメディアンばりのキレのある動きで布団らしき柔らかい布を探り当てた。

「これだ！　なんか小さい気もするけど、たぶん合ってるよな」

……その布からは甘い薬草の香りがふわりと漂っていた。リドさんの香りだ。

こうしていれば、リドさんの存在を近くに感じられる。

その柔らかな布に潜り込んで数秒後、精神的な疲れも相俟《あいま》って俺は意識を手放した。

◆◇

深い闇に音が吸い込まれていくような夜。

衣服に包まったユウがスピスピと可愛らしく寝息を立てている様子を確認すると、俺はそっと寝室を離れた。

「よりによって今、イアンが捕らえられたか……」

ただでさえ収穫祭に向けて収穫や各種出店の調整に追われて慌ただしく過ごしていたのに、こうなってしまえば加速度的にやることが増える。いつかはこうなると分かってはいたが、この時期に重なるとは。

「王宮からの呼び出しも、この件で間違いないか……はぁ」

ふう、と漏れ出た不満を隠すことなく吐き出すと、王宮へと足を向けた。

この小さな村の長という立場以外に、ある厄介な肩書きを持つ人間として、有事には王宮からの招集がかかることになっていた。

とはいえ、この真夜中に飛んできた伝令用の魔法道具を睡魔と多忙を理由に撃ち落とさなかったことは褒めてもらいたい。

「まあ、情報収集も兼ねて行ってくるか」

――オスティア国には外交的な問題がある。

陸が広く続くこの世界、近隣諸国には山岳が多く、平野の数も少ない。

海に面した国もあるにはあるが、魔族の巣窟になっていたり、変動の激しい気候によって潮位が安定しないため、そのどれもが上手く機能していなかった。

オスティア国は、その中でも珍しく広範囲にわたって国土が海に面し、気候も穏やかなことから、いくつもの港が街として栄える結果となった。珍しくも海運で栄えた国は、その経済的な優位性が仇となり、一度戦争が起きればその土地と商圏をせしめようと、様々な理由をつけて他国が因縁を付けてくる。

オスティア国は諸外国から自身を守るために、強力な戦力を有する必要があった。

そんな折、今から十五年ほど前にオスティア国と他国との境界線上に生まれたのが、好戦的な魔族の軍勢の〈支配域〉だった。

オスティア国は初期対応が遅れ、一区画をその軍勢に明け渡した。支配域と呼んでいるのも、オスティア国側の砦である辺境の城を乗っ取られ、そのエリア一帯が魔物によって溢れてしまったためだ。

その城とエリアを纏《まと》めているのが魔王という存在ではないか、諸国はそういった判断で落ち着いた。

「まあ実際には、魔王の実態は掴めてないんだけどな」

それからというもの、収穫祭の時期に合わせて緊急クエストという形式で、幾人もの実力者が支配城を探りに入った。

当初は国家存亡の危機と捉えて騎士団が討伐隊として編成されたが、最近ではその編成も小隊に変わり、今や勇者と呼ばれる人物を中心に討伐戦が行われているだけだ。

そうした歴史を重ねながら、実のところ、今まで魔王に辿り着いた者はいない。

国の沽券に関わるためにこの事実は国民には知らされていないが、成果の上げられない現状に国としても痺れを切らしている状況だった。

国民には強大な魔王を討伐するという建前で、毎年勇者を送り出している。今となってはこの事実すら国家機密だ。

フィラへの道のりを早足で進む中、先日イアンに聞いた話が頭を過る。

「イアンが半魔になった原因、以前聞いた話だと魔術によるトラップのようなものだった……脳となる魔物がいると考えられるが、憶測の域を出ないな」

あのイアンが震えながら口にした内容は、脳のない魔族が考えたとは思いにくい、苛烈な罠だった。城に攻め入った途端、勇者パーティーが消し炭になるような術が仕込まれていたらしく、奇跡的に生還したイアンもその身体に多くの魔術を取り込んでいた。

どんな仕組みで半魔になるのかは不明だが、イアンの気配は普通のものではなかった。

「王宮はあの存在をどうする腹積りか、しっかりと確認させてもらうか」

前方に見慣れた城壁が見えてきた。

まだまだ夜は深く、門番として立っている騎士団員も耳をそば立てて周囲を警戒している。そのせいもあって、少し離れた位置からでも足音を聞きつけたのか、素早くこちらに身体を向けると驚きの表情を浮かべた。

「リディア様！　お早いご到着でしたね」

「この忙しい時期だ。そもそも寝ていなかったからな……さっさと門を開けてくれ」

伝令に使われた魔法道具を提示すると、門番は軽く内容を確認してすぐに門を開け放った。

「お気を付けて」

「あぁ」

目指すは王の執務室だ。絢爛な内装をなんの感情もなく見遣り、迷いなく進んでいく。

一部の人間以外は既に寝ているのか、王宮内の多くの部屋は静まり返っていた。

足に馴染む絨毯を踏みつけて階段を上がっていくと、薄暗い中に一つだけ明かりが漏れている部屋が目に入る。

軽く声をかけて入室すると、ユウならば気絶しそうな面々が揃っていた。

国王、第一王子、騎士団長と副団長…その視線を一身に受け、居心地の悪さに吐き気を催した。

「リディア、突然呼び出してすまなかったな」

労《いたわ》る声が耳に届いて視線を向けると、椅子に腰かけたオスティア国王が何かの書類を手にこちらを見据えていた。その表情にはいつもの溌剌とした雰囲気がない。

「陛下、国に献身できるのは誇りです。いつでもお呼び立てください」

「随分他人行儀だな」

鋭く挟まれた声の主は、その声色を体現したかのように鋭利な目付きでこちらを見ていた。この国の第一王子である彼は、賢くはあるが完璧主義的な性格で、高慢だ。

「……フン」

返答次第で一触即発の雰囲気になりそうな予感がして無言を貫いていると、第一王子は鼻を鳴らして外を向いた。

「リディア、この度の招集は以前より通達していた異世界転移者の件だ」

「……進展があったのですか？」

何も知らない体で先を促すと、国王は重い動きで肯定の意を示し、口を開いた。

「一人はこの王宮内に引き留めているが、ちょうど昨日、もう一人を捕らえたのだ」

「それは吉報ですね。今度は勇者然とした者でしたか」

表面上では繕った会話を続けながら、頭の中は疑問で埋め尽くされていた。

イアンはまだ転移者として扱われているのか……まだ正体が明かされていないということか。

ユウの話では、勇者はイアンの身体に闇の魔力が混ざっていることを確信していた。

それならば、なぜ国王にそれを伝えていない？　勇者の行動の真意が掴めない。

「戦闘に関しては問題ないだろう。伝承の金の髪を有しているわけではないが、黒という異質さが転移者の証ではないかと考えている。強さに関してはバレスの見解も得ている」

「信用に値する者かは見定められておりませんが、強さにおいては問題ないかと」

「……そうですか」

どこか釈然としない受け答えで、国王の中ではイアンが転移者だと明確に位置付けられていないのが窺《うかが》える。だが、国のことを考えると、イアンを勇者パーティーに組み込んで、早くこの状況に蹴りをつけたいのだろう。

それがいかに怪しげな存在でも縋りたいという、国の窮状を物語っていた。

「陛下、その者との面会はできますか？　この目でも確かめておきたい」

「へぇ、一人目の転移者には興味も示さなかったのに、どういう風の吹き回し？」

「……陛下、面会の許可を」

重なる厭味《いやみ》を無視して国王を見遣ると、どこか決まりが悪そうな顔をしていた。

「ああ、問題ない……だが、確保した勇者によると相当な抵抗にあったそうでな。今は地下牢に繋いでいる」

国王の口から告げられた言葉は、俺を衝撃の渦に呑み込んだ。

国として、これから助力を願おうっていう転移者を、地下牢へ投獄したと？

「ッ、陛下！　お言葉ですが、それは道理に反した扱いでは？」

「そうは思うが、何せ気配が異質でな……あれでは、もはや魔物と言われても納得してしまう」

やはり腐っても国王か。イアンの正体に勘づき始めている。

本当であればすぐにでも解放に動きたいが、それにはイアンが過去に勇者であったこと、自身が管理する村の住人であったことを明かさなければならない。

それに、仮にそれが判明したところで、半魔となったイアンに以前のような暮らしが送れる保証はない。

――イアンを匿《かくま》っていたことを公《おおやけ》にせず追求できることは、ここまでのようだ。

「陛下、その者は勇者パーティーに組み込まれるのでしょうか」

「そうだ。今すぐにでも出陣させたいところではあるが、運よく収穫祭が目前に迫っている。それを節目として送り出そう……バレス、首尾はどうだ」

「緊急クエストの手配は進めております。今回も勇者を指名する手筈です」

そこまで話を聞き届けてから、短く礼をすると、地下牢へ向かうために踵を返した。

「待て。リディア、今度こそ討伐を成功させなければならない。だからこそ手は尽くしたい……この城に戻ってきてくれないだろうか」

「……陛下、私は既に排斥された人間です。どうしても戻れと仰せならば、こちらにも条件がありますよ」

俺は眉間に寄る皺をそのままに、国王を振り返った。

「夢物語のような異世界転移者の伝説に頼るのをやめて、今ある資源を有効に使ってください。あの勇者の根性を叩き直せば、まだ勝機はあります」

そして反応を確かめもせず、執務室を出た。

「……ユウの希望を叶える一歩は踏み出せたな」

よくあの状況で啖呵を切れたな、と自身の言動を振り返る。きっとユウのことがなければ、今までと同じようにこの国の行く末を嘆いても、行動には移さなかったかもしれない。

「俺も、随分と絆されてるな」

地下牢に続く扉を開くと、その陰鬱な空気が身を掠めた。

……ここには、昔からいい思い出がない。

思わず引き返しそうになる自分を抑え込み、階段を下りきると、そこに待っていたのは意外な人物だった。

「あ、第二王子サマじゃん」

「……その呼び方はやめろ」

「ひえー、おっかなーい！」

俺の睨みを受けても全く動じず、ヒラヒラと手を揺らして戯《おど》けると、勇者は逃げるように階段を上っていく。

「待て、お前は一体何がしたいんだ」

「何って？　別になぁんにも……じゃあねぇ、リドさん？」

勇者が機嫌良さげに手を振ると、瞬く間にその姿は掻き消えた。

いつも思うが、あの勇者には特別な力でもあるのか？　あの逃げ足の速さは常人ではあり得ない。

冷たく湿った牢に繋がれて浅い息を繰り返すイアンを見て、早々に手を打った方がいいと再認識した俺は足早に城を後にした。

◆
◇

「寝ちゃった……って、え？　これリドさんの服？」

昨夜、俺が暗がりで探し当てたのはリドさんの服だったらしい。離すまいとガッチリ掴んで、皺を付けてしまっていた。寝室を貸してくれたリドさんに、恩を仇で返すようなことをしてしまった。

「もう、最悪だ……俺」

夢の中でイアンさんが過去に苦しみ痛ましく震える姿を見て、リドさんが温かく励ましてくれる声を聞いた。懺悔と悲哀が波のように押し寄せてきて、涙腺がゆるゆるになってしまった俺は、それを隠すようにもらったスカーフで拭う。

泣いていても状況はよくならない。早く気持ちを入れ替えよう。

落ち着きを取り戻してからあたりを見回すが、リドさんは寝室にはいなかった。

——もしかして、もう仕事を始めてるんだろうか。

執務室の扉を開くと、案の定リドさんは机に向かって何やらものを書き連ねていた。

「リドさん、おはようございます」

「ああ、ユウ。俺の服の寝心地はどうだった？」

背後から声をかけると、リドさんはわざわざ手を止めて振り返ってくれた。……しかもきっちり俺の醜態を目撃していたらしく、煽り付きで。

「本当にごめんなさい、皺も付けちゃって」

「いや、いいんだ。子供のようで可愛かった」

「うう……」

あまりの恥ずかしさに引き返そうとしたが、リドさんの顔を見てその気も失せた。顔色がよくない上に、いつもより濃い隈ができている。

「リドさん、昨日寝ました？」

「まあな。あ、目元が赤くなってるぞ。また泣いてたのか……ほら、おいで」

話をはぐらかされた気がする。

抵抗することでもないし、いそいそとリドさんに近づくと、目元に温かな指を添えられた。

目尻を擽《くすぐ》るように撫でられて、肩が跳ねた。

「……あのっ！」

「いつかのお返しだ。元気はありそうだな。じゃあ食事して作戦を練るか……カインに今日は休むと伝えてある。心置きなくここにいていいからな」

頭を優しく撫でられれば、もう追及も反論もできなかった。

そうだ、今はいち早くイアンさんを取り戻す作戦を練らないと。

食事を早々に終えると、食卓に地図や資料を広げて、リドさんとイアンさん奪還のための話し合いを始めた。

「まずは、ユウ。新しい情報があるんだ、それから伝えよう」

「新しい情報？」

「今のイアンが置かれた状況についてだ……まずはイアンが連行された先はここ、王宮だ。だが、昨夜は特に大きな動きはなかったらしい」

「え、もしかして昨日の夜に王宮に行ったんですか？」

昨日の今日で安否確認ができたなんて、驚きの速さだ。実際にその目で確かめてきたとしか思えない。

俺の質問に、リドさんは面食らった表情で頬を掻いた。

「時々妙に鋭くなるな。ああ、そうだ。昨夜召集があって城へ行ったんだ。そこで地下牢に繋がれているイアンを発見した」

「え⁉　地下牢？　なんでそんな酷いことを……」

勇者に怪我を負わせたわけでもなく、しかも気絶させられていた。大して危害も加えていないのに地下牢に入れられるなんて、おかしな話だ。

もしかして、半魔だから問答無用で投獄されてしまったんだろうか？

「聞いたところによると、激しく抵抗された、と勇者が国王に進言したことがきっかけで投獄が決まったらしい」

「あのクレイジー勇者め……」

例の飄々とした顔が頭に浮かび、沸々と怒りが込み上げてくる。

あれだけイアンさんを痛め付けておいて、よくもそんな進言ができたな。

「イアンを実際に確認したが、深手は負ってなさそうだから、ひとまず大丈夫だろう。それよりも気にかかるのは勇者の言動だ。イアンが半魔であることは、国王に伝わっていなかった」

「へっ？」

イアンさんのことを珍しがっていたし、しっかりと記憶しているはずなのに……なんでだろう。

「勇者についてては俺もあまり詳しくないが、半魔だという事実がイアンにとって不都合だと配慮した可能性もあるな」

「配慮って……」

確かにその事実を伝えれば、イアンさんが異端としてどういう待遇を受けるのか、想像に難くない。リドさんが言っていた予測が当たっているなら勇者の良心にも希望が見出せるが、現実はそんなに甘くない。イアンさんと対峙したあの場面を見ていれば、誰もが口をそろえて否定するだろう。

「そして、例年通りに収穫祭で勇者パーティーを派遣するという話も出ていた。そこにイアンが組み込まれる予定だそうだ」

「え？　地下牢に投獄した人間を勇者パーティーに入れるんですか。そんな馬鹿な」

「それほどに国王も追い込まれているんだ。ここ最近、魔物の襲撃も増えているだろう」

「あ、そっか。そうですよね」

脳内で、勇者パーティーに参加しているイアンさんを妄想してみる……いや、絶対ダメだ！

「やっぱりイアンさんは取り戻しましょう。まだ心に傷を負っていて、不安定なんです。魔王討伐だなんて、そんなことはさせられないです」

「同意見だな。そもそもイアンはかなり腕が立つ戦士だったが、今は不調と言っていい……しばらくは療養が必要だ」

リドさんは地図の上に何やら文字を書き込んでいく。

「店、通る、勇者……なんですか？　これ」

「収穫祭の催し物について詳しく話していなかったと思ってな。軽く説明するから覚えてくれ」

リドさんの説明によると、収穫祭が人気な理由は、出店だけではなく催し物にもあるらしい。ここまではカインさんに聞いていた話と同じだが、新たな発見があった。

昼に作物や家畜を育てる生産者が出店で一年の豊作を祝い、街の人々がそれを購入することによって生産者へ直接利益が還元される。そこで出品された食べ物や薬草の一部は国に奉納され、その物資を元手に、勇者パーティーはポーションやらを魔術で精製して魔王討伐に向かう。

その一連の流れを催し物として実施するらしい。

リドさんが地図に書き込んだのは、勇者パーティーが通る道や寄ると目される店のようだ。

特に、冒険者ギルドには何重にも丸がついていた。

「なるほど、この人たちが今年の勇者パーティーですよ！　っていう周知にも繋がるわけですね」

「そういうことだ。その後の夜の部に何をするかは聞いたか？」

「あ、なんか皆で踊るとかいうアレですか」

思わず、うげぇという表情を作ってしまい、慌てて気を引き締める。

街の人は楽しみにしているって言ってたもんな。人の楽しみはそれぞれってことだ。うんうん。

「はは、見るからに嫌そうだな。そうだ、勇者たちも交えての交流会って名目だ。実際は民の出会いの場となっている……まあ貴族で言う社交界のようなものだな」

「うわ、なるべく関わりたくないです」

「素直でよろしい。とまあ、そういった催しがあるから、街が色めき立っているってことだ」

「……最近、香り物の薬草がよく売れる理由が、ようやく分かりました」

皆浮ついちゃってたのか。異世界の人もやっぱり人間なんだよな。

「話を戻そう。いつ、どうやってイアンを奪取するか、だが……」

「普通に王宮に忍び込むのは無理、ですよね？」

「発想は悪くはないが、騎士団やら勇者に即見つかるだろうな。そしてユウもろとも王宮に囲われる」

「うっ、容易に想像できる……」

「そんなことは俺がさせないがな」

試すような言動にムッとする。でも余裕綽々な笑みを見せたリドさんに、口で勝てるはずもない。

「じゃあどうしましょう、収穫祭が終わってしまえば、勇者を避けての奪還は難しいですよ」

「ああ、そうなるだろう。だからこそ、狙い目は……収穫祭当日だ」

「え？　収穫祭当日って、この催し物の最中ってことですか？」

リドさんは地図上のある一点を指した。その指先を見てみると、そこには冒険者ギルドと書かれていた。

「流れの者も多く出入りするギルドなら、いくらでも紛れ込める。人を隠すのも簡単だ」

そう言って、リドさんはさらに一際大きく丸を書き込んだ。

「当日の動きはこうだ」

リドさんとの作戦会議を経て、イアンさん奪還までの道筋が決まった。さすが村長、機転が効いたいい作戦が立ったと思う。あとは当日に向けて、粛々と準備を進めていくだけ。

「必要なのは香り物の薬草と、綺麗な布と服、あとは魔法道具か」

俺は情報収集や物資の調達も兼ねて、薬草屋に働きに出ていた。もちろん通勤の道中はいつも以上に警戒し、不審者に見えるほどビクつきながらフィラに入った。

でも街に入りさえすればこっちのもので、むしろ巡回は以前より手薄になったと言ってもいい。それもこれも、イアンさんが転移者として捕らえられたからか。

沈みそうになる気持ちを奮い立たせて、街の店を見て回る。

時折、薬草屋のお客さんに声をかけられたりすると、少し気が紛れた。

「なるべく効率的に回って、早く業務に戻らないとな。今めちゃくちゃ繁忙期だし」

燦々《さんさん》と照りつける陽を浴び、収穫祭の時もこんな感じで晴れるといいな、なんて考える。

なぜ真昼間に街を散策しているかというと、作戦に使う物のお使いをしているからだ。

実は、近日中に必要になるアレコレがあるとカインさんに相談したところ、営業時間の途中で買いに出ることを二つ返事で許可してくれたのだ。

ただし「そうだよね、ユウ君にも色々あるだろうし、収穫祭までに準備しなきゃだよね……せっかくだしバレス君も誘ったら？」と変化球を食らってしまったのはいただけなかった。

にこやかに見送るカインさんの様子からすると、変な勘違いをされている気がしてならないけど、こうやって時間をもらえたんだ。感謝しなきゃ。

「えぇっと……あ、ここだ」

まず最初に辿り着いたのは、ここに来た初日にリドさんに服を買ってもらった店だ。

今日はここで、服と小物などを新調する。俺はさもお使いで頼まれましたよ、という顔で入店した。

「こんにちは、何かお探しの物はございますか？」

「ひぇ、あ、ありますっ！」

優しそうな店の主人が優しく声をかけてきた。初日ぶりの煌びやかな店内の空気感にびくついていた俺は、盛大に声を裏返してしまった。

実は今日買いに来た物は……新しいスカーフと例のあれだ。

「あの、女性に贈る服を選びたいんですが」

「おやおや、そうでしたか。ではこちらへどうぞ、新作でまだ出ていない商品もありますので」

店の主人はなるほど、と納得の表情を見せて俺を店の奥に誘導した。鮮やかな色が目に飛び込んでくる華美な空間に、恐る恐る足を踏み入れる。

俺の探し物がプレゼントだと知った途端、店の主人は人が変わったように、あれやこれやと様々な形状の服を提案してきた。

「……は、はぁ、はぁ。どんだけ種類があるんだ。一店舗目にしてもう疲労困憊だよ」

ここの世界の人々は、基本的に平民は様々な色味のズボンタイプの服を着ている。

一方で貴族階級は、教科書で見るような華やかなドレスを身に纏《まと》い、一見して身分の違いが明確に分かるようになっていた。

そんな世知辛いヒエラルキーがある中で、平民の女性が唯一、ドレスのような華美な服を着る日が収穫祭なのだ。店の主人からそんな話を聞き、皆が一年に一度の気合を入れるんだったら……と退っ引きならなくなった俺は、最新の流行を取り入れた服を選んだ。

散々迷った挙句「これはポーションのような朝焼けの色をモチーフにしています！」という、俺にとっては必殺の営業トークで薄いピンクのドレスを購入してしまった。

店の主人にいいように掴まされた気もするけど……まあいいか。こういった物を買う機会もそうないことだし。

そう自分を納得させて、次の店に向かう。

次は魔法道具か。街の地図に道具屋が載っていた気がする。

そう考えて、荷物から地図を取り出そうとしたその時、目線の先の路地裏から小さな顔がニョキッと出てこちらを窺《うかが》っているのが見えた。

あれは……セファか？

軽く手を振ってみると、弾《はじ》けるような笑顔でこちらに手を振り返してくる。

「ぐっ、か、かわいい……っ！」

お互いにあまり目立ちたくない立場なので、素早く路地裏に入る。

「セファ、また会ったな。元気にしてた？」

「はい！　ユウさんもお元気そうで何よりです。あの、今日も薬草屋さんに？」

「あぁ、そうだよ。あ、よければ遊びに来る？　夕方なら、俺と店長しかいないだろうから」

「っはい！　嬉しいです！」

セファは本当に嬉しいらしく、笑顔を浮かべてその場でソワソワと指を動かしていた。

「あ、そうでした。実は用件があってユウさんを探してたんです」

「用件？」

「実は昨日の夜にケンさんに会いまして。凄く重要な話があるから、もし会ったらこれを、と頼まれたんです……あ、これです。この紙を渡してって」

「ケンが⁉」

セファから渡されたのは、懐かしさすら感じる日本語が書かれた紙だった。読んでみると、王宮を探検していたら発見した堅牢な地下牢についての話と、ちょうど昨日、誰かが捕まって内部の警備が厳重になったことが記されていた。

これ以降は収穫祭前日にしか抜け出せないだろうからと、最近あったことを日記のように書いたみたいだ。入りが深刻だったので真面目に読んでいたが、後半の内容は「朝食に出たアレが美味しかった」などの、かなりほのぼのとした内容だった。

とりあえずケンは元気そうでよかった……そうだよな。イアンさんが捕まったから、城下の人員は王宮に再配備されたんだ。

きっとここに書いてある地下牢は、リドさんが言っていたものと同一と考えて間違いないだろう。

「セファ、届けてくれてありがとう。ケンが無事だって分かってよかったよ」

「無事……？　もしかして、お二人に何かあったんですか？」

ケンだけでなく、俺にも何かがあったことを悟ったのか、セファは心配そうな顔つきで俺の手を握った。

「あぁ、あまり詳しくは話せないんだけど、最近ちょっと厄介なことに巻き込まれて……収穫祭の時に色々やらなきゃいけないことがあるんだ」

「収穫祭……そうなんですか、何か手伝えることがあったら言ってくださいね」

「何か、か。そうだ。セファって冒険者ギルド周辺に詳しかったりする？」

「えぇ、あそこのあたりも、僕らの住処ですよ」

「そっか、もしよければ、今度周辺を一緒に見て回れないかな？　知りたいことがあって」

「もちろんです！　明日にでもご案内します」

「ありがとう、助かるよ」

感謝の意味も込めてセファの頭を撫でると、嬉しそうに擦り寄ってくる。

……弟がいたらこんな感じなのかな。お小遣いあげたくなってきた。

「じゃあ夕方にお店においで。お茶を用意して待ってるから」

「はいっ！　また夕方に」

元気に駆け出して行った小さな背中を見送り、また小さな仲間に頼っちゃうな、と情けなくも心強く感じていた。

◆
◇

カランカラン――

日も暮れ始めた頃。控えめに扉のベルが鳴り、小さなお客様の入店を伝える。入り口に視線を向けると、やはりそこにはセファが所在なさげに立っていた。

「あ、セファ。いらっしゃい」

「ユウさん！　あの、本当にお邪魔してもよかったんでしょうか？」

「ようこそ、君がセファ君だね、いやはや！　こんなに可愛いお友達がいたなんて、最初から紹介してよユウ君！」

おいでと声をかけようとしたところに、バシィッ！　とカインさんの平手が入った。背中とはいえ、結構な衝撃を受けて咳き込んでしまった。

「カインさん、力強すぎます……」

「ああ、ごめんね！　ついつい力入っちゃった」

「ユ、ユウさん大丈夫ですか!?」

自分より一回りも二回りも小さいセファに背中をさすられて、痛みとは違う意味で涙が出そうになる。

「カインさん、紹介します。あ～、弟のセファです」

「へ？　あの、ユウさん？」

「血は繋がってないですけど、弟みたいに大切な子です。もしよければ、店でも可愛がってやってください」

「……！」

セファが戸惑っているのを感じたが、それでも迷うことなく言い切った。

この福祉のない世界にも、身寄りがない子供たちは当然のように存在する。元より、全ての子に平等に手を差し出すのは難しい。

だからこそ、俺の弟という一捻りを加えることで周りからの覚えはよくなる。シビアで嫌になる話ではあるが、そういった側面も上手く利用することが大切なんだ。

「……そうなんだ、分かったよユウ君。さ、セファ君。何か飲み物を飲まない？　うちの薬草茶は身体にもいいし、味も抜群だよ！」

「あ、もしよければとっておきがあるので、皆で飲みませんか？」

俺は裏に隠していた薬草茶の葉を取り出して、セファに見せた。セファはこんなに間近でお茶用に煎じられた葉を見るのは初めてのようで、目を輝かせている。

「いいね。じゃあそのお茶、二人で淹れてみない？　店の道具、好きに使っていいよ」

「やった！　カインさん、ありがとうございます。セファ、やってみようか」

「……っはい！」

実は俺も一度か二度の経験値にすぎないが、それでも道具の使い方や薬草の説明はできる。

カインさんに見守られながら、二人で薬草茶を煮出していく。

「セファ、この道具はお茶の葉っぱをお湯に残さないように漉すための物なんだ」

「お茶の葉が残っていると、何かダメなことがあるんですか？」

「あ～、ちょっと苦くなっちゃうからね。害があるってほどじゃないけど、取った方が美味しいよ」

「そうなんですね、やってみます」

こうやって物事を教えていると、イアンさんに初めて肉の捌《さば》き方を教えてもらった記憶が鮮烈に蘇ってくる。辛くて苦しい現実を一緒に背負ってくれた、優しい人。

勇者に古傷を抉られるような言葉を浴びせられて、怪我までして、しかも今は一人で地下牢に繋がれている。辛いよな、苦しいだろうな……早く助け出さないと。

「……ユウさん？」

「あ、ごめんごめん。もうできたし、試しに飲んでみよっか？」

「はい！　ありがとうございます」

俺は暗くなりかけた思考を無理矢理戻して笑顔を作った。焦って失敗すると最悪の事態に陥ることは明白だ。しっかり準備して、絶対に助け出すんだ。

三人で煮出したお茶に舌鼓を打つ。その間もずっとセファは感動しきりで、我ながらいいことをしたと自分を少しだけ褒めた。激動の数日間の中でもわずかに癒しを得ることができた。

「カインさん、ユウさん、ありがとうございました」

「俺はこのままセファを送って帰ります。カインさん、ありがとうございました！」

「こちらこそ楽しかったよ。ありがとう、気を付けて帰ってね」

薬草屋を後にして路地裏に踏み入れると、シンと静まり返った空間が広がっていた。

「ユウさん、今日は本当にありがとうございました」

「どうってことないよ。お土産の茶葉、もしよければ香り付けとかにも使えるから、眠れない時に使ってみて」

「ありがとうございます！　あの、お時間があればこのままギルドを見に行きませんか？」

「え、いいの？」

「もちろんです……僕がもう少し、ユウさんとお話したいので」

えへへ、と照れたように笑うセファを見て、危うく本当にお金を握らせそうになった。

他愛もない話をしながら路地をしばらく歩いていると、一段と暗い路地が見えてきた。そこでセファが足を止めて、俺を見上げた。

「ギルドは流れの……この街の者ではなくても長く滞在できます。だから、裏も深いんです」

「え、裏？」

「はい、僕ら孤児はその日その日を必死に食い繋いでいます。それは彼らも同じなんです」

スッと差したその指先は、ギルドの裏口から足を引きずって出てくる者、地面に寝転がって睡眠をとる者……子供たちだけではなく、あらゆる年齢層の人々が懸命に生きる姿を捉えていた。

「……っ」

「ギルドには不定期にクエストが出されますが、それは実力社会で生きる者にとっては酷でもあります」

「彼らはこの街に長くいるの？」

「そうとも言えますし、そうじゃないとも言えます。ここに実力者が増えれば受けられるクエストは減る。すると彼らは土地を変え、流れるんです」

セファは静かに真正面を見据え、淡々と語った。その表情は、幼さなんてまるでない、自立した一個人のものだった。ギルドからわずかに差す光がその影を濃く際立たせる。

「僕らは彼らと協力して日々の食料を得ています。だからこそ、僕らは恩義を忘れません」

「……恩義？」

「ユウさんは初めて会ったあの日、街中で僕を見捨てず助けてくれました。その後も、奴隷商を撃退してくれた」

「いや、あれはバレスさんがやったことだから」

「あの時、もしユウさんが逃げていたら、その先に隠れていた僕らが捕らえられたはずです。本当にありがとうございました」

真摯な瞳に見つめられた俺は、セファに人としての大きな器量を感じて複雑な思いを抱えた。きっと短い人生で、ここまでの考えに至るほどの経験をしてきたんだ。

「だから、ぜひその恩義を返させてください。ここの、裏に住む僕らは皆、ユウさんの味方です」

「え、それって……」

視線を感じて前を向き直ると、先ほどまでこちらを見向きもしなかった彼らが、俺たちににこやかに手を振っている。

「ユウさん、収穫祭の日に何かをするんですよね。心配なら僕だけに教えてくれるのでも構いません……だから」

「……セファ、ありがとう」

中腰の姿勢になって、小さな身体を抱きしめる。その身体は痩せており、十分に発育していないことが分かる。ついでにと、労《いたわ》るように背を撫でた。

俺の行動が唐突で驚いたのか、セファは小さく息を吸った。

「セファも大変なのに、俺のこと心配してくれて……本当にありがとう」

「ユ、ユウさん」

「よし、決めた。セファ、また明日ここに来てもいい？　次は一人仲間を連れてくるよ」

「はい！　もちろんです」

「ありがとう。しかし、セファはしっかり者だよね」

「僕ももう十五ですから」

「そっかぁ、十五ね……え、十五歳!?」

「そうですよ、十分に食べられていないのであまり立派に育ってはいませんが……」

俺の反応を見て少し落ち込んでしまったのか、もじもじと足を動かす。身長が小さめで細いからすっかり勘違いしていた。

「セファはそのままで可愛いけど、望むならでっかくなれる食材、探してくるから！」

「えっ、ありがとうございます……?」

小首を傾げてお礼を言うセファ可愛いくてたまらず、俺はまた涙を流しながら別れを告げた。

◆
◇

いよいよ、収穫祭が明日に迫っていた。

そんな切迫した状況になると、イアンさんのことをより思い出して、眠りが浅くなってしまう。

地下牢って寒いんじゃないか。怖い思いをしていないだろうか。怪我の手当はしてもらったんだろうか……心配事が尽きなくて、今日も太陽が昇る前に起きてしまった。

それは俺に限った話ではなく、隣で薬草茶を啜《すす》っているリドさんもそうらしい。

ここ数日、通常の仕事に加えて、イアンさん奪還作戦にまで手を出している彼の疲労度合いは推して知るべし。いつ倒れるかと不安な毎日だった。

「リドさん……作戦、絶対成功させましょうね」

「ああ、もちろんだ。けどまぁ、あまり思い詰めるなよ……ユウ一人が背負い込む話じゃないんだ」

「うぅ、はい」

「それに、俺はちょっと楽しみでもあるんだ。作戦の一環とはいえ、ユウのじょ……」

「リドさん！　それはイジらない約束じゃないですか！」

「……はは、怒った顔も可愛いな」

リドさんは俺の怒りを気にも止めずに笑い飛ばす。

勇者パーティーからイアンさんを奪還する作戦は、困難が予想されるからこそ、俺自身も色々な関わり方をする必要がある。騎士団長であるバレスさんや、王宮の人間の目を掻い潜り、さらにはあのクレイジーな勇者を出し抜かなくてはならない。

そんなプレッシャーで緊張の糸が張りつめたままになっている俺を、冗談で元気付けてくれているんだろう……とは思う。

一人で考え込んでいると、伸びてきた腕がゆっくりと俺の身体を抱き竦めた。

「なあ、こっち見てくれ」

「え、と……リドさん？」

「どうしました？」

内緒話をするかのように、ひっそりと囁《ささや》く声。

驚きつつも視線を合わせると、リドさんはさっきまで愉快そうに笑っていたのに、一転して切なそうに眉を顰《ひそ》めている。

「ユウ、少し目を瞑ってくれないか」

「へ？　どういう……」

「ちょっとした戯《たわむ》れだ、これからすることも全部」

軽い音を立てて、瞼から離れるほのかな熱。

「よし、やる気も出たし、もう一仕事するか」

「……」

「ああ、ユウ。今日は念のために迎えに行くから、仕事が終わったら店で待っててくれ」

「…………」

「それじゃあ、気を付けてな」

俺はリドさんに言われるがまま家を出て、足を進めて……その場に蹲《うずくま》った。

一瞬の出来事だった。でも、間違いない。

瞼にキス、されたよな⁉

もしかして、海外の人の挨拶的なアレ？

ブツブツと独り言を呟きながら畑に水をやり終え、気が付いたら薬草屋の前まで移動していた。

習慣って恐ろしい。

あまりに動揺して挙動不審になっていたからか、カインさんに熱があるのかと心配されてしまった。大丈夫です、と誤魔化しつつ仕事に取りかかった。

たぶんあのキスの意味を深く考えたら負けだ。

意味ありげに乱れた拍動に気付かないふりをして、俺はいつも通りの接客スマイルを浮かべた。

「やあユウくん。今日もお店番かい？」

「あ、カインさんなら裏にいますよ。呼んできましょうか？」

「いいのいいの！　明日に向けて忙しいでしょ。ウチも今日から祭りなんじゃないかってくらいのお客さんの数だよ」

「あ、ホントですね」

向かいの店の主人が、疲れたようにカウンターに肘をつく。

確かに主人の言う通り、明日が収穫祭本番とあって、この裏路地にも人の往来が増えていた。

店の中から見える範囲だけでも、いつもの倍近くの人が楽しげに歩いている。

ちょっと見ているだけでも、カラフルな色彩で目が痛くなりそうだ。みんな様々な髪の色をしている……そりゃ黒は目立つよな。

お向かいは生産者が出す出店を用意するらしく、何やらちょっとした骨組みが完成されていた。

「あ、そうそう。香りの薬草を七束買いに来たんだった。ウチの娘がね、もう気合が入っちゃってすごいんだよ。そういえば、ユウ君は明日はどうするの　誰か誘った？」

七束⁉

そんなに香り付けする物って何が……いや、詮索はよそう。

いそいそと棚を漁り始めたところで、香りの薬草が少なくなっていたことに気付いた。

今のオーダー分はなんとか出せるけど、今日一日持つか微妙なラインだ。

「初めての収穫祭なので、当日は色々見て回ろうかな～と思ってます……あ、カインさん！　香りの薬草が足りないです！」

主人の話に適度に相槌を打ちつつ、在庫の数が少なくなっていることを大声で告げると、ビュンッ！　という風切り音と共にカインさんが姿を現した。

「わぁ、本当だね。裏の在庫も尽きちゃったし……ちょっと畑まで様子を見に行ってくるよ。もしかしたら工面してくれるかもしれない」

「ってことは店番は……って、足早ッっ！　もういない！」

店番は俺だけですか、という問いかけが発音されることはなかった。それというのも、カインさんがあっという間に店舗内から姿を消していたからだ。忍者か何かだろうか。

「さすがカインさん、元騎士団長の脚力は健在だねぇ」

「全くその通りで……んん？」

「あれ、もしかして知らないのかい？　あの人、冷徹の騎士団長って言われてたんだよ。あの時代は騎士団もかなり厳しかったらしいねぇ」

「団長？　え、あのカインさんが？」

「そうそう、でも数年前のある日突然、やりたいことがあるからとか言って辞めちゃったんだよね、騎士団。それでココを始めたってわけ……物好きだよねぇ、カインさんも」

お喋り好きな主人の話が信じられず、一瞬思考停止に陥った。にへら、と緩い笑みを浮かべる恋愛トーク好きなイケオジの顔が浮かんでは消えていく。

まさかそんな有力者だったなんて……でもそういえば、バレスさんもカインさんに対面した時は少なからず緊張している様子だった。

でもそしたら、そうだとしたら。

そのカインさんに太いパイプがあるリドさんって、一体何者なんだ？

「あ、ウチに団体さんが来たな。じゃあそろそろ戻るね。薬草、ありがとう！」

「あ、は～い。ありがとうございましたぁ……」

カランカラン、と扉の開閉を告げるベルが鳴る。

朝から衝撃の連続で、既に精神面で疲労困憊だ。俺は営業中にもかかわらず、カウンターに突っ伏した。

「衝撃の事実。イケオジ、陰の実力者……か。写真週刊誌に踊ってそうな見出しだな」

「今、なんて言ったんだ？」

「え？　そりゃあ、週刊誌ですよ、週刊誌……って、ほわぁ！」

突然頭上から降ってきた声に、思い切り飛び上がってしまった。思わず上げた視線の先には、燃えるような赤。

向かいの店の主人と入れ違ったのか。ベルが一度しか鳴らなかったから気が付かなかった。

「突っ伏していたから体調が悪いのかと思ったが、その様子では杞憂だったようだな」

「バ、バレスさん！　いらっしゃいませ」

「元気そうでよかった、ユウ」

バレスさんはニコリと爽やかな笑みを浮かべた。

背中にちょっとした冷や汗が伝う……緩く拳を握って、気合を入れた。

さて、明日の奪還作戦で出し抜かんとする強敵とのご対面だ。

「今日は買い物と……君に頼みがあって来たんだ」

「へ？　バレスさんが俺に？」

騎士団長ともあろうお方が、俺に頼み事だって？　一般村民である俺に、熟せるバレスさんからの依頼なんてあるのだろうか。いやいや、あるわけないよ。

……思わず反語表現になってしまった。訝《いぶか》しんでいる俺の様子を察したのか、バレスさんは本題を切り出した。

「明日一日、騎士団の手助けをしてもらえないだろうか」

「え、騎士団の手助け、ですか？」

いつも真っ直ぐな視線を寄越すバレスさんらしくもない、どことなく所在なさげに目を泳がせてからこう続けた。

「……ああ、そうだ。収穫祭当日は何かと問題が起きやすい。街の有事の際、この一帯に詳しい君に、何かあったら近くの騎士団へ伝えてほしいんだ」

「あ、あの、ごめんなさいっ！」

俺はソワソワと落ち着きのないバレスさんの発言を、少し遮る形で謝罪した。

「俺、明日は先約があって」

「ッ！　誰と約束を……」

俺の言葉を聞くや否や、何かが琴線に触れたのか、バレスさんは俺の腕を掴んだ。

なんの警戒もしていなかった俺は、いとも簡単に捉えられてしまった。

それは緩い拘束だったけれど、なぜだかズッシリと重く感じる。

恐る恐る見上げた先には、焦りを滲ませたような、彼らしくない表情。

「えっ、バ、バレスさん？」

「相手役は誰なんだ」

「ん？　相手役？」

「……もしかして、何も知らずに誘いを受けたのか？」

この世の終わりだ、とでも言うかのような表情が、般若のように変貌した。

「騎士団長として、当日は身動きが取れないことは分かっていた。自分から誘えば君の楽しみを奪いかねないと躊躇ったが故に、後手に回った俺の落ち度だ。だが、こんなことになるなら最初から……」

明後日の方向を見ながらブツブツと何かを呟いている様子に気圧されてしまう。

「あわわ……バレスさんが壊れてしまった」

どうしよう、とオロオロしていると、店の入り口から穏やかな声がかけられる。

「バレス君、ユウ君が怖がってるよ」

「す、すまない。腕を握ってしまっていた……痛くなかったか？」

「昔から変な方向に一直線で面白いよね、バレス君って」

ベストタイミングで店に戻ってきたカインさんは、肩を竦めながら俺の頭を撫でる。

「許してやって、あの子は真っ直ぐすぎる性質なの」

「は、はあ……」

「本人の前で辱めるのは止めてください」

「はは、分かっちゃった？」

「バレスさん、大丈夫なので気にしないでください……あ、そういえば。さっきの相手役が云々《うんぬん》ってなんですか？」

「ありゃ、本当に知らないんだ。教えておけばよかったね。収穫祭では夜に踊る催しがあるって話はしたよね？　その相手役には、事前に申し入れをしておくのが慣わしなんだよ」

なるほど……味気ない言い方をすると、ダンスするには事前予約が必要なんだ。

それで、バレスさんはあんなにビックリしてたのか。まさかこの店に入り立てのペーペーな俺が、誰かに誘われてるなんて思いもよらなかったってところだろう。

試験前に二人で勉強してない～！　って話してたのに、蓋を開けてみたらお前だけ単位取れてるじゃん！　的なアレだ。

「そういうことだったんですか。どちらせにせよ、申し訳ないですが……手助けの役目は辞退させていただきます」

「……そうか。では、相手だけでも教えてもらえないか。直接話したい」

「ちょっとバレス君！　しつこい男は嫌われるよ」

「いや、そうではないんです。付け入るようなやり方はやめろと言いたいだけで……」

リドさん、逃げて～！

心の中で先約者、リドさんに告げ口してみるも、通じるわけもなく。

カランカラン――

来客を知らせるベルが鳴った。

あぁ、リドさんが迎えに来てしまった……諦め半分で扉に視線を向けると、小さな影がこちらをコッソリと窺《うかが》っていた。

「あ！　セファ！　いらっしゃい」

「お邪魔します。あ、お取り込み中ですか？」

控えめな声に釣られて、三人の視線が小さな身体に注がれる。

「子供……？　もしかして先約というのは彼が？」

「あ、はい！　そうなんですよ。初めての収穫祭なので、明日はセファに案内してもらうんです。ね？」

「？　……はい」

バレスさんの勘違いを好都合とばかりに、俺は必死でアイコンタクトを送った。セファは何かに勘付いたようで、俺に話を合わせてくれた。なんて聡明な子なんだろう。

「そうか、君は先日ユウに助けられた子だな。その後、大事ないだろうか」

「騎士団長様、お気遣いありがとうございます。こちらはいつも通り、変わりありません」

「安心したよ。ではそろそろ失礼する……ユウ、明日は無事楽しめるといいな」

「え？あ、ハイ！　お誘いを受けられず、ごめんなさい」

「……出来ることなら、来年は俺に時間をくれないか。君が俺のために、時間を割いてやってもいいと思ってくれるなら」

そう言い残して、少しばかり名残惜しそうにバレスさんは店を出て行った。

「セファ、助かったよ。今日も来てくれてありがとう」

「いえ、ユウさんのご友人を案内する約束だったので……お役に立てて嬉しいです！」

内緒話をするように声を潜めてセファと笑い合った。

「カインさん、今日はそろそろ上がっても大丈夫ですか？」

「いいよいいよ！」

「よし、じゃあ友達が来るまで待ってようか。薬草茶飲む？」

「わぁ、ありがとうございます！」

セファとお茶を楽しみつつ、待つこと数分。すぐにリドさんが店を訪れた。

「ユウ……子供いたのか」

「ちょっと！　そんな訳ないじゃないですか。こっちに来てすぐに知り合ったんですよ、俺の弟分です」

「ふふ、よろしくお願いします」

セファは行儀良くリドさんと挨拶を交わした。セファって、俺より落ち着いてるよね。

「リドさん、帰りがけにちょっと寄りたいところがあるんです。いいですか？」

「もちろんだ」

「ふぅん、リドさんとユウ君がねぇ……ふぅ～ん？　へぇ～」

カインさんに何かを勘繰られつつ薬草屋を後にして、リドさんを引っ張って行った先は冒険者ギルドの裏手。昨日、セファに案内してもらった場所だ。

薄暗くて、人通りがない道だけど、居場所を追われた人たちが確かに息づく場所だ。

「ここは……」

「冒険者ギルドの裏です。明日の作戦、セファにも話して協力を仰ぎたいんです」

「彼に？」

「はい。勇者パーティーが立ち寄る先、その最後の場所がこのギルドです。人の出入りも一番あるから、紛れやすいです」

「バレスがギルドを案内する手筈になっているから、その人混みに乗じてイアンに近づき、アイツを隠すって手順だが……」

そう、明日の作戦はこうだ。

ギルドへ足を踏み入れたバレスさんと勇者パーティーの注意を逸らし、俺がイアンさんを人混みに隠す。

その隙を作るために、さいしょのむらの村長であり、ギルドにも顔が利くリドさんに、勇者たちを引きつけてもらう必要があった。

ちなみに俺はバレスさんに顔が割れているので、近づくには変装する必要があるのだけど……それについては後にしよう。あまり考えたくない話題だ。

「イアンさんを連れ出せたら、この裏道を逃走経路に使うことで、見つかる可能性を大幅に減らせると思うんです」

「確かにな。ここならば最初に捜索することはないだろう。この言葉は好きじゃないが、ここはフィラの裏だからな」

「というわけで、セファ。お願いできるかな？」

「もちろんです。少しでも撹乱できるように、人を集めておきます」

セファはなんことないように言ってのけた。自分たちの生活を安定させるのにも大変な彼らが、惜しみない協力をしてくれる。そのことに感動して、ぎゅ～っと惜しみないハグを贈る。

もちろん厳しい世界だから、ギブアンドテイクだ。

「ありがとう、セファ！　明日、皆さんの分のご飯を持ってくるからね」

「ありがとうございます！　皆も喜んで手伝ってくれますよ」

しばし明日への緊張を傍に置き、和気藹々《わきあいあい》と会話を重ねて結束を固めた。

「よし、あとはやるだけ……ですね」

「あまり気合を入れすぎるなよ。頼れる村長様がついてるんだからな」

ニヤッ、と笑みを作ったリドさんに、曖昧《あいまい》に返事をした。

そんなこと言ったたって、早鐘を打つ心臓はコントロールできない。

差し迫ったイアンさん救出作戦と、収穫祭。

何も起きていなければ、きっと心から楽しめたはずの祭りを少し惜しみながら、浮ついた空気が流れるメイン通りに背を向けて、路地裏の夜道を急いだ。

◆
◇

「はっ、はぁ」

――まただ。またこの暗がりで目を覚ました。

ここはおそらく地下牢だ。身体を動かそうとすると、ジャラリと重く地面を擦る音が聞こえた。

自分を縛り付けている、忌々しい拘束具を睨み付ける。

「……」

そんなわずかな抵抗で変化が訪れるわけもなく、ただ無意に時間が過ぎていく。

今日がいつから始まり、いつ日が落ちているのか……時間の流れさえも全く掴めない。

こんなに孤独を感じるのはいつ以来だろうか。命からがら魔物がひしめく砦から逃げ延びて身体を引き摺っていた、あの時のような全身の倦怠感が心をも侵食する。

繋がれた手を動かそうにも、煩《わずら》わしい音と共に鈍い痛みが走るだけ。何度目か分からない重い息が漏れ出た。

「ユウ……」

気を失う直前のことを思い出す。

彼が薬草を育てようと誘ってくれたあの畑で待ち合わせていた夕暮れ時。気配もなく忍び寄っていた勇者が声をかけてくるのと、彼が俺を呼んだのはほぼ同時のことだった。

あの時は、全てが終わってしまったかと思った。

ユウが日頃から勇者や王宮の人間たちを警戒しているのは知っていた。それもそのはず、彼自身も黒が原因で追われる立場だったのだ。

――咄嗟に声を荒げたが、上手く誤魔化せただろうか。

今となっては、その真偽を確かめることはできない。

それにしてもあの勇者を名乗る男、相当な実力者だった。俺たちのパーティーに奴がいたらあるいは……なんて考えるべきではない。仮定の話が頭を過ったが、それも即座に否定する。

――いや、あの性格なら無理だな。

勇者が手で弄《もてあそ》んでいた短剣は、一年前にパーティーを組んでいた魔術師の護身用の物だった。

……大切な物、だった。それを、追い剥ぎのように奪い取ったあの時の顔が忘れられない。

俺が無様にも追い縋った時に見せた、さも愉快だと言わんばかりの瞳。

あの性根が腐った人間が、一つのパーティーに丸く収まることなんて考えられない。

魔族にも人間にも、全てに絶望した。でも生きなければ……仲間の死を背負った俺には、生き残る使命しかなかった。

あの短剣に触れる度、記憶と自責の念とが心を乱した。パーティーを率いた者として、失った仲間の意志を背負って生きるという決意を忘れないために、大切にしまい込んでいた物だった。

「取り、戻さ……ないと」

短剣も、自由も、彼の温かな腕も。

――また意識が朦朧としてきた。

呼吸が浅くなる。発熱したのだろうか、身体が気怠さを訴えている。

『イアンさん』

侘しさに指先を震わせていると……優しさが滲んだ声で、名前を呼ばれた気がした。

「ユウ、ユウ……会いたい」

そう口に出しただけで、気怠さがわずかに紛れた。ポーションを飲んだわけでもないのに、ただ彼に会いたいと思うだけで呼吸が落ち着く。

「自由に、ならないと」

◆
◇

「っ、はぁ……寝れない」

今日は一段と夢見が悪い。

リドさんと村に戻り、今日は各々の家で寝ようということで解散したのが、結構前の話。

その後は、うつらうつらと睡魔が来ても、どうしてもイアンさんが孤独に震えているイメージが頭を占拠してしまって寝られない。

「早く助けなきゃ……絶対に、絶対に失敗できない」

身体は正直なもので、そう強く思うほど眠気は遠ざかり、家の外に気持ちが向いた。

たぶん、プレッシャーに潰されそうなんだ。フラフラと外へ出ると、意外と明るい夜空に出迎えられた。

街灯もないのに?と疑問に思って上を向いて、なるほどと納得した。

「そっか、月や星が明るいんだ」

これまで激動の日々を過ごしてきたからか、しっかりと夜空を眺める機会がなかった。

「夜空だけ見たら、いつも通りなんだけど……異世界、なんだよなぁ」

美しい星空を見ていると、元いた場所と何も変わらない。

まるで、今この場所が生まれた日本であるかのように錯覚する。

でも、不思議なほどに元の世界に未練はない。

元来、環境適応能力だけが取り柄だった。適度に人と合わせ、適度に社会的な地位を保つ。そんな浅い自分の本質を見透かした友人たちは離れていき、深い交友関係はなかった……酒の肴にもならない、つまらない話だ。

「それにしても、ただの村人として生きるためにこんなに色々な人の力を借りなきゃならないなんて……想像もしなかったな」

アンナさんに村を紹介してもらったことから始まって、リドさんに匿《かくま》ってもらって、イアンさんに守られて。

「……恩返し、しなきゃな」

ふと、臆病な自分を奮い立たせるため、何か普段ではできないことをやってみようと思い立った。

「あ、家の前の広場に寝転んでみようかな」

元々住んでいた場所では人の往来が常にあったから、絶対にできなかった行動だ。

深夜にそんなことをやろうものなら、トラブルに巻き込まれたり、職質にされたりと散々な目に遭うだろう。でも、この長閑《のどか》な村は夜の人流などほとんどないから、多少素行が悪いことをしても全く問題ない。

ゴロリ、と大の字になりながら地面に転がってみる。

「いいじゃん、これ」

星と自分だけの空間。色々なしがらみから、ひと時だけ解放される。

「皆と、こうやって夜空を見たいなぁ」

そんな暢気な思考に浸っていると、村の入り口の方から走ってくる足音が聞こえてきた。

あ、誰か来る……反射的にそう思っても、パッと飛び起きる気力は残っていなかった。

「ッ、ユウ⁉　おい、どうした！」

「リドさん⁉　こんな時間まで出かけてたんですか？」

お互いに仰天しながら、疑問を投げかける。

そりゃあ、道で寝っ転がってたら、倒れているのかと勘違いもするよな。ごめん、リドさん。

「いや、特に理由はないんですけど……なんか寝転びたくなって」

「本当か？　心配させるなって……はぁ、魔物にでも襲われたのかと思っただろ」

「ごめんなさい」

妙な気怠さに甘んじて転がり続ける俺を見かねたのか、突然リドさんの腕がこちらに伸びてきたかと思うと、驚くほど軽々と抱き上げられた。

「え？　リドさん⁉」

「そんなところにいたら体調を崩すぞ。そろそろ寝ろ」

「いや、こんなお姫様抱っこなんてしなくても、自分で歩けますって！」

「……？　ああ、ユウの世界ではこの抱き方に名前がついているのか」

俺の必死の訴えも、大人の余裕を見せるリドさんは軽く笑い飛ばしてしまう。

そのまま数分歩みを進めると、リドさんのベッドへと下ろされた。精神的にも物理的にも完全に力負けした俺は、柔らかな布に包まって大人しくするしかなかった。

「うぅ、大事な何かを失った気がします……」

「そんなに気にすることだったか？」

「ええそうですよ、なんだか負けた気分です」

痛いほど見つめてくるリドさんの視線から逃げるように、勢いよく布を頭から被る。ふわりと鼻を擽《くすぐ》る香りに心が騒めいた。

デジャヴだ。気まずくなって布から顔を出した矢先、唐突に影によって視界が遮られた。

「え」

その影の正体は言わずもがな、ベッドに腰かけたリドさんだった。俺の横に手をつくと、目線を合わせたまま、ゆっくり顔を近づけてくる。

「……っ！」

もう少しで触れてしまう、そう思うほどの距離で動きを止めると、リドさんは悪戯《いたずら》が成功したかのように悪い笑みを浮かべた。鋭くも優しい眼光が、俺の心臓の挙動をおかしくさせる。

「期待したか？」

「っ、してないです！　リドさんの冗談って、分かりにくくて困っちゃいますよ」

「……そうか」

動揺した俺が目を泳がせながらそう抗議すると、一転して真剣な表情になったリドさんが「イアン、すまない」と短く告げた。

……瞬間、唇に感じた温もり。

「んっ⁉」

「イアンが不在の間に付け入るような真似はしたくなかったんだけどな。冗談と思われているのは癪《しゃく》に障る」

「リ、リドさ、ん？」

これは、一体どういうことだろう。意図せず追い詰められたベッドの上で、リドさんにキスをされている……いや、やっぱりただの戯《たわむ》れで、いわゆるキスじゃないのか？

「お前の世界でも、これは口付けと呼ばれているか？」

やっぱりキスじゃないか。

現実逃避している間にも、触れるような口付けを繰り返される。

俺はただ呆然として、自分の身に起こっていることを理解できないでいた。ここまで熱心に想いを向けられたことがなくて、熱を移すように続けられる口付けに、なすがままになった。

「……ユウ、いい加減に抵抗してくれないか。勘違いするぞ」

「え、あ！　……や、やめてください」

ようやく振り絞って出たのは、蚊の鳴くような細い声の拒否だった。語尾は声が裏返り、突然のことに困惑しているのが丸分かりだ。

でも、反射的に突っぱねなかったのは、どこかでリドさんを信頼しきっているから。

俺の中では危機感が仕事をしないまま、形を潜めていた。

「俺の想いは小出しにして伝えていたつもりだったんだがな。これでも冗談に聞こえるか？」

「今ので、理解しました」

俺に向けられている想いが、男同士だからとか、そんな安い価値観で否定できない……そういう感情だということも。

ここまでされて、向けられている情欲が理解できないほど、呆けているわけではない。

素直に疑問だった。濃い時間を過ごしてきたのは分かるが、それでも俺はこの村に貢献したわけでもなく、リドさんにお世話になりっぱなしだ。疎まれこそすれ、こうして慕われる意味が分からないんだ。

「でも、なんでですか？　俺たち、知り合ったばかりだし」

「はは、随分と恥ずかしい話をさせるんだな」

面食らった表情になったリドさんは、俺の頬に指先をするりと滑らせる。

「世界を渡ってもなお、懸命なお前を見ているうちに愛しく思って、俺の手で囲いたくなった」

「か、かこ……?!」

「意地っ張りで、それでいて素直で健気な振る舞いが、俺だけを頼ればいいと、そんな卑しい考えにさせるんだ」

不意に腕を取られ、手首を擽《くすぐ》るようにして、潤った唇の感触が掠めては消えていく。

とっくに身体に馴染んだブレスレットの存在を、何度も確かめるように口付けをしている。

「何も知らないお前を騙して、俺の証を着けた事実で満たされているんだ。呆れてもいい。そのブレスレットの意味をイアンは理解していただろう?」

「……え?　イアンさんが?」

イアンさんは特に何も言及してこなかったけど……このブレスレットに何か意味があるのか?

「それは俺の家に伝わる装飾品だ。添い遂げたい奴に渡すことになっているんだが……そういう面倒臭いことに頼るほど、お前の周りは油断ならない状況だったからな」

「油断ならないって、もしかしてバレスさんですか?」

「まあ、それも一因だ」

曖昧《あいまい》な言葉を返され、首を傾げる。確かにバレスさんに明言されてはいないが、かなり強いアプローチを受けている……と思う。

「あ、あの、俺にとってリドさんは——」

「ああ待ってくれ、今じゃないんだ」

「……？」

「行動が先行してしまったが、今、答えをもらうのは公平じゃないからな。イアンを救出した後にしてくれ」

公平ってのは分からないけど、今はそれどころじゃないっていうのは分かる。

「……なら、全てイアンさんを救出した後にしてくださいよ。もっと寝れなくなりました」

「それはお互い様だろ。まあ、獲物が罠に掛かるのを気長に待つとしようか」

リドさんはいつものように、にやりと悪い笑みを浮かべている。熱くなった俺の頬を見て満足したのだろうか、俺の腰に手を回したまま毛布に包まった。

「さあ、寝るぞ。明日こそイアンを救ってやろう」

「……はい、必ず成功させましょう。リドさん」

その頃には睡眠を阻んでいたプレッシャーもマシになって、すぐに微睡が訪れた。

リドさんの温もりを分けてもらうように、距離を詰める。

……あ、心臓の音が、なんだか早い気がする。

俺みたいなちっちゃな存在が、このカリスマ性の塊みたいなリドさんを緊張させてるのか。

そう思うとちょっと可笑しくなってしまった。

「……お休みなさい」

こんな熱烈なアピールを受けた翌朝に直視するリドさんの破壊力が、数倍にも増していたことは、心のうちに留めよう。

◆◇

一大イベントを迎えたフィラの街は、道行く人々と目新しい商品の数々が並んだ出店で、一段と彩《いろど》りに溢れ返っていた。

こちらの世界の花々や果物のような収穫物、肉類があちらこちらに所狭しと並んでいる。

「いらっしゃい！　そこのお姉さん、素敵な衣装ね。もしよければお花で飾っていかないかい！」

「あはは、ありがとうございます」

「いらっしゃい！」

「今日の朝収穫して、練ったばかりの香り薬だよ～！　そこの方、どうかしら」

すごい活気だ……いつものフィラも熱量があるけど、今日は輪をかけて賑やかだな。

普段は買い物目当てに訪れる人が多く、活気がありつつも落ち着きのある街なのだが、今日は一転、お祭りに浮かれた人々が集まっていた。

皆それぞれ美しく着飾っていて、いつもは質素な生成色《きなり》の服を着ているお店の人たちも、ショーでもするのかというほどの奇抜な色合いの布を纏《まと》っている。

皆一様に、観光客に対して明るく声かけを行っていて、笑顔に溢れていた。

「……」

そんな様子を目の当たりにして、俺は頭から垂らしたベールを深く被り直した。

「リドさん、俺……不自然じゃないですか？」

「あぁ、どこからどう見ても、美しい女性だ」

「うぅ、作戦のためとはいえ、恥ずかしい」

ヒラヒラと優雅に靡《なび》く薄ピンクの布を、股を抜けていく風に煽られないようにギュッと掴んだ。

「そうだな。俺としても安易に人前に出すのは避けたいんだけどな。ユウの発案だし、本人のやりたいようにやらせなきゃな？」

「なっ！　別に、女装したくて提案したわけじゃないですから！」

小声で抗議すると、リドさんはニヤけた顔ではいはい、と俺をあしらった。

そう、今俺が身につけているこの衣装は、先日の仕事中に買ったあの女性物のドレスだ。

贈り物ですって顔して選んだから、まさか俺自身が着るとは店の主人も思わなかったろうな。

今日の冒険者ギルドでの奪還作戦は、とにかく俺がイアンさんに接触できるかが肝だ。なるべく警戒されない、身元が割れない変装をしていこう、という話で纏《まと》まった。

「恥ずかしさを忍んで……精一杯頑張ります」

「俺が先にバレス達に話かけて気を引くから、少し間を置いてイアンに接触して連れ出し、裏でセファと落ち合う。服を着替えて、人混みに紛れて街の外へと脱出……そしてイアンの家で集合、でいいな？」

「……はい！　その手筈でお願いします」

「万が一、工程が崩れそうだったら、この魔法道具で知らせる」

俺は服のポケットに手を入れ、この作戦のために購入した魔法道具の存在を確かめる。

これは現代で言うところのスマホで、簡単な通信ができる魔法道具だ。

存在を知った時には、そんな物まであるのかと驚いた。だが、この世界の人たちはあまり使用していないのか、特に高値というわけでもなく普通に手に入った。

生活圏が狭ければ直接話した方が早いし、確かに必要性が薄いかもしれない。

「さて、そろそろ中央広場で催しが始まるな」

「中央広場、ですか？」

「……まさか、行ったことないのか。王宮の眼下にある広場のことだ」

「そもそも王宮の周辺には近寄ったことすらないですね！」

「その徹底ぶり、恐れ入るな。ほら案内するから、逸《はぐ》れないように……手を」

どこか初めて街に来た時と似たシチュエーションだな……と思いながらも、今度は服の裾ではなく、その手を取った。

差し出された手を控えめに握ると、リドさんは緩く力を込め、大通りを歩き始めた。

太く逞しい腕を頼りに、人混みを進んでいく。

リドさんに先導されることでようやく緊張が解れてきて、次は周囲の様子が気になった。

『あれ、リドさん……』

『きゃ！　もしかして……』

『女性を連れているぞ』

「……リドさん、なんかすごく注目されてますけど」

「あぁ、まぁそうだろうな。気にするな」

「いや、気にするなってのは無理がありますよ！　モーセの十戒みたいに人が避けていくんですけど」

「？　なんて言ったんだ？」

「あ、なんでもないです……」

こんなにも混雑しているのに、リドさんを見かけた人たちは揃いも揃ってこちらに注目する。

そして、手を引かれる俺の存在を認識した瞬間にサッと横へ避けていくのだ。

気を遣われているってことかな。

「そっか。リドさん、村長だから注目度が高いのか」

「はは、そう思っておいてくれ。これで、俺には意中の相手がいると周囲に知らしめたわけだ。しかも、相手役を受けてもらえる程度には親しい奴がな」

目線だけこちらへ流して笑みを作ったリドさんに、誰が勝てるだろう。

昨日の熱の籠もった唇の感触を思い出し、一人赤面した。

「ほら、あれが中央広場だ」

リドさんが指し示した先には、これまたＲＰＧでよく見るような大それた城と煌びやかな城門。

そして広場と呼ばれる庭園らしき空間に、目が眩むほど大きな像が大小三体横並びに飾られていた。

「なんですか、あの像？」

「そうなるよな。あれは国王と勇者、騎士団を模している。あの一番大きな像が王だ」

「うわぁ、権力の象徴だ……」

薄いベール越しに目を凝らして像を観察する。ハッキリとは見えないが、剣を携えているのが二体と、真ん中で偉そうに立ち尽くしているのがある。

「なんか、力関係が分かっちゃいますね……勇者と王の」

「傲慢だろ、大したこともしてないのにな」

「え、リドさん。そんな滅多なことを言っちゃダメですよ！」

リドさんの突然の暴言にビックリして手を強く握る。

「大丈夫だ、こんな程度でどうもならない……見てみろ、勇者パーティーだ」

周囲の騒めきが一層強くなったと思った途端、ファンファーレのような音が鳴り響いた。

派手に驚いて肩を揺らしてしまった。たぶん、リドさんにも振動が伝わっただろう。

「わっ！　なんですか今の」

「あぁ、ユウは馴染みがないのか。よく王家が祭事を行う時にやるんだ……分かるぞ、うるさいよな」

「耳がキーンとなりました」

爆音で調子が狂った耳をサワサワとマッサージしていると、目の前の人垣が少し割れて、チラリと目当ての人たちを見ることができた。

意気揚々と先頭を歩くあの勇者と、俯いたまま一向に顔を上げない黒の巨躯。そして、皆よりも一歩後ろを怯《おび》えながら着いていく人影。

「あ！　リドさん。あそこに勇者とイアンさんとケンが……えっ！　ケン!?」

金色のプリン頭がひょこひょこと最後尾を歩いていた。

「なんでケンがあんなところに……？」

「あれがもう一人の転移者か。恐らくパーティーに箔をつけるために加入させたんだろう」

「いや、非力な人間で箔なんてつきませんよ！　ただ犬死にするだけじゃないですか……！」

そこまで口に出して、ハッとした。もしかしたら、王国の狙いはそれかもしれない。

「卑劣ですね、権力って大嫌いです」

「いずれ変革が訪れるさ、冒険者ギルドへ先回りしよう」

「え、はい！　行きましょう」

憤慨する俺とは違って、いつにも増して冷静なリドさんに腕を引かれ、中央広場を後にした。

勇者パーティーは周囲に激励されながら、メイン通りをゆったりと進み始めた。その裏でどんなに汚い思惑が蠢いていようと、煌びやかな式典に浮かれた街の人々には正義の行進に見えるんだ。

「……リドさん、来ましたよ」

「ああ、アイツらの三組後に入るぞ」

勇者パーティーが冒険者ギルドに入るのを背後から確認し、リドさんと目配せする。

なるべく音を立てないよう、ギルド内へとカルガモの親子のように滑り込んだ。

ギルド内は収穫祭当日だからか先日より活気に満ちている。女性の数は少ないが、ドレス姿の人も一人や二人はいるようだ。

俺は人混みを掻き分けて裏手の方へと回り、リドさんは一直線に勇者パーティーへと近寄っていく。

「リディア様、なぜこちらに？　祭事中ですから、本日のギルドは村からのクエストは受けていません」

「よお、バレス騎士団長殿。煌びやかな連れが多いな」

「あぁ、アンタに話があってな。お邪魔だったか」

「あれ、第二王子サマじゃあん！　どうしたの？　バレスのこと嫌いなんじゃなかったっけ？」

リディア様？　第二王子？

聞き慣れない言葉の数々に動揺が隠せない。勇者たちを撹乱しに来たはずなのに、逆に俺が混乱してしまっている。

……いや、分からない情報は一旦置いておこう。こんなところで動きを止めるわけにはいかない。

とにかく、イアンさんとケンに声をかけないと。

リドさんとの話が白熱し始めた勇者とバレスさんを尻目に、俺はこっそりと移動を続ける。

この世界に来てから今日まで、ずっと隠密行動を取ってきたのが役に立つとは。

勇者パーティーの最後尾をとぼとぼ歩いているケンに追い付き、服の裾を引く。

振り返って大きく目を見開いたケンの顔を見て、心から安堵した。大丈夫、ケンは傷付けられていなさそうだ。

「ケン、黒髪の人と一緒に今すぐに裏口に来て……あの扉の外で落ち合おう」

万が一、ケンが俺の正体に気付かない可能性も考えて、小声で端的に要件を伝えてからすぐに離れる。

「あ、ま……ッ！」

後ろからケンの呼び止める声が聞こえたが、俺は振り返らず裏口を目指した。

ごめん、ケン。ここで悠長にしている時間はないんだ。

裏口の出口付近まで到達すると、物陰に隠れていた小さな影が手を振った。

思わず満面の笑みになって近づくと、セファにそっと手を取られる。

「ユウさん、とってもお似合いですよ。さあこちらです」

「え？　そ、それは嬉しくな……あ、ちょっと待って！」

ケンたちは上手くパーティーから離れられただろうか。

セファの動きを制して振り返ると、イアンさんの巨躯を引き摺ってこちらへ向かうケンが見えた。

……明らかに腕力不足で、苦戦している。

「なんか、緊張感ないなぁ」

一方リドさんは、まだあの二人と話を続けている。ギルドにいた冒険者たちも、遠巻きながら固唾を呑んで見守っている。

リドさんのおかげで、なんとかイアンさんも無事に引き離せた。

ホッと胸を撫で下ろしていると、再びケンと視線が合った。たぶん、ケンの位置からセファのことも見えたはず。

「行こうか、セファ」

ケンに向かって手招きをして、ギルドの裏へと続く扉を潜る。

扉の先、差し込んだ日光の明るさに目が馴染んできた頃には、狭い路地が迷路のように入り組んだ構造が顕《あらわ》になった。

所狭しと並んでいるゴミのような資材の塊と、それで遊ぶ子供たち、昼にもかかわらず地面に寝転がる人々……少しばかり薄暗いそこは、今は俺たちを歓迎してくれているようにも思えた。

夜とは違った風景に呆気に取られていると、バタバタと扉を開ける音がした。

「待って！　もしかして……やっぱりセファだ！」

「……ユウ？」

「ケン！　イアンさん！」

扉から出てきたのは、もちろん俺が誘導した二人だった。

ケンは思いっきり顔を歪ませて、しゃくり上げながら大号泣している。

そして、イアンさんは――

「ユウ、ユウ……ッ」

その場で立ち尽くしながらも俺の名を呼び、ほろほろと涙を流していた。

「二人とも、無事でよかった……！」

俺は並び立つ二人に駆け寄り、その身体を抱きしめた。

「も、俺、ダメがどおもっだぁ〜っ！」

「温かい……」

俺達が互いの無事を確かめ合っている横で、セファが軽く手を打ち鳴らした。

「さあ、皆。仕事の時間だよ」

呼びかけに反応した人々が一斉に立ち上がり、周囲のゴミを掻き集める。

「へっ⁉」

「皆さんはこちらへ！　なるべくギルドと距離を取りましょう」

セファに導かれて、俺たちは薄暗く狭い路地を走りだした。

しかし、ただ逃げるだけではない。セファの仲間たちによって、俺たちの通った道が瞬く間にゴミで埋められていく。

「ここの路地では、少し視界を妨げられたらその道の存在感は掻き消えてしまいます。こうやって、僕らは生き延びてきました」

「ぐすっ、だからあの日も、セファを中々見つけられなかったのかぁ」

「あの日って、っはぁ……手紙を最後にくれた日のこと？」

「っ、はぁ、そうです！　あの時はまさか、こんなことになるとは思ってもみなかったっすけど」

走りだしたことでようやく自由を実感したのか、ケンは泣きやみ、息を切らしながらも口が達者になっている。

薄暗い路地を左へ右へ、混乱するほど曲がり続けた先に、また眩く光が差している場所が見えた。

そこは街の入り口に面していて、あと数歩でいつもの通勤路に繋がる道のようだ。

「あそこです。あの先に、村へ続く道があります」

「ありがとう、セファ。俺たちを助けたせいで、数日間動きづらくなるかもしれない。ごめん……その分、お礼しに行くから」

「ふふ、楽しみにしてますね」

息も絶え絶えにそう伝えると、セファは余裕の様子でにこやかに応えた。

余裕綽々《よゆうしゃくしゃく》って感じだなぁ……こんなに小さいのに、生きるための力が俺とは段違いだ。

「さ、早く行ってください。今、ギルドがどんな状態になっているか分かりませんから」

「……村へ、帰るのか？」

「ええ。イアンさんが心配だったので、まずは村で保護しようと動いてました。無事に保護したら、リドさんが国王を説得する予定なんです。今回のクエストを破棄するようにと」

そこで話を区切り、ふむふむと真面目な顔で聞いているケンを盗み見る。

当日になってみたら、なぜかケンもいたんだけどね。

「もし、不測の事態があれば、この魔法道具に……」

と言いかけた途端、二人に見せるように掲げた魔法道具が光り出す。

『……ユウ、予定変更だ！　副団長のテゼールが村の畑に向かってる！』

「……えっと。こうやって、連絡が来ます」

順調に進んでいると思っていた計画に、大きなヒビが入る音がした。

◆◇

俺たちはリドさんからの緊急事態を知らせる通信を受けた後、すぐに街を離れて村へ続く道を進んだ。

もちろん、あんな通信を聞いた後だから目的地は村自体ではなく、さらにその奥にある場所だ。

俺はというと、急ぎ足で先を進むイアンさんの背中を見ながら、事態の急変で襲い来る危機感と、すぐそこに彼がいる安堵感で心を乱していた。

「……あの副団長か」

イアンさんがポツリと呟く。

「どうしたんですか、イアンさん」

「副団長は、話せそうだと……思って」

「え、もしかして王宮で話したんですか？」

コクリ、とイアンさんが頷いたのを見て、また心が暗く澱んでいく。

きっと地下牢に監禁されていただけでなく、定期的に監視もされていたんだろう。

前の世界でもこの世界でも庶民派な暮らしをしてきた俺には、命の危機がすぐ隣にあるなんて到底想像が付かない。

辛かっただろうな……と苦しさで胸が痛くなったが、当のイアンさんは俺とは打って変わって無表情を貫いていた。

「……あいつ、勇者の愚痴、言ってた」

「へ？」

『ああ、生きてますか？　アンタ、厄介な奴に目を付けられましたね……俺？　あぁ、仕事が終わったらもうどうでもいいんですよ。そういうの』

『それにあの勇者、苦手なんですよねぇ……俺のこと盾にしようとするし』

『騎士団も最近では王族や勇者の言いなりって感じです。はぁ、こっちではいい生活できると思ったんだけどなぁ』

『ま、アンタはそのうち出られると思いますよ』

「……とか、そんな感じ」

「ええ〜……」

辿々しく紡がれる言葉を纏《まと》めると、国の忠実な僕《しもべ》！　というよりは、公私のオンオフをかなりしっかりと分けている人らしい。勤務終わりにイアンさんの確認がてら、愚痴大会を開催していたようだ。

しかも副団長にとっても勇者は敵のようで、事あるごとに「消えてくれないかなぁ」などと漏らしていたそうだ。確かに、話せる人なのかもしれない。

「副団長って、どっか掴みどころないんすよね。俺、こっちに来た時にあの人に部屋まで連れてってもらったんですけど、全ッ然口聞いてくれなかったですよ！」

「うわ、そうなんだ……」

聞いている話だけだと、王宮って曲者ばかり揃ってるんだな。王宮の良心と言えるのはバレスさんくらいか。

「だから話せないこともないけど、俺らは会わない方がいいと思います」

「イアンさんを一人にはできないよ！　もう二人は十分頑張ったんだから、ゆっくり過ごして」

そんな話をしながら、でも急ぎ足で移動し続け、体感で二分ほど。

前方からふわりと小麦のような、穀物のいい香りが漂ってきた。

視界に入ったあの童話の中のような家は……

「到着しましたよ、アンナさんの家です」

「ほへぇ！　森の中って感じでいいっすね。隠れ家には最高のスペック！」

「……？」

「こら、迂闊に喋らないで。さ、イアンさんも入りましょう」

ケンは久々の外に興奮しているのか、生い立ちが割れそうな単語ばかり頻発している。

ここは畑から離れているとはいえ、誰が聞いているとも限らない。気を張ってないと。

「ごめんください、アンナさんはいらっしゃいますか？」

「あらあら、ユウ君にイアンじゃない。どうしたの？　……おや、初めての子もいるわね」

「ケンです！　よろしくお願いしますっ」

ケンの元気な挨拶に、ニコニコと微笑むアンナさんは母親の顔をしていた。

「今日来ると分かっていたら色々用意したのに！」

そんな温かい言葉をもらい、張り詰めていた緊張の糸がまた途切れた。

もう泣くのはやめようと思ったのに。

視界がじわりと滲んで、頬を生温い雫が伝う。

「あら、ユウ君……何があったのか、聞かせてくれるわね？」

◆
◇

イアンさんの身に起こった一部始終を聞き、アンナさんは悲痛な声を上げた。

「まぁ、イアン。辛かったわね」

「……」

無表情のまま、無言を貫くイアンさんの頭をただただ優しく撫でるアンナさんを見ていると、ズキリと心が痛んだ。

「ユウ君、心配をかけないように黙っててくれたのかしら……でもね、それは違うわ。何かあったら助けになりたいのよ。これからは隠さずに言ってね」

「は、はい……ごめんなさい」

アンナさんはポジティブに捉えてくれたけれど、実際は自己中心的で情けない理由から黙っていた。ただ怖くて、イアンさんが攫《さら》われたと伝えられなかっただけなんだ。

事件を知ったらアンナさんも深く傷付く。そして、俺が一緒にいたのになぜ阻止できなかったんだと、そう思うだろう。

その感情を受け止めて、自分自身を奮い立たせることができるか、自信がなかったんだ。

俺が萎れていると、イアンさんが後ろから力強く抱きしめてくれた。

たぶん励ましてくれてる……と、思うんだけど。何せ距離が近い。

「さ、この話はおしまい！　ケン君はこれからしばらくこの家に住むことになるのでしょう？　まずは身体を清めて、落ち着いてきなさい」

「え、泊まってもいいんですか！」

「いいのよ～！　息子が増えたみたいで嬉しいわぁ」

「突然来たのに、ありがとうございます！」

アンナさんは「部屋の支度をしなくちゃ」と嬉しそうに部屋から出ていった。

「ケンもお世話になれそうでよかったね」

「はい！　うわぁ、この世界に来てから初めての自由っすよ。食器とか手作りっすか？　すご～」

室内を見学しながら捲し立てるように感想を口にするケンを見て、改めてハートが強い子だなと実感する。

「イアンさん。俺はこれからリドさんと連絡を取ってみるので、ケンをよろしくお願いします」

「……気を付けて」

「はい」

ケンの声が入らないように家の外で通信用の魔法道具を弄《いじ》っていると、タイミングよく通信が入った。

『ユウ、そっちの首尾はどうだ？』

「アンナさんの家まで無事到着しました。あとは王宮側をなんとかすれば……という状態です。リドさんの方は？」

『今は騎士団と勇者が街中を捜索している。俺はギルドを離れて王宮に向かっているところだ。これから国王に直接話をつけに行くが……』

もう王宮に向かってるのか、さすがリドさん。仕事が早すぎる。

『副団長は見かけてないか？』

「はい！　畑には近寄らないように迂回したので」

『上出来だな。アンナの婆さんの家に避難するのはいい案だった。少しだが村からも地理的に離れているし……』

「リドさん、国王の説得はできそうですか？」

『あぁ、誓ってやり遂げよう……この先も、勇者パーティーの派遣を取り止めさせる交渉だ。気合が入るな』

リドさんは声だけでも分かるほどに、楽しそうに笑っている。

もしかして、こういう交渉事が好きなのだろうか。

「俺は一度村の様子を見てきます。服も取りに行かないとですし、一人だったらテゼール副団長に見咎められることもないので」

『そうか。気を付けて』

「リドさんも、危ないことはしないでくださいね」

『それは約束できないな……あぁ、夜の予定は空けておいてくれ』

唐突に告げられた言葉を、すぐには呑み込めなかった。

「え、なんでですか？」という俺の問いには応えずに、一方的に通信が切られた。

頭に疑問符を浮かべながら、俺は家にいるイアンさん達に声をかけて一人村へと引き返した。

「ふぅ……気を張ってたからめちゃくちゃ疲れたな。もう首都に戻ってくれてたらいいんだけど」

村の入り口に到着し、中をこっそり覗き込む。今日は村中の人が収穫祭に参加しているから、村内はがらりとしていた。副団長らしき、騎士団の服を着た人影も見当たらない。

「よ、よかった！　さすがに副団長に会っちゃったらどう躱《かわ》せばいいか分からないもんな」

そそくさとリドさんの家へ入ると、朝と変わらぬ光景が広がっていて、安堵から思わず息を吐いた。素朴ながらも趣味のいい家財がひっそりと俺を出迎える。

そうそう、いつもこんな感じ。木のテーブルの上には手作りのマグカップと……人の頭？

「……わぁッ!?」

服を取ろうと視線を向けた先には、深い青の髪を投げやりにテーブルに流し、突っ伏して寝こけている男がいた。あまりにも空間に馴染みすぎて、インテリアの一種かと思ったわ！

思わず叫んだ俺を、目の前の男はモゾモゾと動き出して視界に捉えた。眠そうな瞳と視線が交わる。

「あれ、おかしいなぁ。リディア様の家にお邪魔してたはずなんですけどねぇ、お嬢さんはどちら様で？」

「……っ、あ」

この声、忘れもしない。あの日畑にいた、テゼール副団長だ。

「ありゃ、もしかしてリディア様の……？　こりゃ失礼しました」

目の前の男が一人漫才をしている間に、俺は頭をぐるぐると回転させて打開策を考える。

迂闊だった。まさかリドさんの家に入り込んでるなんて、考えもしなかった。っていうか、普通に住居侵入だぞ。いや、この世界にそういった法律があるのか怪しいけど。

でも、普通は留守にしている家に無断で入り込むことなどしないだろう。

「いやぁ、リディア様も隅に置けないですね。こちらにお住まいなんですか？」

「……へ？」

副団長はゆっくりと立ち上がり、握手を求めてきた。

またリディア様って……やっぱり、過去にリドさんは王宮に住んでたか、勤めてたんだ。そうじゃなきゃ、こんなに顔が広いのなんておかしな話だもんな。

幸いなことに、テゼール副団長は俺がリドさんの恋人か何かだと勘違いしているみたいだ。

それなら、その勘違いを上手く利用してやろう。ここは一芝居打って乗り切るしかない。

差し出された副団長の手に触れ、控えめに握り返す。

この村の住民は男女問わず、畑仕事で鍛えた筋肉質な体型の人が多い。そんな中で、俺の手は若く華奢《きゃしゃ》な女性のものだと勘違いさせるのに好都合だった。

顔を見られずに仕草や会話でリドさんとの関係を匂わせられれば、きっとこの副団長も欺ける。

コホン！　と軽く咳払いをして、喉をチューニングする。

いつもより高い声色で、入社面接のような控えめな気持ちで……よし、いける！

相手の好む声色を意識して発言する練習は山ほど積んだ。こんな場所でその経験が生きてくるとは、人生何が起こるか分からない。

「リドさ……リドのお知り合いの方ですか？」

慣れない呼称で言葉に詰まりながらも、なんとか高めの声を出せた。

おまけにドレスの裾を軽く持ち上げて見せつけるように一度ひらりと揺らせば、それらしい振る舞いとして完璧だった。

日も傾いたこの薄暗い空間だからこそ、対峙しているのが女装の男だなんて、夢にも思わないだろう……自分で言っていて悲しくなってきた。

苦肉の策が功を奏し、副団長は俺の素性については特に気にした風もなく軽く頷いた。

「ああ、自己紹介がまだでした。騎士団副団長のテゼールです。リディア様が王宮にいらした頃はお世話になりまして……で、今日はまだお戻りなっていないんですかね？」

「騎士団の副団長様？　彼、朝は何も言っていなかったのに」

普通の会話の中でも、さりげなく朝まで共に過ごす仲であることをアピールをしてみる。

これに関しては、嘘偽りないことが逆に恐ろしいけど。

副団長を上手いこと誘導して、ご退室願うのが最優先だ。背に腹はかえられない。追い出せないと、この先しばらく女装のままになってしまう。

「実は不測の事態がありましてね。とはいえ、突然お宅に押しかける形になってすみません」

「あの、言伝てでしたら私が預かりますよ。いつ帰るかは分からないんです」

「いや、直接確認したいので結構ですよ……あぁでも緊急だし、お嬢さんに聞けばいいか」

副団長はうんうん、と自己完結して、一枚の紙を取り出した。

「これ、人相書なんですけど、この人見たことありません？　この村の近くの畑あたりで」

「人、相……？」

目の前に掲げられた紙を見ると、何やら黒いもじゃもじゃが描かれている。

お世辞にも上手いとは言えないこの黒い絵は、口振り的にイアンさんの似顔絵なんだろう。

数秒悩んでみたが、むしろこれが人に見える方がどうかしていると思い直して率直に答えた。

「えっと、ごめんなさい。何が描いてあるか分からないです」

「はは、ですよね。俺も渡された時に仰天しましたから」

じゃあなんで見せたんだ……行動の意味を探ろうと考え込んだ途端、手首に圧迫感を覚えた。

ただならぬ雰囲気に、思わず身体を強張《こわば》らせる。どこに出しても恥ずかしくない村人Ａである俺には、無骨な手で押さえられた腕を振り解くことは叶わなかった。

「よかったよかった。この黒いだけの絵で人相を判断できるなら、探し人を知っているってことになるんで……リディア様の懸想する相手に手荒な真似はしたくないですから」

浴びせられたのは、仕掛けられた罠の種明かしだった。思わず、頭部に被ったベールの隙間から副団長の表情を盗み見る。

目が笑っていない笑みって、言い得て妙だよな。副団長の目を見てようやく悟った……俺は試されてたんだ。

イアンさんが捕らえられた畑に近い村の住民。確かに匿《かくま》ってると疑われて当然だ。この人が最初から友好的な姿勢を見せていたから、つい油断してしまった。

……でもこちらも負けていられない。イアンさんとケンの生活がかかってるんだ。あと俺の女装からの解放も。

手首を圧迫し続ける副団長の手の甲をそっと指先で撫で、悲しげな声色で訴えかける。

「お役に立てず申し訳ございません。彼が戻る時間も聞いておりませんので、後日またお越しになってください。今は疲れておいででしょう?」

「……」

「おほほ」

向けられる視線が冷たい。心が折れそうだ。無言の時間が流れ、引き攣った不自然な笑いが漏れる。スンッという効果音がピッタリな副団長の表情が、その内心を物語っていた。

「……俺、疲れてるように見えます？」

たっぷり間を開って投げかけられた問いは、予想外のものだった。

「え、はい？　とっても」

疲れていると感じたのは本当だ。副団長ともあろう人が、俺が悲鳴を上げるまで気が付かず爆睡していたほどだ。

俺の返答を聞き届けた副団長は、盛大な溜息と共に、俺の腕をあっさりと解放した。

「はぁ、もういいや。黒髪が逃げた途端に勇者も単独行動を始めやがったし……アイツのせいで計画が総倒れですよ。やってらんねぇわ」

また椅子に逆戻りした副団長が口にしたのは、到底騎士団らしいとは言えない言葉だった。

突如として愚痴を溢した副団長は、四肢を伸ばしきって机に凭れ掛かった。

そして、そのまま無言で虚空を見つめている。

「はぁ……仕事したくない」

「あ、あの……？」

「あぁ、さっきはすみませんね。ちょっと休んだら帰ります。どうせ黒髪は、俺以外の騎士団が血眼になって探してますから」

相当疲れているらしく、目には精気がない。その姿に、搾取され荒んだ元の世界の自分の姿を重ねてしまう。

騎士団副団長という地位も実力もある人と、学生だった自分を重ねるのはある意味失礼かもしれないけど……あの虚無顔は、どうにも他人事とは思えなかった。

「確か、緊急事態って仰ってましたよね？」

「はい、今日の収穫祭でちょっとした問題が発生しまして。そうでなくても勇者に振り回されて、ここ数日寝てないんすよ……もう、全部捨てて農民に戻りたい」

ごめんなさい、その問題を巻き起こした張本人は俺です……そんな謝罪をしたくなるほどには、目の前の男の声は消耗しきっていた。

「農民？　副団長様は、フィラのご出身ではないのですか？」

「王都とは比較にならないほど貧しい村の出身ですよ。村のために出稼ぎに行けと追い出されて……腕っ節が強かったんで、騎士団に召し抱えられたってわけです」

イアンさんが言っていた話せる人って印象は、こうした庶民感覚からくる物なのかもしれない。

それに、俺みたいな村人にだって、丁寧な物腰で接してくれるし。

「村の出で騎士団の副団長だなんて、素晴らしい功績ですね。きっと村の皆さんの誇りですよ」

「そうですかね、金が入って喜んでるってのは確かでしょうけど」

副団長は机に顔を擦り付けたまま、ボソボソと身の上話を始めた。

「村でも扱いは酷かったんで、最初のうちはいい仕事にありつけたと喜んだもんですけど。命を擦り減らす毎日で、ろくに眠れやしない」

「うわぁ……」

「しかも団長が完璧すぎて求められることが多いし、仕事はキツくなる一方……あれ、なんで俺、こんな話してんだろ」

ぐすん、と鼻を啜《すす》り上げるような音が聞こえてくる。どうしよう、あまりにも可哀想だ。同情を禁じ得ない。

話の途中から、俺の心も涙を流していた。感情移入してしまうのも仕方がない。

俺自身も学費のために入れすぎてしまったバイトでろくに眠れず、頼れるはずの家族からも金を無心された経験があったからだ。

「あの、少し待っていてくださいね。心が落ち着く薬草茶を入れますから」

「……え？」

副団長はガバッと勢いよく顔を上げ、訝《いぶか》しげに俺を見つめる。俺の言葉の意図を計りかねているらしい。平凡な村人にまで警戒を怠らないのは、副団長という職業柄故か。

前にカイルさんがブレンドした茶葉をもらったのを忘れてた。ちょうどいいから出してみよう。

適度な温度まで加熱したお湯で、いただき物の茶葉を煮出す。安眠効果のあるブレンドだから、きっと心も落ち着くだろう。

準備を済ませて振り返ると、副団長は目をまん丸にしてこちらを見続けていた。お菓子を期待する子供のような視線に、少し笑ってしまう。

副団長の目の前にカップを置く直前に、毒味とばかりに一口頂戴した。

華やかでいて、郷愁を誘うような香りが鼻を擽《くすぐ》る。

やっぱりカイルさんの腕は折り紙付きだ。一口でも効果絶大だろう。

「どうぞ。この通り、毒も入っていませんから」

「ど、どうも」

おずおずと差し出されたカップに口を付ける様子が面白くて、向かいの席で観察してみる。

細いながらも筋肉質な体躯に、頭が切れるであろう明瞭な語り口、そして引っかかるとヤバそうな、危うい魅力がある顔立ち。元の世界にいたら、ホストでもやってそうな見た目だ。

バレスさんは正義の人って感じだったけど、副団長は比較的軟派な印象のある人だ。

副団長の迷惑も考えずにじっくりと眺めていると、深い海を思わせる美しい青の髪が覆い隠す目元に色濃く刻まれた隈を見つけてしまった。

「私がここにいますから、少し眠っていってください。お城に戻ればまたお仕事をしなければいけないんでしょう？」

「え？　いやそれは……」

「隈、ずっと消えてないんじゃないですか？」

昔の自分を労《いたわ》るかのように頬に触れ、親指の腹で目元を少し温める。

すり、と何度か撫で付けた後、突然掌にずっしりとした重さを感じた。

重っ……って、何してるんだ俺！

その重みで我に帰った俺は、自分の行動の突飛さに驚いて後悔の念に襲われた。

「ご、ごめんなさ……あれ？」

「……」

「もしかして、寝てる？」

あろうことか、副団長は俺の掌に頬を預けて寝入ってしまっていた。さっきまで警戒してたのに。

子供のような穏やかな寝息が手首に当たる。

昔の自分に似たこの人が、少しでも穏やかに眠れるなら、まあいいか。

追い出すどころか、居座る理由を与えてしまった自分も許すことにしよう。

「あ、この一件が片付いたら、リドさんにも同じ薬草茶を出してあげよう。迷惑かけちゃったし」

……ところで。この手の中にある温もりはどうすればいいだろう。

「う、動けない……っ！」

結局、俺は副団長を寝かせてしまった責任を感じて、妙な体勢で目覚めを待つことになった。

◆◇

うっすらと瞼が開き、海色の目が光を捉えた。副団長はまだ寝惚けているのか、俺の顔にかかってるベールをじっと見つめている。

「あの、手が痺れたのでそろそろ……」

「え、うわっ⁉」

手の痺れが尋常じゃなくなってきたので思わず声をかけると、副団長は飛び上がるように席を立った。

「もしかして、俺寝てました？」

「少しだけですよ」

「……貴女の手の上で？」

「ふふ」

状況を理解していくにつれ、副団長は信じられないといった顔付きで眉間を揉む。

お茶の最中に人の手を枕にして寝落ちなんて、騎士として耐え難い屈辱だろう。

目の前の男の心情を想像して、悪戯《いたずら》っ子のように笑ってしまう。

「この件はリディア様には……」

「内緒、ですね？」

先ほどまでの気怠げな雰囲気を一変させた副団長に、思わず笑いながら返事をする。

意外と取っ付きやすい人で安心した。

それでイアンさんやケンを蔑ろにした王国への猜疑心がなくなったわけではないけど。

出会った時よりも幾分か慣れた態度の副団長を見ると、この人は思ったよりもまともかもしれないと考え直した。

確かに、俺も色んな心労が祟って荒んだ心で社会を見ていたな、と過去の自分を思い返す。元の世界でケンと遭遇したのも、そんな徹夜続きの夕方だったはずだ。

副団長という立場があるから、仕事と割り切ってイアンさんと対峙したんだろう。

「はぁ、すみません。これ以上恥を晒す前に帰ります……団長には無駄足になったと報告しますよ」

「お仕事、頑張りすぎないでくださいね」

いつぞやの自分が心から欲していた言葉をかけると、副団長はまた眉間を押さえてしまった。

あれ？　逆効果だったか？

「……報告時の証人として来ていただけますか？　すぐに済むんで」

「え？」

「その服装から察するに、収穫祭にはリディア様と参加されるんですよね？　黒髪が彷徨《うろつ》いてるかもしれませんし、護衛として王宮までお連れしますよ」

「いや、私は……」

「リディア様は事情があって城を出られたとはいえ第二王子ですから、こうした催事の際には王宮に向かうはずです」

「……ん？　第二王子？」

「夜まであまり時間がないですね。急いで移動しますか」

「え、ちょっと待って副団長様……ってぇええ！」

俺をヒョイと横抱きにし、副団長はものすごいスピードで走りだした。あっという間に村を出て、景色が波のように流れていく。気を抜けば全ての布が吹き飛びそうなほど速い。

ベールが飛んで黒髪がお目見えしないように、必死に押さえる。

……というか、リドさんって第二王子だったの⁉

あと、着替えを持たせてくれ！

そんな俺の心の叫びは届くはずもなく、副団長は一度も村を振り返ることなく城まで走り抜いた。

城内に通ずる扉の前で、そっと腕から下ろされる。

「特に怪しい人影もなかったなぁ」

「私たちが一番怪しかったに違いないですよ」

人々の視線を集めながら大通りを突っ切り、あれほど忌避していた王宮の門を潜ってしまった。

副団長は馬にも負けず劣らずの俊足で、手で押さえるだけでは布が吹き飛ばされかねなかった。

「それにしても、そんなにくっつかれると困るんですけど」

「あ、ごめんなさい」

指摘の通り、あのスピードに対抗するために、俺は副団長の身体に必死で抱きついていた。

こっちだって好きでやっているわけじゃないと不満に思いつつも、言葉の上では謝っておく。

「さてと、こちらが騎士団長の部屋です。団長、テゼールです。入りますよ」

「遅い。何をして……そちらは客人か？」

開け放たれた扉の先にいたのは、見慣れた赤の髪と威圧感のある隊服。

なるべく会いたくなかった、高潔の騎士団長その人だった。

「近くの村の住民です。リディア様とも親交があるようでしたので、村の情報を聞き出しました」

「……そうか。で、黒髪がいないのを見るに、有力な情報は得られなかったということだな」

「はい。まぁ収穫祭で、この街は隠れるには持ってこいの状況ですからね。俺だったら出店の撤収に乗じてここを出ます。祭りの収束までは王都に身を潜めてますよ」

「やはり巡回の強化に重きを置くべきか。客人には、この大切な時にここまで足を運んでもらったこと、礼をしなければな」

「いえ、お礼をされるようなことは何も……」

お礼なら今すぐに解放してくれればそれだけでいいから！

そんな思いを込めて、角が立たない返答でその場をやり過ごす。

バレスさんはその返答を聞き届けるや否や、おもむろに扉を指差した。

「……テゼール、席を外せ」

「え？」

「は？　ちょっと団長、この方はリディア様の……」

「いいから退出しろ」

「……はいはい、分かりましたよ」

くしゃりと髪を掻いた副団長は、姿勢を低くして俺の耳元に口を寄せた。

「団長に限ってはないと思いますけど、何かあったら大声を上げてください。外で待ってます」

そう言い残して、副団長が部屋を後にする。

いやまさか、バレスさんがそんな暴挙に出るなんてありえない。

そう分かってはいても、緊張で手汗が止まらなくなる。

俯いている俺の目の前で、バレスさんがゆらりと動く気配を感じた。

「なぜ」

「……え？」

眼前のベールが持ち上げられ、朝日が差し込んだように視界が明るくなる。

「なぜこの衣装を纏《まと》っているんだ……ユウ」

バレスさんの悲しげに歪む表情と、鮮烈な赤が目に焼きついた。

「バレス、さん」

今まで何人も知り合いに会って、一度もバレなかったのに……なんでこんなに早く看破されたんだろう。

「君は人を助けるのに迷いがなく、そして謙虚だ。最初に出会った時も『大したことはしていない』と礼を断っただろう」

「あ……」

確かに、同じような断り方をした気もする。でもまさか、そんな些細なことまで覚えているなんて。

この格好についてどう言い訳しようと頭をフル回転させていると、頬に滑るような感触が伝い、顎を掬い上げられた。

「その衣装もよく似合っている……それが俺ではなく、誰かのためだとしても」

「へ？」

「リディア様と踊るのだろう、違うのか？」

「あ！　そ、そうです！」

とにかくこの場を誤魔化せればいいか！　と安易に肯定してしまった……それをすぐ後悔することになるんだけど。

バレスさんは凛々しい眉をピクリと動かし、ただならぬオーラを放ち始めた。

「なら、リディア様には手を引いていただかなければな。収穫祭の相手役がどんな意味を持つのか、説明もせず承諾させるとは許し難い」

そ、そうだった！　そんな話になってたんだった！

「……ユウ。このひと時だけ、俺の行為に目を瞑ってくれ」

そう言って、バレスさんは俺の腰に手を回して距離を詰めてきた。何が起こっているのか理解できない俺を知ってか知らずか、優しく微笑みながら俺の手を取り、唇を寄せる。

「っ、どうしたんですか⁉」

「親愛の表明だ……俺はこれから勇者パーティーを指揮する任を負う。いつ命を落とすとも限らない旅だから、後悔しないようにな」

バレスさんの話は、当初の計画からは大きく外れた信じられない内容だった。動揺して、思わず背伸びして顔を寄せる。

「え、なんでバレスさんが？」

「事の顛末はテゼールから聞いたか？　欠けた戦力の補強をしなければならない。今日中に逃走した者が見つからなければ、俺がそれを務める」

至近距離で見るバレスさんの瞳は赤く、決意で燃え上がっているようでいて、少し寂しげに揺れている。

「国内の守備を固めるよりも、魔王討伐に全勢力を割くという判断だ」

――だからこそ、君に最後に会っておきたかった。

そうポツリと溢し、俺の頸を擽《くすぐ》るように指の腹で撫でる。

俺は気恥ずかしさで少しだけ身を捩《よじ》った。

「……そこまでして、魔王と戦わなければいけませんか？」

「騎士団長としては、この国が守られるなら願ってもない話だ」

俺がそんな呆けたことを聞いても、バレスさんは至って真剣に頷いた。

「件数自体は多くはないが、魔物の被害が年を追って増加している。騎士団長という役職を鑑みても、判断が遅すぎるくらいだ」

「でも、魔王の存在が確認されたことはないんですよね？」

「その話はどこから……いや、いい。その噂は正しい。過去の勇者や冒険者たちは魔王と会敵する前に倒されている。帰り着いた者の話では、群れを成した魔族による損耗が多いようだ」

「やっぱり、おかしいですよ。失敗すると分かってて同じ策を繰り返すなんて！　今も勇者は単独行動してるんですよね？　そんな状態じゃ魔王討伐なんて無理です……」

「君にはなんでも筒抜けだな。正直に話すと、勇者は少し前から姿を消している」

「なら！」

「だからと言って、勇者の派遣は止められない。死力を尽くして国を守らない理由にはならないだろう」

強い光を灯した眼差しで言い切られた。

そこには迷いなんて存在せず、バレスさんの正義を曇りなく写しているように思えた。

答えあぐねていると、腕を後ろに強く引かれ、上体が温かな何かに包まれた。甘くも威厳のある声が鼓膜を震わせる。

「バレス。勇敢と無謀は違うと、飽きるほど忠告されたんじゃないか？」

「……リディア様」

「よう、ユウ。バレスに抱擁されるなんて、脇が甘いんじゃないか」

後ろを見上げると、今まで見たこともないような煌びやかな服を身に纏《まと》い、素敵に微笑むリドさんがいた。毛皮を襟に付けた、艶やかな光沢のある白いマントを羽織っている。

「リドさん！　国王との交渉はどうでしたか？」

「任せておけと言ったろ？　今回の緊急クエストは破棄した上で、魔族への侵攻を、勇者パーティーだけではなく各国に協力を仰いで実施することになった。交換条件は付いたが」

「交換条件……って、その服に関係ありますか？」

「もしかして、もう誰かから聞いちまったか？　条件は俺が第二王子として王宮に戻ることだ」

確かにさっき第二王子だと副団長から聞いたけど、まさか本当だったなんて。

長閑《のどか》な村の村長だと思っていたリドさんが、王家の一員？

……ということは、俺は最初から目の敵にしていた王家と接触していたのか。

脳は既にキャパオーバーで、現実を受け入れられずに処理落ち寸前だ。

「陛下もお喜びになるでしょう」

「あぁ、今までほっつき歩いて悪かったな」

「だ、誰か一から説明を……！」

リドさんはオロオロと二人を見比べる俺の腕を取り、手首を飾っている装飾に唇を寄せた。

「……わ、リドさん？」

かかる吐息に、昨日の感覚を思い出して熱が上がる。

抵抗する腕っ節がない俺は、リドさんの行為を受け入れざるを得ない。

そんな様子を見たバレスさんは眉間に深い皺を刻み、真正面からリドさんを見据えていた。

唇が離れると同時に、緊張が緩む。バレスさんはその隙に俺の腕を取り、鋭く抗議の声を上げた。

「リディア様……なんの真似ですか」

「なんの？　分かってるだろ。俺の目を盗んで手を出そうとしてる奴を牽制してるんだよ」

「ちょ、ちょっと二人とも！　そんなことより魔王討伐の件を話し合いましょう」

何やら不穏な空気を感じた俺は、慌てて二人を静止する。

不服そうにフン、と鼻を鳴らしたリドさんは、ようやく説明を始めた。

「言った通り、今回のクエストは破棄。代替案として、現勇者の懐柔とパーティー再編成、そして他国との連携を進言した」

リドさんはなんてことないようにそう言うと、ニヤリと人の悪い笑みを浮かべた。

「利権で頭が凝り固まってた王族には、耳が痛い話だったようだがな」

「その交換条件が、王族への出戻り……でもリドさん、いいんですか？」

「決めたことだ。二言はない」

心配になり見上げた俺の頭を、リドさんはゆっくりと撫でてくれる。色々な事情があってあの村の長として収まっていたはずなのに、作戦を優先してくれた。その温かさに目頭が熱くなった。

「リドさん。本当にありがとうございました」

「あぁ、その礼は後日もらおうかな」

「……へ？　お礼？」

笑みを深めたリドさんが、ゆっくりとこちらに手を伸ばす。そのままの流れでするりと頬を撫でられて、反射的に背筋が震えた。

リドさん、昨日から俺に対するボディタッチが明からさまに増えてないか……？

そこまで黙って話を聞いていたバレスさんが、重い口を開いた。

「リディア様、何か策を巡らせていらっしゃるのですね。もしや、勇者の矯正を試みているんでしょうか」

「そういうことだ。国の有事だ、当然騎士団も協力するだろう？」

「謹んで拝命いたします」

リドさんに恭しく礼をしたバレスさんの姿は、やはり王族と騎士団長としての関係性を感じさせた。でも、リドさんの力に頼るばかりではダメだ。

「バレスさん！　勇者の説得に、俺も連れていってくれませんか」

「は？　行かせるわけないだろ」

「危険だから待っていてほしい」

口々に止められたが、俺の意思は固い。理由は、合流した際にケンから聞いた話が引っかかっていたからだ。

『あ、ユウさん！　さっき勇者に会ったんですけど……アイツやっぱちょっとおかしいっす。言葉選びが妙に現代っぽいというか、陽な感じでした』

陽、か……言い回しはケンらしいけど。あの勇者、確かに妙に軽薄な雰囲気があるよな。

もし勇者の言動に、俺たちしか理解できない理由があるなら……リスクを取っても直接説得に行く価値があると思ったんだ。

「心配してもらえるのは嬉しいですが、俺もこの計画が成功してほしいからこんな提案をしてるんです。バレスさんもいますし、安全ですから！」

「はぁ……ユウは言いだしたら聞かないからな。何かあったら魔法道具で知らせろよ」

結局は俺の粘り勝ちで、渋い顔の二人から承諾をもぎ取った。

いざ出陣！　と意気込んで部屋を出た俺が見たのは、近くの壁に寄りかかりながら眠い目を擦っている副団長の姿だった。

……もしかして、ずっとここにいてくれたのだろうか。

バレスさんを危険視しているわけではないだろうから、きっと連れてきた責任を感じて待機していたんだ。

「リディア様までお越しになるんで肝が冷えましたよ。で、大丈夫でしたか？」

「はい！　気にかけてくださってありがとうございました」

「ま、これで無事にリディア様に引き渡せたんで、俺は一回寄宿舎に戻りますわ。ふわぁ～」

副団長は眠そうに大きな欠伸をしてから、「あ」と少し声を漏らして振り返る。

「また眠れなくなったらお邪魔していいですか」

「薬草茶、お気に召してくださったんですね。騎士団への納品物に入れましょうか？」

「いや、そうじゃなくて……ま、いいか。今度は店にお邪魔しますよ」

え、まさか俺の勤め先を知ってるの？　という疑問を解消する暇も与えず、副団長の後ろ姿は遠ざかっていった。

「さあ、勇者を捜そう。あいつのことだ、城内で暇を潰してるだろう」

バレスさんに手を緩く取られて歩き出す。城内だし手を繋ぐ必要はないんじゃ……とも思ったが、先ほどまで深く刻まれていた眉間の皺が解消されているのを見て、少し強めに手を握り直した。

そうして歩き始めた矢先、運よく騎士団員数名と遭遇した。団員たちはバレスさんの手と俺の手を見比べて、信じられないものを見たと言わんばかりの表情を浮かべている。

「君たち、城内で勇者を見なかったか」

唐突に声をかけられた団員たちは、気の毒なくらいに声を上擦らせた。

「ゆ、勇者でしたら食堂に続く道で見かけましたが……」

「そうか、ありがとう」

城内を長時間歩き回ることになるかもと覚悟していた勇者捜しだったが、案外すぐに足跡が判明したことに安堵する。バレスさん曰く、勇者は時折こうやって、騎士団員の目を盗んで食堂で飲み食いしているらしい。自由すぎる。

城の中なんて一俺には生無縁かと思っていたけど……騎士団が使っている寄宿舎は案外小ざっぱりしてるな。食堂というのは騎士団が使用している寄宿舎の近くにある従事者専用の食堂のことらしい。質素なテーブルと椅子が立ち並ぶ様子は、どこか日本の学校を思い起こさせた。

それはさておき、目を惹いたのは積み重なった驚くべき量の空き皿だった。

お肉に、シバム、野菜類に果物も……屋台でも開けそうな量だ。

「全く……城の者が総出で黒髪の捜索をしているというのに、呑気に食事をしているとは恐れ入るな」

バレスさんの小言を聞いて皿の山からひょこりと顔を覗かせたのは、冒険者ギルドの酒場で見たあの黄色頭だ。勇者は頬を一杯に膨らませながら、物珍しそうに俺とバレスさんを見比べた。

「ん？　あふぇ、ふぁへぇふ」

「飲み込んでから話せ」

「んぐ……もしかして、前にギルド酒場で流れた噂って本当だったぁ？　ツレいるじゃん」

ベール越しに勇者と目が合った気がして、思わず身を強張《こわば》らせる。

にんまり、という擬音が適切だろう。現代風に例えると、悪巧みをするチェシャ猫のような、愉悦を含んだ笑みを浮かべている。

「……勇者としての責務を果たす気があるならば、今すぐに作戦に戻れ」

バレスさんは俺に視線を向けることなく、勇者の煽りにも完全な無視を決め込んでいる。

俺に向けられた注意を逸らしてくれていると分かり、無意識に手に込めていた力を緩めた。

勇者はつまらなさそうな顔でおもむろに次の皿へ手を伸ばした。バレスさんが反応しなかったことで興が冷めたらしい。

「嫌だね。俺、そもそもパーティー組むの反対してたじゃん。あの黒髪の面白い奴がいるならまだしも、残り物じゃちょっとねぇ～」

勇者パーティーって、ケンとイアンさんの他に副団長もいたよな？　それなのに酷い言い草だな。

「パーティー……隊の編成人員がよければいいのか」

「何、もしかしてバレスが代わりに入んの？」

「お前に配慮したわけではない。王命だ」

「ふぅ～ん。でもまだパッとしないなぁ。あ、じゃあそのツレも入れてよ」

突然話の矛先が自分に向き、衝撃で肩が揺れた。

なんなんだこいつ……明らかに村人、しかも着飾った非力そうな女性をパーティーに加えろとか、正気の沙汰じゃない。

「彼……彼女は戦闘要員ではない。冗談も大概にしろ、なんのために勇者や騎士団があると思っている」

バレスさんの底冷えするような声色を真正面から受けても、勇者は全く揺らぐことなく笑みを深めた。

「だってぇ、騎士団長になってもなお、大事な物を守れずに失うとこ、見てみたいじゃん？」

「なっ……！」

思わず驚きの声が漏れる。俺に対する侮蔑だけではない。騎士という職に誇りを持っているバレスさんの尊厳を踏み躙るような発言だった。

現にバレスさんは、仇敵を捉えたかのような眼付きで勇者を睨みつけている。

本当は目立つことはしたくないし、勇者とだって一瞬たりとも関わりたくない……だけど。

「……バレスさん、先に部屋に戻っていてくれませんか？」

「無理だ、今の言動を聞いただろう」

「危なくなったら、自慢の足で逃げます。少しの間でいいんです！　お願いします」

繋いだ手に力を込めて、意志が固いことを改めて伝える。

バレスさんは溜息をつくと、勇者に向かって「事が起きれば容赦せず処罰するぞ」と言い残して食堂を去った。

食堂は一気に静まり返り、俺の行動の真意を探ろうとしている勇者の視線だけが感じられる。

勇者はゆったりとした足取りで俺に近づくと、顔にかかっているベールを指先で揺らして遊び始めた。

「ツレの人、バレスを追っ払って、どういうつもり？　ハニトラでもするのかなぁ」

「貴方に伺いたいことがあったんです……ご出身はどちらですか？」

「は？　フィラだよ、それが何？」

「設定は不要です。ご出身は、日本ですか？」

日本という単語を口にした途端、風で揺らめくように弄《いじ》られていたベールが力強く引かれる。

ちょっとした解放感と共に、転移した時よりも少し伸びた前髪が目にかかった。

ぐんと鮮明になった視界に歪んだ黄色の目が映り込む。

「なぁんだ、そういうことね。君、もう一人の転移者か」

「……ベール、返してください。それがないと落ち着かないので」

「女装までして、頑張るねぇ。こうやって接触してきたってことは、君が黒髪と肉盾君を逃したんでしょ。バレスのパートナーがそんなことしていいのかなぁ？」

顎を強く掴まれ、全身が粟立つのを覚えた。

「黒髪……イアンさんとケンは戦える状態にありません。勇者の貴方になら分かってたんじゃありませんか？　あと、バレスさんとはそういう関係じゃないですから」

「ありゃ、もしかしてバレスの片想いってヤツ？　腹捩《よじ》れるっ！」

「人を煽るのがお上手なんですね。そうやって振る舞って、何を得ようとしてるんですか？」

「……別に？　俺は自分に正直なだけ」

本当に、ただそれだけなのか？

まさか素直に答えるわけもないと思うが、臆せず私利を求める勇者だからこそ、行動原理は至ってシンプルなのかもしれない。

勇者は酷く退屈そうに肩を竦めると、また席に座り込んだ。

「ツレ君さぁ、転移者なら分かるでしょ。ここがＲＰＧの世界だってことも、この世界自体が娯楽だってことも」

ツレ君……文脈的に俺のことだろう。バレスさんの連れで、ツレ君かな。

「娯楽？」

「ツレ君が日本を知ってるんなら、どういう娯楽が流行りだったかも知ってるでしょ」

……俺たちは、日本で作られたゲームの世界にいるってことか。

「そんな世界に生きてるんだし、自分の思い通りにすりゃいいじゃん」

全く理解ができなかった傍若無人なこの勇者の言動の理由も、なんとなく分かってきた。

ゲームだから、娯楽だから。たとえこの世界がどうなろうと関係がないと割り切ってるんだ。

「貴方も、転移者なんですか？　召喚には俺たち二人だけが巻き込まれたと思ってました」

「今の時点で転移者は、現王家が初めて成功させた二人しか存在しないよ。だけど俺は日本を知ってる……この意味、分かる？」

転移者じゃないけど、日本を知ってる？　確かにこの人は、髪や目の色、戦闘の強さを取ってもこの世界の住人で……あ。

この世界がＲＰＧだと知っていて、かつ前の世界の知識を持っている者といえば。

「もしかして、転生？」

「おぉ～肉盾君よりも賢いね、君。そう、俺は転生者でした～！　元々はプロゲーマー」

勇者はにんまり、とあの笑みを浮かべると、俺に見せ付けるように指先に明かりを灯した。

「ほらこの通り、俺は魔法道具なしで魔法も使える。この世界に生を受けた正当な勇者ってわけ！」

だからさ、と言葉を区切る。

「二度目の生を特典付きで受けた俺は、この娯楽の世界で好き勝手する権利があるんだよねぇ。ただの居候と違って」

――居候、それは俺たちがこの世界とは相容れない存在だと、そう嘲《あざけ》る言葉だった。

「特典って……もしかして、その異様な強さのことですか」

「そ。俺ね、前世でこのゲームの存在を知ってて、全クリしてるワケ。こっちで生まれた時からチートっぽいスキルが使えるんだよねぇ」

まさかとは思ったけど、イアンさんが捕まった時の移動速度の異常さも、全部スキルってことか。

「例えば～ワープでしょ、飛行術でしょ、アイテムボックス、あとちょっとした交感スキル……まぁ普通にゲームの攻略法は頭に入ってるし、それもか」

「うわぁ、俺なんて魔法すら使えないのに」

俺が思わず愚痴を溢すと、勇者は愉快で堪らないといった笑い声を上げる。

「んじゃ、次の質問は俺の番。ツレ君はこの世界の名前、知ってる？」

「世界の名前？」

「ゲームタイトルだよ、推理して。見事正解した方には豪華景品がありまぁ〜す！」

パチパチ！　と一人で拍手する姿に、どこまでも虚仮《こけ》にされている感覚を抱きながらも、自然と答えを考え始める。

とはいえ、就活が始まってからは休日は何もする気が起きず、ゲームに割く時間なんて全く取れなかった。最近発売されたタイトルに至っては、知識はゼロと言ってもいい。

ＲＰＧ、城、魔王と勇者……すごく王道な要素ばっかりだ。俺たちの存在はゲームに含まれていないとして、メインは魔王のいる城と勇者かも。

「『勇者と魔王の城』とか？」

「んなわけねぇだろバーカ」

「なっ！」

「正解は『勇者を誘う魔族の根城〜海運国オスティア〜』でした！　残念！」

「分かるわけないだろそんなの！　バーカ！　……あ」

紙同然の煽り耐性に我慢の限界が来て、とうとう語彙力のない罵倒を返してしまった。

突然の大声に驚いた勇者は、目を丸くしてこちらを凝視した。そして俺も自分の大声に驚いて勇者を見つめ返すという、不思議な時間が流れる。

俺は冷や汗が止まらなかった。

傍若無人な勇者の虫の居所が悪ければ、腕の一本や二本折られるかもしれない。

そんな心配とは裏腹に、勇者の表情は笑みを浮かべたままだった。

「あは！　意外と度胸あるねぇ～、弱っちぃ癖に。弄《いじ》ると面白いし、俺に鞍替えしなよ」

「冗談でも嫌です」

「超嫌がるじゃ～ん！　ま、正解じゃないけど、面白かったから参加賞あげようかなぁ……って何も考えてなかった。何がいい？」

お、怒ってなさそう？　というか、むしろ嬉しそうだ。俺は勇者の反応を見て、強気な態度を貫くことに決めた。

ハッキリと意見した方が、退屈や、嫌い……そういった負の感情が、勇者の表情から霧散するようだった。というか、やっぱり豪華景品も口から出まかせか。

でもあの口振りだと、何かしらは褒美を与えようとしているらしい。

「じゃあ、勇者パーティーを正式に組んで、魔王を討伐してきてください」

「えぇ？　強欲～！　ちょっとしたクイズの参加賞にしては欲深すぎるんじゃない？」

勇者はこの回答がいたく気に入ったらしい。腹を抱えてゲラゲラと笑い始めた。

「それ以外にほしいものはないです」

「やっぱり面白いねぇ、ツレ君！　知らないようだから教えてあげるけど、そもそもこのゲームに魔王って存在はいないよ」

「……へ？」

いや、噂には聞いていたけど……本当なのか？

「この情報が参加賞ね」

勇者は、目の前に並んだ皿の中から、サイコロステーキが盛られた皿を選んで目の前に置いた。

「国が目の敵にしてる魔王なんて存在しなくて、あるのは魔族の集合体だけ。ちょっと頭が使える魔族が複数生まれただけの世界って設定」

勇者は皿に載った肉片をナイフでぶつりと刺し、意思があるかのように動かしてみせる。

肉が踊るように宙を舞う。

「このゲームのメインストーリーは、勇者である主人公の俺が、魔族を配下にして魔王になることで完結するの」

「は、勇者が魔王になるゲーム!? じゃあなんのためにイアンさんたちは……」

「知らね。ツレ君と肉盾君とは違って、アイツらはただの過去。つまり舞台装置でしょ」

勇者は事もなげに、弄《もてあそ》んだ肉片を口に含んで咀嚼し、嚥下する。

その悪辣な言動が引き金となり、猛烈な怒りの感情が押し寄せてきた。

「……そうやって、自分は高みの見物ですか」

「あれぇ、怒った？ 俺は本当のことしか言ってないよ」

「俺は違うみたいな顔をしてますけど。アンタだって、ここに生まれたからには、もうこの世界の住人ですよ。分かってますか」

「……あは、痛いとこ突くねぇ」

舌をペロリと出して唇を舐め、勇者は笑いながら泣き真似を始めた。

「前世での俺はクソつまらない原因で死んで、運よく生まれ直したと思ったら結末が見えてる世界だった……な～んて、可哀想じゃない？」

「いえ、全く」

「ツレ君って、意外と共感性ないタイプ？」

「アンタにだけは同情しないと、先ほど決めたので」

「それは残念。でも、考えてもみなよ。さっきも言った通り、俺が魔族を統べたらゲームクリア。この物語が完結するんだよ」

ゲームクリア……か。考えもしなかったけど、この世界がＲＰＧだとして、ストーリーをクリアしてしまったら、もしかして。

「分かった？　完結するってのは、この世界が消滅するかもってことだよ」

「そ、れは……」

「だから魔族の城も無視してんの。俺だってもっと楽しみたいんだよ、二度目の人生ってヤツ」

「……」

分かったらさっさと消えてよ、勇者はそう言って手を払う仕草で俺を追い立てた。

――魔族を打ち負かすことでストーリーが完結する、か。

今の会話でかなり理解度が上がったと思う。この世界の仕組みも、勇者の心情も。

勇者の言うストーリークリア後の世界がどうなるかは分からない。お互いにどこまでも憶測にすぎないんだ。それなら、少しでも可能性のある道を探したい。

イアンさんも、俺たち転移者も、この世界の人たちも……皆が思い思いに過ごせる国を夢見たっていいじゃん。

俺はおもむろに手で両頬をぶっ叩く。

バチン！　と小気味いい音が鳴り、勇者が目を瞬かせてこちらに注目した。

「よし！　決めた！」

「え、何さ。怖いんだけどぉ」

「アンタに言われたくない……なあ、つまりは勇者が魔族を統べなければいいってこと？」

基本年上には敬語を使おうと意識してたけど、勇者相手ではこれまでの行いが災いして強い言葉で対応してしまう。

勇者の方も俺の態度が豹変したのを感じ取ったのか、ようやく食器から手を離した。

「そう。だからこうやって放置してんじゃん」

「なら、共存すればいい。頭を使える魔族って奴と、人間《アンタ》が対等に」

「えっ、理解不能〜ッ！」

「アンタは長くこの世界を楽しみたい、俺は魔王討伐のクエストを止めさせたい。それなら、残る策は魔族との共存だ」

俺の言わんとしていることが伝わったのか、勇者はこちらを見据えたまま、その場から動かない。

「じゃあ現勇者として生きて、ずっとバレスさんに『勇者たるや』って小言を言われ続ける？　……アンタ、割とここでの生活も結構気に入ってるように見えるよ」

「ふぅん、ツレ君って面白いこと言うね……はぁ、王や騎士団にせっつかれて面倒なのは当たってる。いちいちうるさいんだよね、弱い癖に」

「なら……」

「それと、ツレ君にも興味ありあり！　ツレ君たちが加わったことで、この世界が未知の展開になってくんじゃないかって期待もあるし」

「確かに先の展開を知ってたんじゃ、ゲーマーとしては退屈かも」

「そういうこと。ＲＴＡは趣味じゃないんだよねぇ……だからさ、手伝ってあげる」

勇者はおもむろに手を伸ばすと、俺の頭にベールを被せ直して軽く整えた。

「新しいストーリー展開に期待しちゃおうかなぁ！　参謀は君の役目だよ、ツレ君」

勇者はにやりと笑みを深めた。その笑顔に、まだ薄気味悪さを感じてしまうが……これも世界平和のためだと言い聞かせ、握手をするために右手を差し出した。

「改めてよろしく。アンタの名前は？」

「名前？　あぁ、長い間名乗らなかったから忘れた。ツレ君が付けてよぉ」

本当に名前に頓着がないのか、どうでもよさそうに言葉を吐き捨てる。

「え、何それ怖い……うん、じゃあヒューゴで」

「ヒューゴ、ね。いい響きじゃん」

「ツレ君の名前は……ユウ、だっけ？」

「よく覚えてたね、すごいすごい」

「なぁんかムカつく！」

ヒューゴに合わせた会話をするのは時間の無駄だと身に染みた俺は、適当に受け応えをしながら食堂の扉へと向かった。

「ヒューゴのしてきたこと、一切許すつもりはないよ。イアンさんにもケンにも、誠心誠意謝って」

「はいはい、恨むも憎むもご自由にどうぞ。でもさ、半魔って言わなかっただけよくない？　ゲームの設定では、このまま処刑されてたんだし」

「え、そうなの？」

「メインストーリーには全く書いてないし、どうでもよかったんだけど〜！　黒髪は噛ませ犬的に処刑されてんの」

「……今すぐイアンさんを抱きしめたい」

「ま、アイツ面白そうだったから、黙っててあげたってワケ。偉いわぁ〜俺」

「いや、そもそも短剣奪った時点で心象よくないから」

あ、そうだ、と俺は立てた指を口元に持っていき、「しー」のジェスチャーをする。

「ヒューゴの生い立ちや、この世界がゲームだってことは……俺と二人だけの秘密で」

「唯一の秘密の共有者ってことね！　いいじゃんソレ」

るんるんとスキップする勇者の姿は、先ほどまでと打って変わって活力に満ちていた。

◆◇

「……というわけで、ヒューゴと協力することになりました」

「ヒューゴ君ですぅ！　よろしく！」

「まさか本当に説得しちまうとはな。しかも……妙に懐いてる」

ひと足先に騎士団長の執務室でリドさんと合流した俺は、事の次第を説明した。

もちろんヒューゴが転生者だということは伏せて、勇者と協力するに至った経緯《いきさつ》だけを話している。

魔王が存在しないこと、一部の魔族に思考能力があること、勇者が特殊な能力を持っていること……

見る見るうちに表情がおかしくなっていくリドさんを見て、少し、いや、かなりの申し訳なさが募っていく。

一方隣でニコニコしながら話を聞いていた勇者、もといヒューゴはご機嫌な様子で、紹介が終わるや否や大声で名乗り始めて冒頭に至る。

俺がリドさんの立場だったら、たぶん失神してたな。世界の前提が崩されたようなものだし。

俺が話し終わると、リドさんは顎に手を当てて何やら考え始めた。

「だが、これで解決とは言い切れないだろ。魔族と対等にと言っても、方法は？」

「まずはいくつかの拠点を勇者パーティーが制圧して、その後魔族が拠点にしている城に向かってもらいます」

つまり、力を見せつつ交渉のテーブルに着いてもらうんだ。

ヒューゴはリドさんの視線を気にも留めず、俺の肩に肘をグリグリと押し付け「まずはどこから制圧しようか」と楽しそうに話しかけてくる。

「ヒューゴ、重いから」

「ん〜？　これくらい許してよ、これからお願い聞いてあげるんだからさぁ」

「おい勇者。ユウに触れるな、あとユウも簡単に気を許すな」

「あれ、嫉妬しちゃった？　王子なのに心狭いねぇ」

「……やっぱり一度、城へ単騎突撃させるか」

そんな不穏な会話の応酬の中、どこかに行っていたらしいバレスさんが副団長と共に部屋に入ってきた。

二人はすぐに室内の異変に気付き、目を皿にした。

「嘘だ……勇者が手懐けられてる？　何者ですか、あの方」

「俺が去ってから、そう長くは経ってないはずだが。どう説得したのか、皆目見当も付かない」

騎士団二人組はヒソヒソと声を潜めて話している。聞く限り、バレスさんは相変わらず俺の正体を隠してくれているらしい。軽く咳払いをした後、凛とした声色で勇者に語りかけ始めた。

「陛下より任務の変更が伝えられた。今回のクエストは破棄され、再編後のパーティーは、俺の指揮下となることが決まった」

「再編ねぇ、じゃあいつ出発すんの？　俺さっさと終わらせたいんだけど」

「今回の作戦で決着をつけるために、抜かりなく準備せよとのご命令だからな。ひと月後だ」

一ヶ月後か……確かに準備する時間はあるけど。

ヒューゴはイアンさんの手を借りずとも、魔族の城を制圧できるだろうか。

イアンさんの身体の傷も、その時には癒えているかもしれない。でも、傷は見えているものが全てじゃない。リドさんもどこか心配そうに窓の外を見遣った。

少し沈んだ室内の空気を察してか、バレスさんが微笑みながら「だからこそ、今日は収穫祭を楽しんでほしい」と言葉を繋げる。

「クエストは破棄になったが、収穫祭は滞りなく行われる。収穫祭は全ての民のための祭りだからな」

「ってことで、収穫祭の夜の部が始まりますよ。リディア様は陛下の元へお越しくださ〜い。お連れの方はどうされます？」

「あ、リドが用事とのことでしたら、私はすぐに村へ戻りますのでお気遣いなく……オホホホ」

ひとまずの目的を達したのだから、王宮から一秒でも早く脱出したい。そして着替えたい。

そんな気迫が通じたのか、副団長は少したじろいだ。

「あ、そうですか。じゃあ……」

ヒューゴは副団長の言葉を遮り「じゃあ俺が送る！」と元気よく俺の手を引いた。

「魔王討伐作戦のメンバー編成とか、これからのこと話そ？」

こそっと耳打ちされたのは、意外にも真面目なお誘いだった。

既に俺の中で、ヒューゴの認識は精神年齢同年代のお調子者だ。ちょっかいも、ある程度受け流そうと思えばできる。

しかし彼はこの世界にとってのキーパーソン。しかも、転移者である俺のバックボーンを気にせず対等に話をしてくれるだろう存在。だからこそ邪険にはしない。

「……分かりました。村まで帰りながらでしたら、一緒に歩きましょう」

「やったぁ～！」

「リド、今日は家には帰ってきますか？」

副団長がいる手前、まだリドさんと懇意の女性を演じる。なんだかむず痒いけど、これも正体を隠すためには仕方がない。

勇者であるヒューゴが魔族との共存を実現し、転移者に利用価値がなくなるまでの我慢だ。

「……あぁ、遅くなるがな」

「そう、じゃあまた後で」

リドさんのしたり顔とバレスさんの何か言いたげな表情は、見ないフリを決め込むことにした。

「では、失礼いたします」

パタン、と後ろ手に扉を閉じた音を確認して、俺は少しの間その場に立ち尽くした。

この数時間で自分のやるべきことを成せた事実にホッとして、でも、リドさんに大きな負担を強《し》いてしまったことも痛感して……わずかに視界が潤んだ。

「ヒューゴ、これからイアンさんたちに会いに行くから……やることは分かってるよね」

「イアン？　あ～黒髪にこれを返せってことかぁ」

出店で購入した食べ物を頬張りながら、ヒューゴは短剣を取り出して意地の悪い笑みを浮かべる。

「言っとくけど、反省とか促さないでよ？　そこまでいい子ちゃんじゃないから」

「なんでそんなに拗《こじ》らせてるんだ？」

「んふ、それって褒め言葉だよ」


フィラを出ると、祭りの喧騒はあっという間に遠い雑音となった。街のように等間隔に街灯がない道のりは、時折設置された魔獣避けがっているだけ。

それが、今の遣る瀬ない気分に合っていた。

イアンさんとケンに成果を報告するために、村を通り過ぎてアンナさんの家に向かって歩みを進める。

「……ヒューゴさ、これから協力してくれるんだよな？　なら、一つだけ守ってほしいことがある」

「なぁに？　仲間割れするなとか？」

「どんな手を使っても、全員で生きて帰ってきてほしい」

「……へぇ、随分信頼されたね」

もう今日は気を張りすぎて疲れた。言い返す気も起きない。

「ま、それなら編成に少しでも力のあるヤツを入れることだね。俺だけでも作戦の完遂はできるけど、メインストーリーが進行しちゃうかもだし」

それから数分間、黙ったまま歩き続けた俺たちの前に黒の巨躯立ち塞がった。

「イアンさん！」

「……どういうこと」

「待った！　これ返却しまぁ～す！」

俺が何かを言う前に、ヒューゴは手に持っていた短剣をイアンさんへと放り投げた。

「……ユウ、どうして勇者が」

「イアンさん、ごめんなさい。どうしても勇者の力を借りないとクエスト達成は厳しいんです」

「そいつは、敵」

イアンさんはヒューゴから一切目線を外さずに睨みつけている。

やっぱり、和解は難しいか。

そんな沈んだ気持ちになりかけた俺の横を風のように通り過ぎたのは、トラブルの元凶だった。

イアンさんの眼前まで近寄り、煽るように言葉を続ける。

「なぁ黒髪、ソレ返したからこの面白い奴と交換ね」

「……ふざけるな」

「こちとら大真面目。俺さ、ユウに魔族を倒して！　ってお願いされちゃったんだよねぇ……一度負けたくらいで臆病になっちゃった誰かさんの代わりに」

「ヒューゴ！」

少し手綱を離すとすぐにこうなる！　と、必死でヒューゴを止めに入る。

どんな経緯《いきさつ》だろうと、心に傷を負ったイアンさんを責め立てるような言動は許せない。

俺は微かに震えているイアンさんの手を取り、そのまま大きな身体を抱きしめた。

ぽんぽん、と温かい背中を何度か軽く叩いて宥《なだ》める。

「そうやってお姫様に守ってもらってんの？　いいねぇ、元勇者様は」

「……」

「ヒューゴ、何がそんなに気に障るのか分からないけど……俺は守ってるんじゃやなくて、守られてるんだ」

俺はイアンさんを見上げて、なるべく優しい声色で語りかける。

「イアンさん、魔族の討伐に勇者も参加してくれることになりました。今度は本気で事態解決のために動いてくれます……時間はかかるけど、きっと辛い過去を乗り越えられますよ」

「ユウは、アイツと行く？」

「いや、それは流石に足手纏《まと》いになるので止めておきます。でも、できる支援はします」

「そうそう！　一番信頼のおける協力者ってワケ」

イアンさんは何かを堪えるように、ぐっと拳を握りしめた。

「それじゃ、俺は帰って遠征準備でもするかな～！　ま、臆病者は引き籠もってればいいじゃん」

ヒューゴは用が済んだとでも言うように、ひらりと手を振って颯爽と去っていった。

その場に残されたのは、重い空気と二人の人間だけだった。

「……昔話、聞いて」

イアンさんは繋いだ手を握り直してから、言葉を紡いでいく。

夕方の少し肌寒い外気に触れているにもかかわらず、その手はじっとりと汗ばんでいた。

「勇者になって、パーティーを組んだ。けど、俺が誘導した先にあった罠で……皆死んだ。だから、責任がある……生きること、復讐すること」

イアンさんは静かにヒューゴが去っていった先を睨んだ。

「アイツ、嫌いだけど……力は本物。協力できるなら、勝てる」

「イアンさん……無理に戦地に行かなくてもいいんですよ。イアンさんの問題は時間が解決するかもしれません」

呪いを受けたあの地に再び行くとなれば、相応の覚悟が必要だろう。

イアンさんは呪いの影響を色濃く受けているんだ。トラウマをわざわざ刺激しに行かなくてもいい。

「お揃いの黒……今は嬉しい。嫌な記憶も、ユウがいれば消える」

ふと、視界が暗くなったのを感じた。両頬に大きな掌が触れている。

何事かと驚いた時には、既に俺の頭部はイアンさんに抱き込まれていた。

ふわりと薬草の香りが鼻を擽《くすぐ》り、熱が薄いベールを介して俺に伝染した。

「大好き」

「……え？」

「離れていかないで」

「え、えと？」

突然流暢に語られた言葉が、俺の思考を全部奪い去っていった。俺が何も返せずに黙っていると、硬い表情に少しだけ笑みを浮かべたイアンさんが目線を合わせてくれる。

「地下牢で、ずっと考えてた……ユウがいないとダメだって」

イアンさんの手がベールに触れて、視界が明るくなる。

「心配、会いたい、触れたい……全部大好きだから」

自分が危機的状況に置かれているのに、俺のことを心配していたのか。

優しい言葉の数々を聞いて、自然と視界が潤んで涙が溢れる。

「泣かないで」

「俺、謝りたかったんです。あの日イアンさんに助けてもらって……隠れることしかできなかった自分が不甲斐なくて！」

遂に声を上げて泣き出した俺を、イアンさんは優しく撫でて慰めてくれる。

こんなに泣いたのは小学生の時以来だ。どんなに辛くても、声を上げて泣くことはなかったのに。

ヒューゴ曰く、メインストーリーでは、イアンさんは捕らえられて亡くなっていた。

今さらながら、人の生死が自分の行動によって決まっていくという事実に、残酷なまでの責任を自覚した。

「ごめんなさい、怖い思いをさせてしまって」

「ユウのせいじゃ、ない」

……大の大人に、目の前でこんなに泣かれたら困っちゃうよな。泣き止まないと。何か楽しいことでも考えて涙を引っ込めようと格闘するも、堰を切ったように流れる涙は止められない。

ふと、何かが近寄る気配を感じて顔を上げると、間近に精巧な造りの顔が迫っていた。流れた涙の跡に、優しく触れる感触。

「あ、あの！」

「涙止まった」

「あわわわ」

今日はなんなんだ、収穫祭と合わせてキスの日イベントでも開催してるのか？

くすりと笑ったイアンさんは、俺の反応を楽しむように頬に口付けを繰り返した。ひと通り俺で遊んで、そしておもむろにその場に跪いた。

「……俺、やる。今度こそ守りたいもの、あるから」

夕空に浮かぶ星よりも強い輝きを灯した眼差しが、俺の心の翳りを拭い去っていった。

「ユウ、行こう」

「……はい」

俺は夢見心地のまま、イアンさんの半歩後ろを歩く。

隣にいると、気恥ずかしさでどうにかなってしまいそうだった。

アンナさんの家に近づいてくると、なんだか賑やかな声が聞こえてきた。

「あ！　ユウさ〜〜〜ん！　待ってましたよ、これ作ったんで食べてみてください！」

「え？　ケンが作ったの？」

「ほらユウ君、素敵な服が汚れてしまうわ。気を付けて食べてね」

「確かに！　アンナさんの言う通りっす。膝掛け使ってください」

アンナさんとケンは漫才師のようなコンビネーションで俺に食事を勧めてきた。

さすがケン、陽キャならではのコミニュケーション能力の賜物だ。

あっという間に和やかな雰囲気に包まれて、王宮での殺伐としたやり取りで擦れた心が温まっていく。

「ありがとうございます、いただきます」

久しぶりに沢山の人と食卓を囲んだ喜びで、どの料理も数段美味しく感じる。

ああ、家族ってこんな感じだったんだな。

「そうだ、忘れないうちに……今日あったことを話しますね」

状況を知らない皆にも分かりやすいように、俺は王宮であったことを掻い摘んで説明した。

自由になれるかもしれないと感極まって泣くケンを撫でたりしていると、あっという間に夜が深まっていた。

「アンナさん、今日は村に戻ります。着替えもしなきゃいけないし」

「あら、残念ねぇ。とっても似合ってたのに」

「あはは、聞かなかったことにしますね」

心配そうにこちらを見ているイアンさんやケンに大丈夫だからと笑いかけ、俺は一人で村へと出発した。

リドさんの家へ向かう道中であの畑に差しかかった。

イアンさんが捕らえられた日から、なんとなく気が引けてあまり観察できていなかったが、数日でその光景は様変わりしていた。

「あ、薬草すごく育ってる！」

あたりは暗かったが、朧げなシルエットだけで分かるほど成長している。

異世界の異質さを実感すると同時に、約束していたイアンさんとの収穫作業を想像して足取りが軽くなった。

「イアンさんも喜んでくれるかな」

ウキウキ気分の俺を迎えたのは、いつもと少し様子が違った村だった。

通りには視界確保のための魔法道具が灯るだけで、民家は一つとして明かりがついていない。メインイベントとも言われる収穫祭の夜の部を楽しむために、出払っているんだろう。

誰もいない村は物悲しく感じたが、これはこれで好都合と、真っ先にリドさんの家へ向かう。

「よう」

「！」

扉に手をかける直前で、何もない暗闇の方向から声をかけられ、心臓が飛び出すかと思うくらい驚いた。お陰で、人間って驚きすぎると声すらも出ないんだと学べたよ！

「あ、あれ、リドさん？」

「遅かったな、アンナの婆さんのところか」

「はい、イアンさんもケンも安心して過ごせているみたいでした……あの、リドさん。今日は本当にありがとうございました」

「ああ、交換条件のことか？　言ってなかったことも多くて驚いただろ」

「……それはもう、半端なく驚きました。その、王族の方だったんですね」

「そうやって距離を取られると思ったから言ってなかったんだよ。結果的にはいい判断だったな」

いつもと違い、抑えの効いた声色で「最初にバレてたら、俺から逃げようとしただろ？」と耳元で囁《ささや》かれる。意地悪な笑みを浮かべたリドさんは、身を固くした俺の手を取って頬を寄せた。

「よ、よくご存知でっ！」

吐息混じりの声に何かを感じ取ってしまい、俺は慌てて身体を離そうともがく。

だが、圧倒的な腕力の前に、俺の抵抗はあっさりと抑え込まれた。

「お礼、要求してもいいか」

「うぅ……俺にできることなら、高確率でなんでもやりますけど」

「こちらから要求しといてなんだが、自分を安売りするなって」

そう言うと、そっとリドさんが離れていく。

不思議に思ったのは数秒だけ。その次の瞬間に、全てを悟った。

リドさんの家の前、あの日二人で並んで見た美しい夜空の下で差し出された手。

「……踊っていただけますか？」

いつもの何かを企んでいるような笑みはどこにもない。

ただ真っ直ぐに俺だけを見て、緊張した声色で問いかけられた。

真剣な眼差しを一身に受け、段々と顔に熱が集まっていくのが分かる。

「あの。俺、ダンスとかしたことなくて」

「いい、俺がリードしよう。ほら、手を」

おずおずと差し出した手に、リドさんの筋肉質な指がするりと滑って添えられる。

俺たちは誰もいない村の中心地で一歩一歩ステップを踏み始めた。

遠くに聞こえる収穫祭の喧騒を背に、静謐な時間が流れてゆく。

「痛っ！」

「あ、足踏んじゃいましたか!?　ごめんなさい」

「はは、嘘だ。硬くなりすぎてるから、もっと俺に身体を預けろ」

「……はい」

くるりと回転する度に、村に灯っているいくつかの光が惑わすように目を眩ませる。

一つ一つの光が線みたいに揺れ動く。

小さい頃から憧れていた、メリーゴーランドみたいだ。

「……リドさん、王宮に戻っちゃうんですか？」

「あぁ、そういう契約だからな」

「もう、簡単には会えなくなっちゃいますね」

「寂しいか？」

「そりゃあそうですよ……我儘でごめんなさい」

謝罪を口にした瞬間、ダンスのステップは突然止まり、口元にはリドさんの温もりが触れていた。

微かなリップ音を立てて離れていく唇を、俺はぼうっと惚けて見ていた。

「……なら、契《ちぎ》りを結んでくれ」

「ち、ぎり？」

「簡単に言えば、婚姻だ。それがあればお前を王宮に迎えられる」

「いや、だって俺男で……」

「関係あるか？　俺は一度、家を出された身だ。ないものとして扱われてたのに、戻ったからといって今さら後継を強《し》いることはできないだろう」

熱の籠もった目で見つめられて、いたたまれなくなる。女性との交際経験は何度かあったが、就活で忙しくなった頃から恋愛事とはめっきり縁遠くなっていた。

それなのに、今はリドさんだけでなく、バレスさん、イアンさんにも半ば口説き文句な言葉を浴びせられている。

……問題なのは、それを嬉しいと感じてしまっていることだ。

熱に浮かされるような感覚で頷いてしまいそうになったが、ぐっと堪えた。

「あの、婚姻がどうとかは突然過すて正直考えられないです。何より、王宮にはなるべく」

「関わりたくない、だろ？　それも理解してる。それでも俺がユウと共にありたいんだ……俺も大概我儘だな」

「ぐぅ！」

困ったように微笑んだリドさんを見て、勝手に大ダメージを負った。

あのリドさんが眉を下げて笑っている！

家柄も、容姿も、実力も全てにおいて秀でているリドさんは、いつも自信に満ちていた。だからこそ、こんな表情をするなんて思いもよらなかった。疑いようがないほど、本気で真剣なんだ。

「本当は答えなんて聞かずに拘束してでも俺の側に縛り付けておきたいが……愛した人には真に心を開いてほしいだろ？」

「そ、それ俺のこと言ってます、よね？」

「当然だろ、他に誰がいるんだ」

「わぁ……」

なんでこうなった、と自問自答するが全く分からない。　俺はいつも通り生きていただけなのに。

「今日は疲れただろ。ゆっくり休んでくれ」

有無を言わさぬスピードで寝室に連れ込まれ、温かかな毛布で包まれた。

既に疲れが限界に達していた事がバレていたんだろう。

近くに感じるリドさんの鼓動を子守唄として、争うことのできない睡魔にそのまま身を委ねた。

◆◇

『有、あなたバイトの給料出たんでしょ？　せっかく育ててあげたんだし、何割か家に入れてよ』

『そうだぞ、親孝行しなきゃな。二割でいいからさ！』

……そうだ、育ててもらった恩があるんだし、きちんと返さなきゃ。

『あなたの高校の学費、すごい嵩んで私たちったら全然遊べなかったのよ？　感謝してよね』

……ありがとうお母さん。でも、休みの日には決まって俺を置いて外出してなかったっけ？

俺は金に執着する両親の下で育ち、恩には金で報いるしつけをされてきた。

目立った問題がある家庭環境ではなかったが、家族としては歪《いびつ》だったように思う。

どんな事情があっても、借りた物は返さなきゃ。

どんなに辛くても、歯を食いしばって仕事をしなきゃ。

……生きるために、報いるために、疎まれないために。

刻み込まれた価値観が頭をチラついて、今まで周りの好意を上手く受け取れなかった。

苦しくなって、目の前に広がる闇の中をもがきながら進む。

遠くに見えるわずかな光へに向かって、必死に走った。

暖かに揺らめく光たちをこの手に掴みたくなって、思いっきり手を伸ばせば、その揺らめきは一つの線になって俺を囲う。

その光は俺に見返りを求めず、ただ寄り添うように漂っていた。

……ああ、なんて幸せなんだ。

◆
◇

流れ落ちる雫が頬を伝う感覚で、意識が呼び起こされる。

寝ぼけ眼のまま周りを見渡せば、朗らかな光が差し込む窓が目に入った。

「リドさんの家か……家主より寝てるってどうなの、俺」

深く息を吐いたら、胸に残った歪な感情も抜け落ちていった。

長い長い、夢か何かを見ていた気がする。内容を思い出せずに首を捻っていると、風に乗って小さな声が聞こえてきた。

「……だが」

「おい、あの……」

なんか部屋の外が騒がしいな。普段は物理的に寝室には届かないはずの話し声が聞こえている。

不思議に思って様子を見に行こうとベッドから一歩踏み出したが、あることに気が付き、ベッドに逆戻りする羽目になる。

「な、なっ！」

スゥッと風が吹き抜けた下半身を見ると、大きめの服を一枚着ているだけで、その下は大胆に生足が晒されている。いわゆる彼シャツに近い状態だったのだ。

「まさか、リ、リドさんっ？」

昨日寝落ちしたところまでは覚えている。

たぶんその後に、皺になるからとドレスを脱がせてくれたんだろうと思うけど。

あんな熱烈な想いをぶつけられた直後に、なんて失態だ。

もし自分がリドさんの立場だったら……その心情は想像に難くない。

まだ温もりの残る布を巻き込んで膝を抱える。

「あぁもう、どうしよう。リドさんも、イアンさんも、バレスさんも……なんで俺なんかを」

好き、かぁ……俺は、愛情の正しい形を理解しないまま、年齢を重ねちゃったから。

「答えを出さなきゃ、いけないよな」

これまではのらりくらりと躱《かわ》せていたが、ここまで事が大きくなればもう避けられない。

「でも、誰かの手を取れば、他の人とはお別れになるのかな……」

それは嫌だ。本当は、皆と手を取り合って生きていきたいのに。

こんなに悩むなら、いっそ全部断ってしまいたい。

でも、ここまでよくしてくれた人たちに恩を仇で返すようなことはどうしてもしたくない。

雁字搦《がんじがら》めになった思考の解き方を俺は知らなかった。

「……ユウ、何か悩んでる？」

「え、イアンさん？」

いつの間にか背後に立っていたのは、アンナさんの家にいるはずのイアンさんだった。

「様子見にきた……格好、どうしたの」

「あ、あはは。昨日ちょっと色々ありまして」

「……リドさんか」

「そ、それは置いておいて！　イアンさん、俺に好きって言ってくれましたよね。あれってどういう……」

「大好き？」

「あ、そう。大好き、でしたっけ」

「……いつも隣にいてほしい。楽しいこと、一緒に経験したい」

身に余る言葉に、白目を剥いて倒れそうになる。

イアンさんは、出会った時よりも幾分だけど流暢に話せるようになった。

だが、無表情なのに少女漫画のような台詞が飛び出してくるのには、未だに慣れない。

「あの、実はリドさんとバレスさんにも……」

「分かってる」

「え？」

「目の色が違った、から」

それは、俺に好意を抱いてる人が分かってたってこと？

俺ばかりが、自分に向けられる感情に疎かったんだ。

「それで、悩んでる？」

「そうです。俺としては皆と仲良くしたいんですけど、それだと不誠実な気がして……」

「……」

言ったきり俯いていると、突然視界が布で覆われる。

戸惑っているうちに、筋肉質な腕ががっしりと身体を抱え込んだ。

「なっ、なんですか！」

「行こう」

有無を言わさぬ圧を感じた俺は、イアンさんの腕の中で押し黙った。

せめてこの服装だけどうにかしたかった！

寝室を出て食卓のある部屋に入ると、そこには今し方、話題の中心になっていた二人がいた。

「ユウ！　その、足が……」

「ああ、起きたのか。よく眠れたか？」

どうせ今の俺は頭隠して尻隠さず状態ですよ！

自暴自棄になりながら布の内側で震えていると、頭をふわりと撫でるられた。

「ユウ、頑張ったな」

「騎士団からもお礼を言いたい。今回のことで、勇者が気持ちを入れ換えたようだ。今朝も人が変わったのように作戦を練っていた」

そろり、と布から顔を出してみると、三人の温かな笑顔が俺を出迎える。

あぁ、夢に見たのってこれだったのかも。

「……あの、皆さん。お話があります」

イアンさんに床に下ろしてもらい、シャツでできるだけ足を隠しながら話し始めた。

「俺、皆さんに好きだと言ってもらえるほど価値のある人間じゃないです。今だって、薬草屋のお手伝いをしてるだけで独立できてないし……」

それでも、と言葉を続ける。

「皆さんにいただいた好意を全力で受け取って、返したい。でも、俺自身、誰かとどうなりたいっていうのが、まだ分からなくて」

「……そうか」

リドさんは望む答えではないと早合点したのか、痛みを堪えるような笑みを見せた。

「ユウの気持ちを尊重する――」

「待って！」

「……ん？」

「まだ分からないから、皆さんと過ごす時間をもっと作りたいなって思ったんです」

三人に向かって、精一杯の慈しみの気持ちを込めて笑みを浮かべる。

「恋愛とかあんまり得意じゃないので、ゆっくりですけど……それでもいいですか？」

あと一ヶ月。二人が遠征に向かうまでの間に、好きを意識して接してみようと思う。

きっと、求める答えが見つかるだろう。

「あぁ、もちろんだ」

「……嫌われなくて、よかった」

「分かった、一人では欲張らないようにしよう。三人でならいいだろう？」

バレスさんが意味深な発言と共に顔を寄せてくる。そして俺が反応する間もなく、瞼にキスを落とした。

「次は我々が君を魅了していく番、というわけだな」

「退け、バレス」

バレスさんの手を押し退けたリドさんに、顎下を撫でられた。擽《くすぐ》ったくて身を捩《よじ》ると、すかさず腰を抱かれる。なんなんだこれ！

「なら、俺から先か？　これからは執務で中々会いに来られなくなるからな」

「……駄目」

最終的にイアンさんが抱き上げてくれて、このひと騒動は収まった……かに思えたが。

「これからは、逃げない。だから……また一緒に住もう」

イアン！　とリドさんたちが諌める声が部屋に響きわたった。

この選択は安易だったかもしれない、かな？

「皆さん……いや、皆。こっち向いてほしい」

拳での議論に発展しそうになっていた三人は、不思議そうにしつつも、揃ってこっちを向いてくれた。

その頬に、三度の口付けを落とす。親愛の情を込めて。

「あの、皆だけで盛り上がらないで……俺も混ぜてほしいな、なんて」

恥ずかしさを隠しつつ笑うと、三人は額に手を当てて一斉に空を仰いだ。

……明日、フィラに行って、セファやカインさんに協力してもらったお礼をしなきゃ。

色んな人の助けがあって、俺たちは一人として欠けずに同じ空間で生きている。

喜びと期待で満たされた胸に、そっと手を当てた。

◆
◇

ちょっぴり恥ずかしい、あのやり取りの翌日。

三人に大袈裟なまでに引き止められながらも、俺は薬草屋に出勤していた。

「収穫祭の後片付けで忙しいだろうから、今日こそは絶対に行く」

そう言ってあの場を収めたが、本当の出勤理由は、あの空間に素面で居続けられなかったからだ。

なぜ？　と疑問に思うかもしれないが、立場が代わったらすぐに賛同してくれるに違いない。

昨日は四六時中、代わる代わる誰かしらに引っ付かれていたんだ。

これまでも優遇されていた自覚はあるけれど、ひと騒動あったからか、より一層俺をベタベタに甘やかしてくる。

大学と家の往復を数年継続していた俺は、幼少時代も含めてそういった扱いに慣れていない。

そのせいか、ちょっぴり居心地が悪く感じてしまう。

しかも、触れられる度に挙動不審になる俺を、最終的に少し揶揄っていたような気がする。

数日間は拗《す》ねてやろうと画策しているのは秘密だ。

「カインさん、おはようございます……」

「お～ユウ君！　片付け手伝いに来てくれたの……って、なんか疲れてない？」

「いえ、全然大丈夫ですよ、はははは」

不自然なほどに乾いた笑いで誤魔化す。人に勘付かれるくらい疲れてそうに見えるのか、俺。

帰った後もあれが続くのかとげんなりしていると、倉庫の方からひょっこりと顔を出した小さな人影を見付けた。

「ユウさん、お待ちしてました」

「あれ？　セファ、どうしたの？」

「ふふふ～ん！　実はね、ユウ君にあるものを贈ろうと思ってね。二人で考えてたんだ」

じゃじゃーん！　と陽気に差し出されたのは、とんでもなく分厚い装丁の本と、光を反射する小さな銀のパーツ。

「本と、鍵？　カインさん、これは？」

「そう！　実はね、怪我をしていたウチの店員が復帰することになったんだ」

「……へ？」

怪我が治って仕事に復帰するってこと？　すごく喜ばしい……けど。

「あのね、ユウ君。このお店はもう一人雇うには少し狭くてね。申し訳ないんだけど、ここでのお仕事は最後になりそうなんだ」

「おめでとうございます、嬉しい知らせじゃないですか……そっか、今日が最後になるのかぁ」

明るく振る舞おうとしたけど、思わず語尾が小さくなった。

転移者が利用される理由をなくすという目的もほぼ達成したし、店員さんも復帰するしで、身の回りのこと全てが上手く回り始めているじゃないか。

そうだ、元々この職場も期限付きだった。何を今さら傷ついちゃってるんだろう。

突然の別れが訪れると知って、思考が悪い方向に行ってしまう。

ここで働けなかったら、俺、どうしよう。村の収穫でも役に立てないし、借りた畑での収穫量も仕事にはなり得ないレベルだ。でも絶対に、タダで皆のお世話にはなりたくない。

お先真っ暗だと落ち込む俺を見て慌てたのか、カインさんが言葉を重ねた。

「さ、最後まで聞いてね！　ユウ君はすごく頑張ってくれたし、ここで突然お別れなんて、そういう非情なことはしたくないんだよ」

「え？　それって」

「だから、この鍵！　その鍵はこのお店のすぐ裏手にある空き店舗の鍵なの」

「空き店舗の鍵……俺に？」

「そうです。実はカインさんが、ユウさんと僕でお店をやってみたら、と用意してくださったんですよ」

最高の意味で、開いた口が塞がらない。

そういえば、カインさんが何かご褒美を用意してくれるとは言っていたけど、まさかの空き店舗とは。それだけでなく、定職に就けず、その日を凌いでいるセファも働けるようにと気を配ってくれたらしい。

にっこりと慈愛の笑みを浮かべているカインさんに、俺は深く頭を下げた。

「本当に、お世話になりっぱなしで……どう恩を返せばいいのか」

「いやいや、最初に手助けしてくれたのはユウ君でしょ。それに、その本を見てみてよ」

言われるがままに重厚な本の表紙を開くと、中には繊細なタッチで描かれた、いくつもの薬草の絵が載っている。

「も、もしかしてこれって……薬草図鑑ですか？」

「当たり！　これでさ、僕らが仕入れてきた薬草をお茶にして出してみない？　僕としても、近くでゆっくり薬草茶を飲めると嬉しいんだけど、どう？」

それってもしかして、薬草茶の喫茶店ってことか！

カインさんの提案を聞き、湧き出るように頭の中でイメージが膨らんでいく。

色々な効能のある薬草をブレンドしてオリジナルの茶葉を作ってみたり、彩《いろど》り重視で見栄えのする贈り物を作ってみたり……どうしよう、これ以上ないくらい楽しそうだ。

いつの間にか少しニヤケてしまっていたのか、気付けば二人が生温かい目で俺を見ていた。

……危ない危ない。

「カインさん、本当にありがとうございます。セファと一緒に頑張ります！」

「このご恩は忘れません。ありがとうございます、カインさん」

「いいね、いいね！　リドさんには僕からも言っておくから、二人はお店に集中して頑張ってね。目指せ人気店！」

カインさんに元気良く送り出され、二人で店舗の下見に繰り出す。

まさか、俺が異世界で店を持つなんて……考えたこともなかった。

でも、この店が成功すれば、村にも還元できるし、セファたちも報われる。それに、これから戦地に赴《おもむ》く勇者パーティーを労《ねぎら》い、彼らの帰る場所になれるだろう。

「はぁ、お店を持つって大変なことだよ。今から緊張が止まらないんだけど……どうしよう、セファ」

「ふふふ。頑張りましょうね、店長！」

「わ、わぁ……！　お腹痛くなってきた」

◆
◇

勇者パーティーが旅立ってから、ひと月くらいは経っただろうか。

過去一番の実力者と謳われる勇者を筆頭に、黒の英雄と称される巨躯の冒険者、高潔の騎士団団長と副団長。そして他国からの応援も得た最強のメンバー構成となった勇者パーティーは、鮮やかに拠点の制圧を進めている。

彼らの活躍の報が届く度に、フィラの街は大きく賑わい、毎日がお祭り騒ぎだ。

その影響もあって、店は毎日多くのお客さんで席を埋めている。

「セファ！　あそこのお客様に香の茶をお出しして！」

「はい！　ユウさん」

喫茶店で働きだしてから、セファはみるみるうちに成長していった。能力はもちろんのこと、体格もだ。

ギルドの裏で生活していたセファと仲間たちには、店を手伝ってもらう代わりに報酬を手渡している。店が軌道に乗ってきた今では、毎日しっかり食事をとれるようになったようで、すっかり健康優良児だ。

「ユウさ〜〜〜ん！　お会計で〜っす」

「分かった、今行く！」

特徴的な間延びした声が俺を急かす。楽しそうにお客さんと話していたケンが、お会計を待つお客さんを目ざとく見つけて声をかけてくれたのだ。

お店を出すことになってすぐに、ケンも手伝いに来てくれることになったのだ。

流石に金髪黒目の店員が接客するのは目立ちすぎだろうと止めたのだが、俺と同じく「頭にスカーフを巻けば誤魔化せますって！」と、逆に説得されてしまった。

実際に働きだすと、スカーフは効果覿面《てきめん》で、未だに転移者だとバレたことはない。

頭に巻いたスカーフをそれらしく見せるために制服にしてしまおうということで、今ではセファや仲間たちも店では華やかなスカーフを纏《まと》っている。これならケンも俺も悪目立ちせずに済みそうだと、密かに名乗りを上げてくれたケンに感謝していた。

未だに元の世界へと帰る方法は分かっていないが、ケンもこちらの世界に馴染んできたようで、楽しく過ごしている。……でも、いつかはケンを元の世界に返さないとな。

魔族の件が落ち着いた後の目標も見失わず、コツコツと日々を積み重ねている。

「皆、今頃どうしてるかな……報せも届いているし、世界が今も変わらずに続いていることが、ヒューゴが上手に立ち回っているって証なんだけど」

やっぱり心配だ。王宮での一件があってから、ヒューゴは人が変わったように生き生きとパーティー編成と訓練を続けていた。だが、彼の力をもってしても、この世界の在り方が変わらなかったら……と想像してしまう。

皆が傷つくくらいなら、俺が逃げ隠れしていた方がマシなんだけど……自信満々だったヒューゴを信じるしかないな。

ヒューゴは出発のその日も、ピクニックに行くような気軽さで街を出ていった。

あのメンタルは俺も見習わなきゃいけないな。

「そんなに心配か？」

「そりゃもう……って、リド!?」

「アイツらばかり心配するなんて、妬けるな。内部を抑え込んでる俺のことは心配してくれないのか?」

「もちろん、いつも心配してるよ。でもこうやって会えるから、まだマシかな」

いつの間にか背後に佇んでいたリドさんが、覆い被さるように抱き着いてくる。

想いを告げられてから二ヶ月余り、何度もこうして驚かされた。注意しても直らない癖と化している……もう何も言うまい。

「なあ、いつ嫁に来てくれるんだ? 席を空けて待ってるんだが」

「前に言ったでしょ。自立もできてないのに婚姻は到底無理だって……というか、嫁って」

「とんだ頑固者だな、俺の想い人は」

そこらの奴はこうすればなんでも言うことを叶えてくれるのに、と耳元で囁《ささや》きながらリドさんは唇で俺の首筋に触れる。

「っ、擽《くすぐ》ったい……」

「まあ心配せずとも、あと数日で帰ってくるだろ。なんと言ってもアイツらだからな」

「ん、そうだよね」

思いがけず慰められて少しだけ心が軽くなった。慰め方については議論が必要だけど。

でも、以前はこんなに親しく会話もできなかった。数ヶ月前までの俺は、皆に負担をかけていることや、転移者であることに負い目を感じて、どこか遠慮していた。

それが、今はこうして対等に話をするまでの関係性になれた。嬉しくてふわふわした感覚に包まれていると、店先から何か大きな音が聞こえてきた。

「あああ！　第二王子がユウに手出してる！」

「リディア様、それは抜け駆けに当たります。お控えください」

「……力で退かす」

そこにいたのは、勇者パーティーの面々だった。

彼らは一様に少し汚れた服を身につけていたが、どこにも怪我はなく、ピンピンしている。

「……っ！」

俺は通りに向かって一目散に駆け出した。

彼らが持ち帰ったのは、魔族との対等な関係性と、転移者が怯《おび》えずに暮らせる未来。

つまりは、俺もケンも、臆することなく彼らと歩み出せる唯一の方法だった。

「本当にありがとう……そして、お帰りなさい！」

「どういたしまして！　ってか、流石俺。やっぱり楽勝だったわぁ～。なんかご褒美ちょうだい？」

「これで、王宮で暮らしていけるな」

「寄宿舎にも部屋がある。騎士団専門の給仕として定住してくれないか」

「……俺と、村の外れで暮らそう。伴侶として」

皆が口々に俺に向かって願望を語りかける。

応えたい気持ちはもちろんあるけれど、皆を大切にしたいと思う自分の気持ちがただの友情なのか、愛情なのか。

まだ自分の気持ちに整理がついていなかった。

……これから先、長い付き合いになるんだ。ちょっと我儘で申し訳ないけれど、誰かを愛することを理解できたら、俺の方から手を取ろう。

その日が来るまで、今の俺のままでいさせてもらおうかな。

「ごめん、皆……今は、ただの村人Aなので！」

ハッピーエンドのその先へ ー
ファンタジックなボーイズラブ小説レーベル

&arche NOVELS
アンダルシュノベルズ

私がどれだけ君を好きなのか、
その身をもって知ってくれ

そのシンデレラストーリー、謹んでご辞退申し上げます

Q矢 ／著

今井蓉／イラスト

とある舞踏会で、公爵令息サイラスは婚約者である伯爵令嬢に婚約破棄を告げた。彼の親友、アルテシオはそれを会場で見守っていたのだが、次の瞬間サイラスにプロポーズされ、しかも戸惑った末にサイラスの手をとってしまった!!　とはいえアルテシオは彼に恥をかかせたくなかっただけ。貧乏子爵家の平凡な自分が何事にも秀でたサイラスの隣にいるなんて、あまりに不相応。そう伝えアルテシオは婚約を撤回しようとしたが、サイラスは話を聞くどころか、実力行使で愛を教え込んできて、さらには外堀を埋めにきて——!?

詳しくは公式サイトにてご確認ください。
https://andarche.alphapolis.co.jp

異世界BLサイト“アンダルシュ”
新刊、既刊情報、投稿漫画、X（旧Twitter）など、BL情報が満載!

この作品に対する皆様のご意見・ご感想をお待ちしております。

おハガキ・お手紙は以下の宛先にお送りください。

【宛先】

〒150-6019 東京都渋谷区恵比寿4-20-3 恵比寿ｶﾞｰﾃﾞﾝﾌﾟﾚｲｽﾀﾜｰ 19F
（株）アルファポリス　書籍感想係

メールフォームでのご意見・ご感想は右のＱＲコードから、
あるいは以下のワードで検索をかけてください。

アルファポリス　書籍の感想　検索

ご感想はこちらから

本書は、「アルファポリス」（https://www.alphapolis.co.jp/）に掲載されていたものを、
改稿、加筆のうえ、書籍化したものです。

巻《ま》き込《こ》まれ異世界転移者《いせかいてんいしゃ》（俺《おれ》）は、
村人《むらびと》Ａなので探《さが》さないで下《くだ》さい。

はちのす

2025年 4月 20日初版発行

編集－徳井文香・森 順子
編集長－倉持真理
発行者－梶本雄介
発行所－株式会社アルファポリス
〒150-6019 東京都渋谷区恵比寿4-20-3 恵比寿ｶﾞｰﾃﾞﾝﾌﾟﾚｲｽﾀﾜｰ19F
TEL 03-6277-1601（営業） 03-6277-1602（編集）
URL https://www.alphapolis.co.jp/
発売元－株式会社星雲社（共同出版社・流通責任出版社）
〒112-0005 東京都文京区水道1-3-30
TEL 03-3868-3275
装丁・本文イラスト－MIKΣ
装丁デザイン－AFTERGLOW
（レーベルフォーマットデザイン－円と球）
印刷－中央精版印刷株式会社

価格はカバーに表示されてあります。

落丁乱丁の場合はアルファポリスまでご連絡ください。

送料は小社負担でお取り替えします。


ISBN978-4-434-35458-8 C0093